フリーター、家を買う。

有川　浩

幻冬舎文庫

フリーター、家を買う。

本文デザイン　平川彰（幻冬舎デザイン室）
本文イラスト　トヨクラタケル

もくじ

1

フリーター、立つ。

＊

いつからこんな状態に滑り落ちたのか、武誠治《たけせいじ》ははっきりと覚えていない。

そこそこの高校へ行って、一浪したがそこそこの私大へ行って、そこそこの会社へ就職し、その会社で自己啓発だか何かの宗教の修行だかという感じの新人研修に突っ込まれた。

竹刀《しない》を持った「指導者」が白い鉢巻きを巻いて口に出すのも恥ずかしい人生訓をがなり、新人も復唱し、声が小さかったり姿勢が悪かったり、とにかく少しでも「指導者」の目につくことがあると竹刀でぶっ飛ばされる。しかも泣きながらだ。

「いいか！　俺はお前が憎くて殴ってるんじゃないんだ！　これは愛の鞭と知れ！」

正気の沙汰《さた》じゃない。周り中、ぶっ叩かれている当人でさえも笑いをこらえるのに必死だった。

その日の晩に、宿舎で一緒になった同期たちと相談した。

「いいか。この研修中、俺たちは役者だ。熱心な研修生を演じきるんだ」

そう誓い合って一週間の研修期間が過ぎた。

だが、最終日に社歌を熱唱して最後の訓辞を垂れた「指導者」が、

「今日、お前たちは俺から巣立つ！　立派な社会人になれ！」

と号泣したとき、演技ではなく号泣した新人が少なからずいた。演技を貫いている者は殊勝な顔で俯《うつむ》いていたが、号泣する新人たちは「指導者」を先生と呼び「必ず立派な社会人になります！」と宣誓していた。

ドン引きだ。

引きまくっていたのが顔に出たのだろう、横にいた同期に軽く脇をつつかれた。

「ほっとけよ。今日で芝居は終わりだ。ここで洗脳される奴はされる程度の奴だったってことさ。会社のいい駒になって俺たちに楽をさせてくれるだろうよ」

ああ、とその場は頷《うなず》いたものの、会社に戻っても津波の前兆のようにドン引きした誠治のキモチは戻ってこなかった。

号泣した新人たちはいわゆるモーレツ社員と化し、直属の上司たちに覚えがめでたい。演じた奴らは巧《うま》く立ち回り、洗脳された奴らよりスマートにいいところを持っていく。

誠治はどちらにもなりきれなかった。あの研修で会社は新人をどうふるったのか。洗脳された者と演じきった者。将来的にはどちらが会社の重鎮となるのか。ふるい分けた会社への疑惑にも足を取られ、誠治は熱意ある新人にも優秀な新人にもなれず、三ヶ月ほどで「要領の悪い奴」というレッテルがついた。

居心地の悪くなった会社にしがみつくには誠治の自尊心は高すぎた。

ここは俺のいるべき場所じゃない。俺はスタートの位置を間違えた。スタート位置さえ間違わなければ、あんなドン引きの研修をする会社にさえ入らなければ、俺はもっと評価されて然《しか》るべきだった。

とはいえ、数十社受けた中で希望の条件で内定をくれたのはその会社だけだったのだが。親には何も相談せずに辞表を出した。

父の誠一《せいいち》はもちろん激怒して、毎晩大喧嘩する二人の間で母の寿美子《すみこ》はただおろおろと青ざめていた。

「今の時代、仕事を探すのがどれだけ難しいか分かってるのか！」

「うるせぇな、分かってんだよそんなことは！　再就職すればいいんだろ！　俺だって先のことくらいは考えてんだよ！」

本当は何も考えていなかったが売り言葉に買い言葉だ。

しかし初めて就職した会社を三ヶ月で辞めた誠治に対して世間の風当たりは厳しかった。辞めた理由に切り込まれるとどうも上手《うま》くない。

「新人研修が何かの宗教みたいな変な会社だったんですよ。最後に講師が号泣して社歌を熱唱、みたいな。で、どうもこれは変な会社だなって馴染《なじ》めなくて」

面白おかしくあのおかしな新人研修を話して聞かせると、面接官は笑って聞いてくれるし話も弾んだ。いい手応えだと思って帰ってくると、二週間くらいで履歴書が郵送されて返ってくる。

初任給は手取り二十万は欲しいと思っていたが、そのうち十八万でもいい、十五万でもいいと自分の中でどんどんハードルが下がった。

最初の会社を辞めたことは既に後悔していた。広い東京で仕事なんかいくらでもあると思っていたが、普通運転免許以外には何の資格も持っていない自分の条件に合う仕事など一向に見つからなかった。

辞めたときはたった三ヶ月後退してスタートを切り直すだけだ、とタカを括《くく》っていたが、よく考えてみれば就職活動は三回生の最初の頃から始まっていたのだった。

トータル二年三ヶ月の後退。改めて気づくとふらりと目眩《めまい》がした。だが、同期にバカにされながら前の会社に残り続けるなど、誠治にはあり得ない選択だった。

二度目の就活を始めて三ヶ月ほどで、寿美子が戻ってきた履歴書を差し出しながら遠慮がちに言った。

「誠治、もし巧くいってないんなら……お父さんに口を利いてもらうこともできるから、頼んでみたら」

それが父の示唆であることは明白で、誠治は履歴書入りの封筒を引ったくって寿美子を怒鳴りつけた。

「うるせぇ、親父《おやじ》の手なんか借りるか！　家に迷惑かけなきゃいいんだろ、ほっとけ！」

そのとき、立ち尽くした母の姿勢がゆらゆらと揺れていたことに気がつく余裕は誠治になかった。

家に食費も入れてないくせにえらそうな口を叩くな！

誠一に痛いところを衝《つ》かれ、就職活動の片手間にアルバイトを始めた。貯金もいい加減底をついており、自分の小遣いを稼ぐ都合もあった。寿美子は誠一の目を盗むようにして小遣いを用立ててくれたが、誠治の買い物や遊ぶ金には到底足りない。

面接に出かけるときは堂々と軍資金を要求できるので、その釣り銭も頂いておく。返すように言われたら返すが、寿美子は返せとは一度も言わなかったからだ。

寿美子は家族三人で食卓を囲みたがったが、そうすると高確率で誠一の説教を聞く羽目になる。それが嫌で、わざとバイトのシフトを夜に入れるようになった。

食費は家に入れているのだから文句はないだろう、となし崩しに誠治の生活は昼夜逆転した。

就職活動に比べると、バイトは気楽でよかった。嫌なことがあればすぐ辞められるし、いくらでも代わりのバイト先は見つかる。


「ちょっと武くん」

深夜の接客を見ていたコンビニの店長が渋い顔で誠治に声をかけてきた。

「お客さんに商品を渡すときは、ちゃんとお客さんのほうを見なさい。それから君、声が出てないよ。ありがとうございましたくらいきちんと言ったらどうだ、『……ぁしたー』なんてだらだらした言い方はないだろう」

ああ。そろそろここもウザくなってきたなー。

「分っかりましたー」

そう言いつつ誠治はコンビニのエプロンを外した。呆気《あっけ》に取られている店長を無視してエプロンを引っさげカウンターを出る。

「今日で辞めます。エプロン洗って返す決まりでしたよねー」

「ちょっと武くん⁉　そんな急に辞めるとか言われてもこっちも困るんだよ⁉」

「いや、俺的にもう無理なんでー。すんませんしたー」

ぎゃあぎゃあ文句を言っている店長を尻目に、誠治はスタッフルームで上着を羽織って店から出た。


帰宅すると玄関灯が点《つ》いていた。起きていてもいなくても寿美子が点けてある。合い鍵でドアを開けると、まだ起きていたらしい寿美子が玄関先に出てきた。

「今日は早かったのね」

ゆらゆら。ゆらゆら。寿美子の立ち姿が揺れることにはしばらく前に気づいた。

「ああ、今日バイト辞めたから。また一ヶ月くらい休むし」

寿美子の眉が八の字に下がったのを見て、言い訳がましく付け加える。

「ちょっと金も貯《た》まったし、家にはちゃんと食費入れるよ」

「就職は……」

「条件いいとこあったらまた面接くらい行くし。また明日から晩飯二階に持ってきて」

バイトをしない間は食事を二階の自分の部屋に持ってきてもらうのが通例になっている。食卓を誠一と囲むのが嫌だからだ。誠一とは会社を辞めて以来、もう一年近くもろくに顔を合わせていない。

誠一が説教をしたがるくせに酒を持ち出すのが気に食わなかった。酒が好きな誠一は人には素面《しらふ》を強要して自分はくどくど説教しながら酒を流し込む。始まりは厳しい顔で正論を謳《うた》っておいて、終盤に入ると自分だけ入れた酒で勝手に上機嫌になり「説教はどうしたんだよ」と水を向けても「まあ俺もそう頭が固いだけの人間じゃない」「お前の気持ちも分からんでもない」「俺も若い頃は」などとへらへら自分語りだ。

その落差が気に食わない。途中で必ず酔っ払いに化けることが分かっているような奴の説教など聞くだけバカバカしい。その酒癖の悪さは誠一の最大の欠点であり、誠治が誠一を軽蔑して忌避する拠《よ》り所だった。

*

自分の好きな漫画とゲームとパソコンと自分のにおいが染みついたベッド。その六畳間は誠治にとって居心地のいい城だった。

最近では就職活動もなおざりになり、この部屋でだらだら過ごす資金を調達するためにバイトをしているようなところもある。

このままではまずいな、という危機感はうっすらと心のどこかにあるが――

まだ俺は二十四歳だ。誕生日が来たって二十五歳だ。まだまだ若い。まだまだ大丈夫。まだ本気になってないだけで、本気になればきっとどうにかなる。

バイトで小金を稼ぐようになってから、退職直後の焦《あせ》りは加速度的に薄れつつあった。

コンビニのバイトを辞めて一週間ほど経《た》った頃だろうか。朝飯時に部屋のドアがノックされた。寿美子にしては歯切れのいいノックだなと訝《いぶか》りつつ、そのときはゲームで戦闘の真っ最中だったので「飯なら持ってきてそこに置いといてくれよ！」の一言で切り返す。

もう珍しくもないことなので、足音が階段を降りていき、ややあってまた上ってきた。

無言で廊下にトレイの置かれる音がして、そして階段を降りていく足音。

ついついゲームに夢中になって食事が来ていることを忘れてしまい、みっちりイベントをこなしてから朝飯を取りにドアを開けると、

「……何だこりゃ」

お湯を注がれて放置され、伸び放題に伸びたカップラーメンがトレイに載っていた。

寿美子の具合が悪くて朝飯が作れなかったのだろうか。

それにしても、ラーメンならラーメンで伸びるわよと一声かけてくれてもいいのに、と誠治はやや不機嫌に伸びきったまずいラーメンをすすった。

それからもゲームの続きに没頭し、昼を過ぎた頃にドアがノックされた。ちょうど乗ってきたところだったのでドアを振り返ることすらしなかった。

「飯なら持ってきて置いといてー！」

朝と同じようにまた足音が階段を降りていき、やがてゲームのＢＧＭにまぎれてトレイを置く音が響く。

温かい飯には執着がないので誠治はそのまま一時間ほどゲームを続け、一区切りついてセーブしてからドアを開けた。

するとトレイには、

「……何のつもりだよ」

冷め放題に冷めたカップ焼きそばである。

「朝よりはマシだけどさ……」

冷めてカップの形に固まってしまった麺をムリヤリほぐしながらすすり込み、
夕飯はさすがに外の気配を窺《うかが》った。

もはやノックの音すらなく、トレイを置く音だけで足音はそのまま去っていった。足音が階段を下《くだ》りきるまで待ってから、そっとドアを開ける。

案の定、トレイの上には湯気を立てた食べ頃のカップラーメンが載っている。

頭にカッと血が昇った。一体何のつもりだ、母さんは。何かの厭味《いやみ》のつもりか。

日頃主張が少なく、誠治にも甘い寿美子だけに、このやり口は誠治の神経を逆撫《さかな》でした。

「おい！　何か文句があったら言えばいいだろ、何のつもりだよ朝から！」

怒鳴りながら階段を駆け下り、そこで足が竦《すく》んだように止まった。

父はまだ帰っておらず、ダイニングでテーブルに座って待ち受けていたのは、誠治が父よりも苦手とし、一度として逆らえた例《ためし》のない姉の亜矢子《あやこ》だった。

三年前に名古屋に嫁いでからは、年に一度あるかないかの里帰りでしか顔を合わさなくなっていたので油断していたが、

「あんた、いつからお母さんを『おい』呼ばわりできるほど偉くなったの」

ねじ込むような声の迫力は健在だった。むしろ迫力が増している。

「三食カップラーメンが続いてもお母さんの状態に気づかないで、文句つけるために血相変えて飛んでくるか。いいご身分だわね、あんた。食事を作れないほど具合悪いのかとか思わないわけ」

「な……何で姉ちゃんが帰ってきてんだよ。仕事は」

「あんたに仕事を心配される謂《いわ》れはないわ。あたしは必要なときに必要な休みがもらえる

程度にはきちんと働いてんの。クソ親父に啖呵《たんか》を切った割りにはだらだらバイトを転々としてるあんたなんかと違ってね」

名古屋の開業医の長男に嫁いだ姉だが、医療関係の資格をいくつか持っていたので病院経営上の戦力として婚家からも認められているらしい。

「お、俺だってただダラダラしてる訳じゃないよ、ちゃんと就活も……」

「それも最近は疎《おろそ》かになってるって聞いてるわ、お母さんから。バイトでちょっと小金を稼いではだらけて申し訳程度に就活して、お金がなくなったらまたバイトで凌《しの》いで。クソ親父には一人前の口を利きながら脛《すね》だけはがっつり齧《かじ》って、楽しげなフリーター生活じゃないの」

駄目だ、亜矢子との舌戦は分が悪すぎる。何しろ、この性格なのに婚家を自分の能力でねじ伏せ認めさせた女だ。

義兄もこんなキツい女のどこがよくて結婚したのか誠治には分かりかねる。

「でも、ホントにどうしてこんな急に……」

「うちは個人経営とはいえそこそこの規模の病院なわけ。しかも精神科の外来も持ってるのよ。それなのに嫁の母親が病気になったのに里帰りさせないなんて、いくら何でも外聞が悪すぎるでしょ」

亜矢子の台詞《せりふ》にはさり気ない爆弾が混ぜられていたが、さり気なさすぎて誠治がそれに気づくにはしばらく時間がかかった。

「か……母さんは」

亜矢子が視線で示した先には明かりを点けず真っ暗な居間があり、そのソファで寿美子が——座った姿勢のまま、前後にゆらゆら揺れながら、しきりに手を揉《も》んでいた。

一目で尋常ではないことが分かる状態だった。ずっと何かをぶつぶつ呟《つぶや》いている、その内容に耳を澄ませて総毛立った。

「ごめんなさいごめんなさいごめんなさい早く死なないといけないのに今日も死ねませんでしたごめんなさい早く死なないとお父さんにも誠治にも亜矢ちゃんにも迷惑がかかるのに死ねませんでしたごめんなさい」

どこで息継ぎしているかも分からない小さな声で、寿美子はずっとそう呟いていたのだ。

亜矢子がそっと椅子から立ち、寿美子の前にひざまずいた。誠治に向けるのとは打って変わった優しい声で囁《ささや》く。

「お母さん、あたしはお母さんが死んじゃったら悲しいよ。だから、絶対死なないでね。

あたしと約束してね」

　そして亜矢子は揉まれ続ける寿美子の手をほどき、やや強引に指切りした。

「指切りしたよ。約束破らないでね。死にたくなったらあたしを思い出すのよ」

　寿美子にカーディガンを羽織らせてからダイニングに戻った亜矢子に、誠治は半ば呆然《ぼうぜん》として尋ねた。

「母さん、いつからあんな……」

　と、人を殺せそうな視線が瞬速で返ってきた。

「それはあたしが訊きたいことだわね。クソ親父もクソ親父だけど、あんたもあんたよ。いろいろと聞きたいことがあるから二階に行こうかね」

　そして亜矢子は寿美子に声をかけた。

「お母さん、あたしと誠治、二階で話をしてるから。用があったらいつでも上がってきて。賑《にぎ》やかしにテレビでも点けとこうか？」

　テレビのリモコンを取り上げかけた亜矢子に、寿美子が初めて鋭い声を出した。

「点けないで！　……電気も点けないで。見張られてるから。見張られてて危ないから」

　誠治はそのとき生まれて初めて泣き出しそうな亜矢子の横顔を見た。

「分かった。この部屋は暗くしとくから」

そして誠治と亜矢子は二階へ上がり、亜矢子の部屋に入った。亜矢子が結婚してから、亜矢子の里帰りのとき泊まれるようにと寿美子が片付けた部屋だった。

客間に使える部屋なら一階にもあったが、義父母と同じ階では旦那さんも落ち着かないだろうからと寿美子は嬉しげに亜矢子の部屋を里帰り用に片付け直していたのだった。

そして、亜矢子たちが里帰りしたときは誠治は一階の空き部屋で寝るように言い渡されていた。それが三年前のことである。

*

「あんた、全然気づかなかったの」

話し合いは尋問から始まった。

「いや……その、」

ここで気づかなかったと言ったら殺されそうだ。必死で最近の寿美子の挙動を思い返す。

「最近、立ってるときにふらふらしてるなって思ってた。だから今日のラーメンも朝のは具合が悪かったのかなって思ったんだけど、その、三回やられて何かの厭味かと思って」

「ラーメン出してたのはあたしよ。いつあんたがお母さんの様子を見に来るか試してたんだけど、開口一番『おい』で詰《なじ》るんだから何様もいいとこね」

ハッと強く溜息《ためいき》をついた亜矢子が眉間に深い縦皺《たてじわ》を刻む。

「クソ親父といい、あんたといい、この家の男はみんなお大尽か？　お母さんがあたしのとこしか頼れなかったのが分かるわ」

「姉ちゃんのとこには何か連絡があったのか？」

「少なくとも最初の兆候はうちに見せたわ。三ヶ月くらい前だったかしら」

一緒に住んでるあんたたちじゃなくてね、と誠治をしっかり針で刺すことも忘れない。

「お母さんがね、うちにちょくちょく変な電話を掛けてくるようになったのよ」

「変ってどんな」

「自分のせいであたしたちにも迷惑がかかるかもしれない、しばらく東京に帰って来るなって。突拍子もない話でしょう？　最初はね、お母さんが詐欺か犯罪にでも巻き込まれて揉めてるのかと思ったの。だとしたらお父さ……、クソ親父にとにかく事情を訊《き》かなきゃどうしようもないじゃない？」

知らない間に亜矢子は誠一のことをお父さんではなくクソ親父と呼ばわることに決めたらしい。一体、自分が気楽な（と認めてしまうと負けたような気がするが）バイト生活を送っていた間に何があったのか。

そこから亜矢子の話は長かった。

お父さんはそのこと知ってるのかって訊くと「まだ話してない」だし、一体何があったのか訊いても全然要領を得ないの。とにかくこの家に引越してきたときにお母さんが何か失敗して、それが原因でクソ親父やあたしやあんたが危険な目に遭うかも、みたいなこと。

あたしはそのときとにかく詐欺か犯罪関係だと思ったから、クソ親父に電話を代わってって言ったんだけど、「お父さんには自分で話すから待って」って絶対代わらないのね。で、その日の晩には必ず話すって言うから、ひとまずその場は引いて、翌日の朝にこっちから電話したわけよ。やっぱりあたしは家を出た人間だし、実家には実家の間合いもあるだろうと思って。

そうしたら、翌日は「やっぱりよく考えたらお母さんの勘違いだった。何の心配もないから」って全然態度が違うの。そうかと思えば、あたしが病院に出勤して絶対家にいないって分かってる平日の昼に、実家から自宅の電話に五十件とか留守録が入ってるわけ。

それ、どんな内容で……

黙って切ってることが多かったけど、名乗って「亜矢子は無事ですか？」とか入ってることもあったわ。そんで、こっちも病院関係ときたら、ピンとくるわよね。旦那も畑違いとはいえ医者だしさ。

これは心をやられたなって。しかも、かなりややこしい病名のものに罹《かか》ったなって。旦那の見立てだと専門じゃないし直《じか》に診《み》てないから何とも言えないけど、色んな症状が複合して出てるみたいだって話で。とにかくお母さんはその時点で「誰かに監視されてる」「家族が狙われる」って妄想や不安障害まで出てるみたいだったから……

すぐにクソ親父に電話して、お母さんの状態を説明したわよ。鬱《うつ》病か躁鬱か妄想か全般性不安障害かどんな診断がつくか分からないけど、とにかくお母さんは精神病に罹《かか》ってるから一日も早く精神科へ連れていけって。そんで、できればその家も出ろって。その家に住んでることがお母さんのストレスの原因になってるはずだからって。

そしたらあのクソ親父、笑い飛ばしやがったのよ。そんなものは心が弱い者の言い訳だって。旦那に精神病はそういうものじゃないって説明もしてもらったけど、てんで聞きやしないのよ。毎日家事や買い物ができるのに病気なんてことがあるか、気が塞《ふさ》ぐのは心が弱いからだ、そんな弱い人間がどこへ引越したって同じことの繰り返しなんだから、病院も引越しも必要ないって。

そんで、あろうことか、嫁いだお前に迷惑がかかるようなことにはしない、余計な世話だって。

俺……そんな話、全然……

そうね、あんた前の会社辞めて団欒《だんらん》から逃げ回ってたそうだしね。言っとくけど、それだってお母さんの病気を進行させた原因なんだからね。

えっ、そんなのが俺のせいになるのかよ。

当たり前でしょうが！　お母さんは家の中にしか逃げ場がなかったのに、父と子が顔も合わさない険悪な状態を一年近くも続けて、それでなくても長年のストレスで苦しい思いをしてたお母さんがどれだけ辛《つら》かったと思う？　たとえ気まずくても食卓に家族三人揃うことがどれほどお母さんの心を慰めてたと思うの？　それをだらだらバイトに逃げて家庭内別居みたいにして。

そんなの俺のせいにされたって……

同じ家にいて今日の今日までお母さんのあの様子に気づかなかったことに何か申し開きできるなら聞くけど？　何ならもう一回お母さんの様子見てくる？　あの無惨な様子を？

わ、分かったよ……


あたしが今日帰ってきたのは、昨日クソ親父から電話があったからよ。

「お母さんが毎日、俺が帰ってくるとすがりついて『今日も死ねなかった』とすすり泣くようになったが、どうしたらいい」

あたしがどれほど電話口で怒鳴り散らしたかったと思う⁉

それ見たことか、何がお前に迷惑がかかるようなことにはしないだ、結局あたしに電話してくるしか能がないんじゃねえか！

今その状態にならないためにお母さんを病院に連れていけってあたしが言ったのは一体何ヶ月前だ、たった三ヶ月前だ！　それを無駄にしやがって最低男！　この能なし能なし能なし！

旦那が横についててくれたから抑えられたわ。受話器を持ってない手はぶるぶる震えてたけど、自分でもびっくりするほど優しい声で言ったわよ。

死んだら駄目だってお父さんが指切りげんまんしてあげて。バカバカしいって？　いいのよ、そういうバカバカしいことが最後の綱になるものなの。精神病患者が死にたいって言い出したら、そういう約束がすごく重要なの。明日あたしもそっちに帰るわ。いい病院も調べて帰るから。

電話切ってから荒れた荒れた。マイセンからたち吉から十枚は割ったわね。おかげさまで大損害よ。

「あのー、姉ちゃん」

ひとしきり話し終わって一息ついた亜矢子に、誠治は恐る恐る尋ねた。

「さっきから何度も言ってた、長年のストレスって……何？」

「やだ。あんたまだ知らなかったの？」

言いつつ亜矢子は部屋の畳をパンパンと叩いた。

「この家に住んでること自体が、お母さんのストレスになってるのよ。引越してきてからだから、もう二十年近くになるかしらね。お母さん、その間ずっとこの町内でいじめられてたのよ」

「まさかぁ！」

俄《にわか》には信じられない話だった。

引越してきた当時、誠治はまだ幼稚園だったがそのころの記憶はちゃんとある。

昔は人懐こい子供だったので、誠治は近所のおばさんたちからもかわいがられていた。

今でも顔を合わせたら挨拶くらいはする。その人々が自分の母親をいじめていたなど。

「その分じゃ何にも分かってないのね、あんた。あんただって町内のおばんどもの子供を使っていじめられてたのよ。覚えてないの？　子供会で町内の掃除したとき、よその子はみんなお菓子とジュースをもらってたのに、あたしたちだけジュースしかもらえなかったじゃない」

「それはたまたま数が足りなかったんじゃ……」

「おめでたい子ね、毎回だったわよ。最初から足りないようにしておいてあそこの子にはこれしかやるなって配る子の親が命令してたのよ。それに子供会のキャンプ」

それは誠治も覚えていた。町内の大人が数人で引率して一泊するという行事だったが、キャンプ場についてから子供たちだけで山の中に入って遊んでいたとき、亜矢子と誠治は迷子になったのだ。

「置いていかれたのよ。あんたが一番小さくて足が遅いからなかなかついていけなくて、あたし何回も前を歩いてる年長の子に『待ってください』って叫んだのに、誰も振り返らなかった。それどころか、どんどん藪《やぶ》の深いほう深いほうへ進まれて、完全に置き去りにされたわ」

街灯のない山の中、夕暮れは街よりも短く夜はすぐにやってくる。誠治が疲れた、休みたいと泣きながら駄々を捏《こ》ねても、亜矢子は誠治の手を強く握ったままで引きずるように歩き続けた。

そのうち、誠治もどんどん迫ってくる夜に怯《おび》えて、しゃくり上げながらも休みたいとは言わなくなった。足は痛い、疲れた、でも山の夜のほうが恐《こわ》い。

やがて日の落ちる直前に、恐らくは亜矢子の執念でキャンプ場へたどり着いた。着いた途端に誠治は泣き喚《わめ》き、大人たちが笑いながら近づいてきた。

山の中ではぐれちゃったんですって？　おじさんたちが捜しに出るところだったのよ、無事に帰ってこられてよかったわね。

誠治は近づいてきたおばさんにしがみついて泣きじゃくり、背中を叩いてもらったが、亜矢子は硬い表情のまま、取り囲むおばさんたちの誰にもすがろうとはしなかった。

亜矢子は子供のころから聡《さと》かった。大人たちが本気で二人を捜す気だったらもっと早く出発していることも、年上の子供たちが山の中で二人を撒《ま》いたのが大人たちの指示だったことも、もし夜までに二人がキャンプ場に戻れなかったら、警察に連絡して事態を大事にして両親に恥をかかせるつもりだったことも、みんな透けて見えていたのだろう。

この年になっても説明されないと分からない自分が少し情けなかった。

「まだまだあるわよ」

亜矢子の積年の恨みも深いらしい。

「近所の空き地でボヤが出たことがあったでしょ。焼け跡からあんたが誕生日にもらった超合金ロボットが出てきたわよね」

「ああ、俺がなくしちゃったヤツ」

「バカね！　なくしたものが何でそんなタイミングよく焼け跡から出てくるのよ！　あれも親の手綱《たづな》がついた悪ガキどもの仕業《しわざ》よ。あんた脇が甘くてバカだったから、気づかれずにいじめるのに格好の素材だったのよ。あんたの目ェ盗んで新しいオモチャを持ち出して——っていうか盗みって言うんだけどね、普通は。そんで燃やしてやれって火を点けたらボヤになって大慌てってとこでしょうよ」

カッコイイ翼が熱で溶け縮れたその超合金には覚えがある。

いつの間にあれは返ってきた？

「ボヤの翌日うちの庭に投げ込んであったわ。あんたボヤの時間にたまたま塾に行ってたから、警察が現場検証しにきたときも、あんたのオモチャだって騒ぎ出す奴はいなかったけどね。これでアリバイがなかったらあんたに火遊びの疑いがかかってたところよ」

今まで何の疑いもなく暮らしていた平凡な町内が、姉の検証にかかるとどれほど悪意にまみれた恐ろしい町かと今さら思い知らされた。

昔飼っていた猫もいろいろと災難に遭っていたらしい。車かバイクのエンジンオイルを体中に塗りたくられて帰ってきたことがあるが、猫の毛には明らかに人の指の跡が残っていたという。そして、誠治は怪我をしたから獣医に連れていって治療したとしか聞かされていなかったが、明らかに鋏《はさみ》と覚《おぼ》しき刃物で背中の皮を切られて帰ってきたことさえあるらしい。

それでも町内の悪意を信じたくなくて、誠治は食い下がった。

「でも……俺、裏の西本さんにチョコレートたくさんもらったことあるよ」

「ああ、そうねぇ。賞味期限切れで半年か一年も置いといたらこれくらいバサバサになるかしらってチョコレートを何枚もね」

「えっ、そんなチョコだった⁉」

「そうよ。油脂が分離して真っ白になってたわ。あたしはこのおばさんがタダで物なんかくれるわけがないって思ってたから、ありがとうって受け取ってお母さんに見せるつもりだったのに、あんたがその場で食べちゃったから『武さん家の子は母親がおやつもろくにやってないから賞味期限切れのチョコレートでもがっついて食べる』って噂を流されて、お母さん後で泣いてたわ」

でも——でも。

「何で、うちがそんな目に……」

「あたしが思いつく理由は二つあるわ。一つはうちが会社買い上げの社宅だってこと」

それが一体どうして理由になるのか。首を傾《かし》げた誠治に亜矢子は説明した。

「基本的にこの町内は建売住宅で売り出したベッドタウンの一区画だから、高いローンでみんな苦労してるのよ。けどうちは社宅だから家賃が破格に安いわけ。今どき都内のこの土地でこの部屋数の物件が三万なんて論外よ。実際のところは建売が売れ残って困ってたのを仕事上のよしみでクソ親父の商社が社宅用にって買ってあげたんだけどね。でも同じランクの家に自分は十万円以上払ってるのに三万円で住んでる奴がいたら、たとえそれが持ち家じゃなくても面白くない人はいるでしょ」

「でも、そんなの言わなきゃ分からないじゃないか」

「そこに理由の二番目が絡むわけ。うちのクソ親父よ。酒癖の悪さは知ってるでしょ」

会社では『経理の鬼』などと呼ばれてできる男扱いの誠一だが、亡くなった祖父からも「あいつは酒で身を滅ぼすぞ」と言われていたほど大酒飲みで、酒癖も悪い。

「引越してきたときにね、ご近所で親睦会に呼ばれたのよ。それで酔いに任せてその辺の事情をぽろっとね。社宅なのに家賃が高くて持ち家の皆さんが羨《うらや》ましい、とか相手を持ち上げてりゃいいものを生々しい金額までこぼすバカがどこの世界にいるのよ。しかもその会で足腰立たなくなるまで飲んで、おじさんたちに家まで担がれてきたのよ。これ以上の醜態がある？　分不相応な家に破格の家賃で住んでる酒癖の悪い変人。一瞬で村八分完了よ。他にも酔っ払って帰ってきて、自分の家と間違ってよその家に押し入ろうとして警察を呼ばれかけたり、色々とやらかしたからね。そのくせ本人は酔っ払ってるときのことは全然覚えてないから、平気でこんなこと言うのよね。『俺は人見知りする臆病な寿美子と違って社交性もあるし、きちんとしてるから、どこに行っても普通に暮らせる。寿美子は駄目だ。ここから逃げ出しても同じことになるだけだ』」

今まで知らなかった事情を叩き込まれた後なので、さすがに誠治も膝の上で拳《こぶし》を握った。

「ちょっと……親父のこと、殴りたくなってきた。酒癖が悪いとは思ってたけど、いくら何でもひどすぎるじゃないか」

俺には偉そうに説教するくせに自分のしてきたことは何だ。引越してきたその初っ端《ぱな》で町内中に醜態を振りまいて寿美子の肩身を狭くして。

「でしょー？　お母さんやあたしたちがいじめられてきたのはあのクソ親父のツケなのに、自分の醜態はきれいさっぱり忘れて自分だけ立派な人間みたいにさぁ。あげくお母さんをあのザマに追いやって、それでも家賃が安いからって社宅を出ようとはしないし。うちの社宅って家賃が安い代わりに補修は自費って条件じゃない。でも、自分が遊ぶことにしかお金使いたくない人だから、屋根の塗り直しや何かも全然やらないしね。近所では武の家があるだけで町内が貧相になるから出ていってほしいって陰口叩かれてるのに、いい気なもんよ。何が付き合い上手よ」

「何で、俺には今まで何も言わなかったの」

どうして言ってくれなかった、という気持ちがその台詞を迫《せ》り上がらせた。

どうして寿美子を気遣う情報をもっと昔にくれなかった、という恨みがましい質問に、亜矢子の回答は明快だった。

「お母さんに頼まれてたからよ。亜矢子は気がついてくれてそれはありがたいけど、誠治はせっかく気がついてないんだから、自分で気がついちゃうまでは気持ちよく暮らさせてやりたいって」

頭をハンマーで殴られたような気がした。

再就職から何となく逃げて好き勝手して、それでも誠治は毎日に不満たらたらだった。小言がくどいコンビニの店長、顔を合わせれば説教する隙《すき》を探す父親、再就職を気にしておずおず顔色を窺ってくる母親。

そんなものは寿美子が二十年近くも耐え続けていた苦しさを知った今となっては、不満と言うのもおこがましい甘えだった。自分は充分気持ちよく暮らしていたのだ。

飼っていた猫を看取《みと》ったとき、母は小さな亡骸《なきがら》を膝に抱いて泣きながら呟いていた。

お前もよそで飼われていたらあんなにたくさん酷《ひど》い目に遭わなかったのにねえ。ごめんねえ。お母さんが飼ってしまってごめんねえ。

聞いたときは何を訳の分からないことを言っているのかと思った。

だが、姉から話を聞いた今なら分かる。死んでしまった小さな猫に、寿美子は母として主婦としての責任を負って詫びていたのだ。

自分が近所付き合いを巧くできていたらこの子は背中の皮を切られることはなかった。オイルをなすりつけられることもなかった。

子供たちも、しないで済む嫌な思いをたくさんすることはなかった。

確かに寿美子は社交的ではない。しかし無条件で近所中に嫌われるほど特異な人間でもない。むしろ目立たず埋没するタイプだ。誠一が宴席で酒量をわきまえる程度に常識的な人間であれば。酒に呑まれたときの特異すぎる個性で悪目立ちしない人間であれば。母の責任などではない。最初に何もかもぶち壊しにした男が何を賢《さか》しげに。姉の怒りは当然だ。

階下で玄関の鍵が回る音がした。

「さぁて、一戦おっぱじめるか」

亜矢子が右肩を回しながら腰を上げた。そして誠治を振り向く。

「あんたはお母さんを二階に連れてきて付き添ってあげてくれる？　できるだけこらえて話すつもりでは来たけど、あたしの忍耐にも限度ってものがあるし、お母さんには聞かせたくない話だから」

「わ、分かった」

亜矢子が先に階段を下り、上がり框《かまち》に仁王立ちで誠一を出迎えた。

「三ヶ月前はあたしの手なんか要らないってことだったけど、お呼びがかかったから駆けつけたわよ。何しろ親子ですものね。今夜は酒抜きで今後のことをガチで相談しましょうか、お父さん」

誠一は仏頂面《ぶっちょうづら》で框に上がった。三ヶ月前の忠告を無視し、寿美子をあの状態にしてからSOSを出したのは、さしもの誠一でも気まずいらしい。

この場で一切の弱みを持たないのも亜矢子だけだ。誠治は亜矢子の横をすり抜けて奥へ向かい、寿美子を二階へ連れて上がった。

＊

寿美子は誠治の部屋でもベッドに腰掛けてゆらゆらと揺れていた。どうやら自分の意志では止められないらしい。

不安気に手を揉む仕草も一向に収まらない。

階下からは一度「ふざけないで！」と姉の怒声が聞こえた。慌てて様子を窺いに行くと、誠一が「まずは一献」と持ちかけたらしい。

「お酒を呑みながらできるような話じゃないでしょう。うちの精神科医に色々訊いてきたから説明するわ、ちゃんと聞いて」

亜矢子が声を抑えたので、誠治はまたそっと階段を上がった。

部屋に戻ると、ゆらゆら揺れていた寿美子が「誠治」とか細い声で呼んだ。

「何、母さん」

「手を……手を握っててくれる？　少しでいいから」

涙が溢《あふ》れそうになった。

いつのまにかすっかり油が抜けて骨張った寿美子の手を包むようにそっと握る。

「いつでも言ってよ、いつでも握るから。あ、バイトや就職活動の合間にだけど」

取り敢《あ》えずの口先だけでも働く意欲を表明すると、寿美子はそのときだけはぎこちなく微笑《ほほえ》んだ。

「母さん、手がガサガサだよ。ハンドクリーム塗ろうよ、俺、洗面所から取ってくる」

手を離した一瞬、寿美子は不安そうな顔になったが、誠治が笑うとまたゆらゆらと揺れはじめた。

洗面所からハンドクリームを持ち出したついでに居間を窺うと、姉の声でセロトニンがどうのシナプスがどうのと生物の授業のようになっている。酒の入っていない誠一なら、充分についていける話のはずだ。誠一は国立卒でしかも理系である。

部屋に戻ってゆらゆら揺れている寿美子の手にハンドクリームを適量置いて、擦り込むように手を揉んでやる。ただ手を握っているよりも落ち着くらしく、少しリラックスしたようだ。

そうしてどれだけ寿美子の手をさすっていただろうか。

階下からまた亜矢子の怒鳴り声が響いた。

「だからそういうもんじゃないって何度も言ってるでしょ!?」

「母さん、ちょっと姉ちゃんが親父と揉めちゃったみたいだから様子見てくるね」

言いつつゆっくり寿美子の手を離し、階段を駆け下りる。

「どうしたんだよ、さっきまで静かに話してたじゃないか!?」

言いながら居間に入ると、亜矢子がぶっ殺すような目つきで（亜矢子のぶっ殺すような目つきは本当にぶっ殺しそうな目つきなのだ）誠一を睨《にら》んでおり、誠一は誠治に向かって怒鳴った。

「半人前が口を出すことじゃない、引っ込んでろ！」

「なっ……！」

母さんがあんなことになってるんだから俺にだって関係あるだろ!?　と言い返しそうになって、そのとき初めて気づいた。

誠一は誠治を叱ったのではない、亜矢子から逃げたのだ。小さいころから変わらない、自分に非が一点もない自信に裏打ちされたときの「ぶっ殺すような」目つきから。

誠治が亜矢子を苦手だった理由も同じだ。亜矢子がその目をするときは、必ず正しい。

その一点の曇りもない正しさで、容赦なく相手を追い詰めて逃がさない。追い詰めて追い詰めて――学生の頃は誠一に怒鳴り負けて悔し涙を流すかわいげもあったが、今は。

対等な「大人」になった今、その目つきが自分に据えられる恐さ。それは酒癖の悪さに加えて得手勝手に自分には甘いという欠点を持つ誠一には、誠治と同様に恐くて気まずいものだろう。

亭主関白で気難しくて煙たい。酒さえ呑まなければ羽目を外すこともないが、生真面目《きまじめ》すぎてとっつきにくい。そのくせ酔うとひたすらだらしなく、家族を辟易《へきえき》させる。落差にうんざりして避けていた父親の等身大の姿が驚くほど鮮明に見えてきた。

亜矢子に追い詰められて誠治を怒鳴った誠一は、自分が一番偉くないと機嫌が悪くなる子供と同じだ。亜矢子に直接歯向かっても勝てないから、運良くこの場に乱入した誠治を怒鳴りつけることで、亜矢子に自分の威厳を見せつけようとしたのだ。

でも父さん、亜矢子はそんなことじゃごまかせない。今の亜矢子はもう完成形だ。弱みだらけのあんたが虚勢を張ったところで恐れ入るわけがないじゃないか。

「引っ込んでろって言い方はないだろ、父さん。母さんのことじゃないか。とにかく俺も話を聞くから……」

「母さんがあんなザマになったことに今まで気づかなかったお前が何の役に立つ！」

ああ。今のは俺なりの助け船だったのに、何で乗らないんだよ。今の亜矢子と一対一で話して父親の威厳なんて幻想が通用するとでも思ってるのかよ。

もう亜矢子は三十過ぎだ、あんたの怒鳴り声に怯んで涙を浮かべるような小娘じゃない。

「誠治に責任転嫁しないで、みっともない」

亜矢子が一言でぶった切った。

「お母さんをあんなザマにしたのはお父さんよ。あたし、たった三ヶ月前に、お母さんを精神科へ連れていけって言ったわね？　何度も催促したわよね？　無視し続けてお母さんをあんな状態にしたのはあなたよ、お父さん。誠治じゃない。誠治もバカだけど、まだ罪は軽いわ」

ほら。ほら。あがけばあがくだけズタボロにされるだけだよ。


何しろ俺はこんなに怒っている亜矢子を見たことがない。


「俺が何をしたと言うんだ！　毎日毎日きちんと働いて家族を食わせて、母さんが勝手にあんなザマになったことまで俺のせいか！」

あっ駄目だ！　誠治は思わず自分が引っぱたかれたように目を眇《すが》めた。

誠一は破滅の引き金を引いた。

「あんたが何をしたか、ですってぇ……」

こうなったら亜矢子は止まらない。もう亜矢子を止められる奴なんか誰もいない。義兄が一緒に来てくれていれば何とかなったかもしれない、でも亜矢子は一人だ。鎖を付けていない猛獣と一緒だ。

「じゃあ、長い長い物語を聞かせてあげましょうかね！　あんたが、自分は人付き合いが巧いからどこに行ってもそこの人と仲良くなれる、母さんとは違うって自慢してるあんたが、本当は町内でどう思われてるかをね！　そしてそのツケで嫌がらせを受け続けてきた母さんやあたしたちの物語もね！」

恐いような笑顔で亜矢子が身を乗り出した分、誠一が後ろに退《ひ》いた。

「駄目だ、姉ちゃん！」

誠治は反射で横から亜矢子にすがりついたが、剣突の一発で終わった。

そして堰《せき》を切ったように、亜矢子は越してきてから二十年の話をまくし立てた。さっき誠治に話したのとまったく同じ話に、隠し球がこれでもかこれでもかと重なった。聞いている誠治でさえいたたまれなくなった。

「うるさい黙れッ！」

誠一が怒鳴ったのは完全な敗北宣言だった。声量で亜矢子を黙らそうと。

だが切れ味は亜矢子の金切り声のほうが上だった。

「結局あんたは自分だけがかわいいのよ！　お母さんのこと、ここまで説明したのに面倒くさいものに罹ってくれた、なんて平気で言ったわね！　あんた、本当に血の通った人間なの⁉」

「姉ちゃん、言いすぎ！　父さんが皮肉っぽい言い方をするのは癖じゃないか！　本当はそんなこと思ってないよ！　なあ父さん、そうだろ⁉」

「あんたは黙ってなさいっ！」

誠一と違って亜矢子の『黙れ』には一点の隙も猶予もなく、とっさに割って入ったものの誠治は即時退場を余儀なくされてまた縮こまった。

「何度でも言ってやるわ、結局あんたは自分だけがかわいいのよ！　あたし、何年前からお母さんのためにこの家から出てあげてって言ってた⁉　お母さんが近所でいじめられてかわいそうだから引越してあげてって何回言った⁉　自分はご近所から軽蔑されてるのに気づいてなくて何も不自由感じてないからって『お母さんの性格じゃどこに行っても同じだ』って家賃の安い社宅にしがみついて！　賃貸でも建売でも引越すお金がなかったわけじゃないくせに！　生活費以外、自分が楽しむことにしかお金を遣いたくない渋チンが、補修義務も果たさないくせに社宅になんか入る権利なかったのよ！　自分が町内中で軽蔑されてることを知って、今のご気分はどうかしら⁉」

誠一がぶち切れたように立ち上がり、腕を振り上げた。

「駄目だっ、父さん！」

それをしたら本当に――本当に、

亜矢子は腕で顔を庇《かば》う素振りも見せなかった。いっそ傲然と父親の前に立ちはだかった。

誠治の制止は間に合わなかった。

避ける素振りの一つさえなく、亜矢子は誠一の平手を左頰の上に受けた。首が思い切り殴られた方向へ振られる。

その首を元の位置に戻したとき、亜矢子は完全に勝者の顔をしていた。

殴った誠一のほうは、――懸命に怒りの面相を保っていたが、完全に虚勢だと分かった。

「結局あんたは家族なんか大事じゃないのよ。大事なのは自分、自分、自分、自分、自分の都合と世間体《てい》と楽しみだけ。お母さんのことも――あたしのことも誠治のことも、自分の楽しい人生の邪魔にならないなら『居ても別に構わない』としか思ってないのよね？　だから、お母さんの辛さや苦しさも二十年近く無視してここに居座ってこられたのよね？　会社から帰ってきたとき、お母さんが鴨居《かもい》から首を吊ってたら泣くんでしょうね。でも、絶対に『面倒なことが減った』と心の隅で思うのよ。面倒な話を押しつけてくるあたしを、たった今、殴って黙らせようとしたようにね。あたしは暴力で黙ってなんかやらないからおあいにくさまだったけど、」

こんなんだったら、どうしてお母さんと結婚なんかしたのよっ！

空気が震えるような、それは咆哮《ほうこう》だった。

「そ……それは極論だろう、姉ちゃん。父さんと母さんが結婚してなかったら、俺たちも生まれてないんだから」

ただおろおろと執り成した自分の言葉がそんな結果を呼ぶとは思わなかった。

誠治はぎょっとして亜矢子を見つめた。恐らく誠一も。

うわあああ、と亜矢子が声を上げて泣いた。号泣した。

「生まれてこなくてよかったわよ、あたしたちなんか！　あんなお母さん見るくらいならっ――この男以外の優しい誰かと結婚して、お母さんが幸せになってくれてたんだったら、あたしたちなんか、わざわざこの世に発生する価値もなかったわよ！　この男の代わりに傷つけられて、あたしたちを町内会の人質に取られて、三十年以上も連れ添ってこんなにすり切れてぼろぼろにされるなら、お母さんの人生は何だったのよ！　それなのに、まだこの男は、お母さんのためにこの社宅を出るとは言わなかったのよ！　自分が楽しむためだったら一回の旅行に五十万でも百万でもはたくくせに！」

　やめて――と弱々しい声が割って入った。三人が一斉に振り向くと、寿美子が二階から下りてきて壁に摑《つか》まりながらゆらゆらと揺れていた。

「見張られてるから……いつも誰かに見張られてるから……大きい声で話したら駄目……みんな狙われるから……うちは、危険だから」

　寿美子が抑揚なく呟く妄想が、こじれきった場をその力なさで収束させた。

　亜矢子がテーブルの上に載せられていた何十冊ものパンフレットを、誠一のほうへ押しやった。

「うちの病院のパンフレット。分かりやすいものを選んで持ってきたからちゃんと読んでおいて。本当は理解できてるんでしょう、全部。気の持ちようでどうにかなるようなことじゃなくて、きちんと科学的な根拠に基づいた病理だって」

　そして亜矢子は寿美子のそばに寄り添った。

「お母さん、お母さんは誰かに見張られてるって思ってるのかもしれないけど、あたしはそうは思わないよ」

「だけど……どこに行っても、買い物に行っても、誰かが見てるのよ。お父さんと旅行に行っても、どんな遠くに行っても、みんなお母さんたちを見てるのよ」

「うん、お母さんには今はそう思えるかもしれないね。でも、あたしは違うと思うよ」

亜矢子は寿美子を宥《なだ》めながら寝室へ連れていき、誠治は去就を迷いつつ二階へ上がった。誠一が今、誰か相手を欲しがっているとも思えなかったし、むしろ亜矢子にあれだけ容赦なくやられた後なら一人になりたいだろう。

「姉ちゃん、俺、自分の部屋にいるから。母さん休ませてからもし話があったら……」

「分かったわ」

答えながら亜矢子は勝手知ったる様子で両親の布団を敷いていた。あんだけギッタギタにしても、父さんの布団も敷いてやるんだな。誠治がわずかに垣間見た情に誠一は気づくだろうか。

亭主関白で自分勝手な父親はこんな些細《ささい》な情には気づけないかもしれない。

誠治は居間に戻ってそっと誠一に声をかけた。

「あの……姉ちゃん、父さんの布団も敷いてたよ」

「……そんなものは自分で敷ける。要らん世話だ」

振り返りもしない返事は完全にふて腐れていて、それが分かったのは自分がふて腐れたときの声とそっくりだったからだ。

ふて腐れているなら、本当は分かっている。認めたくないだけだ。自分に重ねてそれも分かったので、誠治はそれ以上は何も言わずに二階へ上がった。

＊

しばらくしてから亜矢子が二階へ上がってきた。

「一応パンフ読んでるみたいだったわ」

「そりゃあ……」

誠治としては何となく誠一を庇う立場にならざるを得ない。

「姉ちゃんの号泣なんか生まれて初めてだろ。内心ではこたえてるよ」

そもそも亜矢子は物心ついたころから——特にこの家に越してきてからは、声を上げて泣いたことのない子供だった。泣くときは声を殺して唇を噛みしめるような子供だった。

誠一のあの勢いの殴打すら傲然と受け止めた亜矢子に母親の不憫《ふびん》を号泣され、自分たちなど生まれてこなくてよかった、母は父ではない他人と結婚したほうが幸せだったと糾弾されたのだ。その衝撃は如何《いか》ばかりか。

「色々問題も欠点もある父親だけどさ。あれはきついよ、やっぱ。傷ついたと思うよ」

「傷つけばいいんだわ。今まで自分に欠点がないなんて思ってたクソ親父は。自分が何をしたのかパンフ見ながらじっくり思い知ればいいんだわ」

さすがに亜矢子は昔から町内のいじめの構図に気づいていただけに、誠一への怒りも根が深いようだ。

「姉ちゃん、ほっぺた冷やしたほうがいいよ。明日になったらぶっくり腫《は》れるぜ」

「手当てはしない。自分がぶん殴って膨れ上がった娘の顔を見ながら過ごせばいいんだわ。治るまで自分が何したか何度でも繰り返し思い出せばいいんだわ」

うわあ、こんな針のむしろ他に見たことない。誠治は心の底から誠一に同情した。

その表情で何を考えているか分かったのか、亜矢子はじろりと誠治を睨んだ。

「言っとくけど、今晩でクソ親父が性根入れ替えると思ったら大間違いよ。プライドだけ高くて物分かりの悪いあのクソ親父が、急に心を入れ替えてお母さんを通院させようとか引越ししようなんて動くわけないわ。お母さんの看病はあんたの肩にかかってるのよ」

「わ、分かってる」

あんなに常軌を逸したような寿美子を目《ま》の当たりにしたら、それは自覚せざるを得ない。

「明日、お母さんを病院に連れていくわよ。車で三十分ほどかかるけど、隣の市に評判の確かなクリニックがあるから」

「え、でも……そんな急に行って診てもらえるようなもんなの？　何か今って鬱の人とか多くて精神科ってすごく混《こ》んでるんだろ」

それくらいのことなら誠治も知っていた。

「うちの病院から紹介状出す形で予約の割り込みさせてもらったわ。それだけ重篤な状態だってことだけどね」

それでもあのクソ親父は自分を先にかわいそうがってるのよ、と亜矢子は吐き捨てた。

＊

誠一の通勤は電車なので、車は平日空いている。

病院に向かうまでには一悶着あった。

寿美子は、完全に武家が『何者か』に監視されているという妄想に取りつかれており、精神科のクリニックに行くことを強硬に嫌がったのだ。

「うちはずっと見張られてるから、お母さんが精神病院に行ったなんて分かったら、また悪いように言いふらされて、みんなに迷惑がかかるから」

靴まで履いているのに未だ框から腰を上げようとしない寿美子に、思わず苛立《いらだ》った誠治は声を荒げた。予約の時間が迫っているのに。

「いい加減にしろよ、診察受けないほうが家族には迷惑なんだから聞き分けろよ！」

途端に、寿美子を説得していた亜矢子からぶっ殺す視線が飛んできた。泡を食って口を閉じる。

「お母さん、あたしたちに迷惑なんてかからないから。お母さんは具合が悪いからお医者さんに診てもらわないとね。具合の悪い人を悪く言う人なんか、もしいたとしてもうちは無視してたらいいのよ。そんな奴らはあたしたちに何もできないんだし、付き合いたくもないし」

亜矢子の辛抱強い説得で、何とか間に合う時間に車を出せた。運転は誠治で、助手席に亜矢子、寿美子は後部座席である。

出発してから亜矢子が正面を向いたまま低い声を出した。

「もう二度と短気起こすんじゃないわよ。ここまで症状がこじれた患者にはとにかく根気強く、優しく接すること。今その脳味噌に叩き込みなさい」

「う……努力、する」

亜矢子が名古屋に帰ってからも亜矢子と同じようにできるとは到底思われなかったが、

ともかくできる限り根気強くなろうと心に刻んだ。

　亜矢子のナビでたどり着いたクリニックは、最近流行《はや》りのいろんな医院を集めて一つのビルにまとめた形式のものだった。外壁は明るいペパーミントグリーンに塗られ、出入り口も広く取り、開放的で入りやすい雰囲気になっている。

　亜矢子が向かったのは、二階の南向きの区画で看板を挙げている『おかのクリニック』だった。看板の文字は丸みのある優しげなフォントで、診療科目は診療時間などと一緒に小さく自動ドアに書いてある。

「すみません、ご紹介を頂いた武ですけど」

　亜矢子が受付で話しながら仕草で寿美子を座らせるように指示する。パステル調の淡い配色でまとめられた待合室にはグリーンなども置いてあり、患者がリラックスできるように計算されているのだろう。

　患者たちは、みんな俯いて静かに自分の順番を待っている。誠治も空いていたソファに寿美子と並んで座った。

　寿美子がまた手をしきりに揉みはじめていたので、手をさすってやる。それだけは昨日の一件で覚えた。夜、またハンドクリームを塗ってやろう。

十分ほど待たされたが、すぐに順番がきた。最初は家族三人で入り、優しげな声で喋《しゃべ》る穏やかそうな中年男性の医師が、寿美子に簡単な問診をした。

「ええと、それでは……」

医師と亜矢子が目配せを交わし、亜矢子が誠治に命じた。

「誠治、お母さんを待合室に連れてってあげて。看護師さんたちが見ててくださるから、座らせたらあんたもすぐに戻ってきなさい」

誠治に否やがあろうはずもない。寿美子を連れ出し、再び診察室に戻ると、医師の説明が始まった。

「事前にお姉さんから聞いていたお話からすると、やはり長期的なストレスに色んな原因が積み重なっているようですね。もう更年期でもいらっしゃいますし……とにかく、今の環境から出してあげるのが一番なんですが」

「それが一番難しいと思います。お話ししたように、父が最も精神病に理解がありません。説得はしてみましたが、不必要な出費だと却下されました」

「母はどういう状態なんですか？」

矢も盾もたまらず誠治が割り込むと、おかの医師は難しい顔でカルテを繰った。

「まず重度の鬱状態です」

まず？　一つじゃ済まないのかとのっけから打ちのめされた。

「それからかなり強い妄想状態」

その状態なら思い知った。昨日から思い知り続けている。

「統合失調症というよりは、全般性不安障害がかなり進行した状態でしょう」

「全般性……？」

「理由の定まらない不安に強く囚《とら》われてしまう病気です。お母さんの場合、原因は長年にわたる近所付き合いの不和でしょうね。家の中で唯一の理解者だったお姉さんが結婚して家を出られたことや、ペットロス、更年期障害なども重なって複雑な状態になっていると思われます。家族や自分に何か悪いことが起こるのではないか、と常に怯えて、身震いや身動きが止まらなくなることもあります。手をずっと揉んでいたり、貧乏揺すりが止まらないのは症状の一つですね。鬱状態や妄想もこの病気が昂じて出てきた症状のように感じられます」

「治るんですか」

せっつくように訊いた誠治に、おかの医師は断言した。

「こちらで出すお薬をきちんと飲んで頂ければ、治る確率はかなり高いと思います。ただ、根気が必要なのでご家族のサポートが必須ですが」

「どんなことですか？」

「まず、お薬の管理をしてあげてください。ちゃんと飲んでいるかどうか、飲み間違っていないかのチェックです。ピルケースなどで分かりやすくしてあげるといいですね」

言いつつおかの医師は見本を見せてくれた。曜日と時間帯で区切ったものだ。これなら分かりやすい。

「それっ……それ、ここで売ってるならください」

分かりました、とおかの医師がカルテに何か書き付ける。

「症状がよくなってくると勝手にお薬をやめてまた悪化してしまう患者さんが本当に多いので、薬の管理はきちんとしてあげてください。それから、お薬は効果が出るまで時間がかかったり、慣れるまで気持ちが悪くなったりするかもしれませんが、根気強く飲ませてください。できれば飲むのを毎回見守ってあげるのが一番なんですが……それが無理でも薬を隠したり捨てていないかは毎回チェックしてあげてください」

亜矢子は口を出してこない。婚家が病院で精神科も持っているという亜矢子には基本的な知識で、むしろ誠治が聞くことが重要なのだろう。

効果が出はじめるまでに一ヶ月以上もかかる場合があるという話を聞いて、改めて気が遠くなった。

一体何という気の長い病だろう。

「途中で薬が増えたり変わったりすることがあるかもしれませんが、こういう病気のお薬は患者さんの様子を見ながら合うものを探したり、最初は少量から始めて徐々に増やしていくものです。量が増えた、種類が変わったからといって病気が重くなっているわけではありませんので、お母さんが不安になっていたら説明して安心させてあげてくださいね。それから、お母さんは家事が負担になっているようなことはありませんか？」

これは一緒に暮らしている誠治しか答えられない。

「ええと……家事は普通にこなしてました。食事のおかずが似たようなものになりがちなことはありますけど、それくらいで。洗濯も掃除も、買い物も普通に行ってました」

「では特に家事が負担ということはないようですね。ただ、お母さんに何か訊かれたら、はっきりと指示してあげるようにしてください。食事で何が食べたいか訊かれたら、何々がいい、というふうに具体的な返事をしてあげることですね。何でもいい、どうでもいい、と判断をお母さんに投げてしまうとお母さんの負担になります」

そうか、似たおかずばかり出ていたのは誰も寿美子にあれが食べたいこれが食べたいと注文をつけなかったからか。黙っていたら勝手に飯が出てくる、そんな誠治と誠一の甘えも寿美子には負担になっていたのだ。

「母は、家で家事をきちんとすることに自分の存在意義を見出《みいだ》してすがってるんだと思います。昨日少し話しましたが、家族に見捨てられることをとても恐がっていました」

亜矢子がぽつりとそう言うと、おかの医師はうんうんと頷いた。

「そういう状態なら無理に仕事を取り上げないほうがいいでしょうね。ルーチンワークになっていることを取り上げられると却《かえ》って不安になるかもしれない。ただ、」

具合の悪そうなときはご家族の判断で休息させてください、とおかの医師は付け加えた。

最後に亜矢子が診断書を要求した。おかの医師がぎょっとしたような顔をする。

「お母さんはあの状態でパートでも……？」

亜矢子は自嘲するように笑った。

「いいえ。でも、診断書という印籠《いんろう》がないと母を病人だと認めない男が母の伴侶なので」

おかの医師はその発言には何も答えなかったが、やや気遣わしげに「家庭内暴力などは……」と尋ねた。

亜矢子の腫れ上がった頬を見て疑ったらしい。亜矢子はにっこり笑って腫れた頬に手を添えた。まるで勲章を誇るように。

「これは単なる父の敗北宣言なんですのよ。母には傷一つなかったでしょう？」

「お、俺も殴られたことはありません。母が殴られたこともないです」

誠治も言い添えると、おかの医師はほっとしたような顔をして、「では診断書をお出ししますので、しばらくお待ちください」と診断を締めた。

診察費と薬代は問答無用で亜矢子が持った。

「お母さん、夜はお鍋にしようよ。久しぶりに家族全員揃ったし。お昼もお総菜を買って済まそうね」

てきぱき予定を決める亜矢子を見ながら、亜矢子が帰ったら俺がこうするんだぞとその態度を目に焼き付ける。

近くのスーパーで買い物を済ませて家に帰ると、「あらぁ」と大仰に驚く声がかかった。家の前を通りかかったのは裏の西本のおばさんだ。亜矢子によれば、子供の頃に賞味期限ぶっちぎりのバサバサのチョコレートをくれたという。

「亜矢子ちゃんじゃないの、名古屋の病院から帰ってきたの？」

「ええ、名古屋の病院から休みをもらって帰ってきましたぁ」

亜矢子のしれっとした笑顔が町内の事情を知った今となっては恐い。我が姉ながら一体どんな心臓だ。西本のおばさんの台詞には明らかなやっかみとトゲが混じっているというのに。

「どれくらいいるの、こっちに」

「二週間ほど……」

「まあ、病院の奥さんが二週間もこっち来てて大丈夫なの？」

「まだ継いだわけじゃありませんから。お義父《とう》様やお義母《かあ》様ともとてもいい関係ですし、休みにはかなり融通を利かせてもらえるんですよ」

　ホホホと笑い合うその姿が恐い。女は妖怪だ。

「ところで何で帰ってきたの？　顔を殴られたみたいだけど……」

「ああこれねぇ。ひどい顔でしょう」

　亜矢子が困ったように頰を押さえる。

「うちの病院は救急もやってますので。交通事故で患者さんが運ばれてきたところに行き合って、その患者さんが痛がって暴れたものですから、押さえるのを手伝ってたんですよ。そしたら振り回した拳がガツーンって。人前にも出る仕事ですからいちいち説明するのもあれですし、最近は忙しかったから休養と思って里帰りしてくるといいって主人も言ってくれて……」

「あらぁ災難だったわねえ」

　そう言いつつ西本のおばさんの顔には妬《ねた》ましげな表情が正直に出ている。亜矢子も妬みを煽《あお》るように喋っている。

「昨日、お父さんと喧嘩でもなさらなかった？」

卑しく窺う声に、寿美子がびくっと肩を縮めた。誠治はそんな寿美子を車から降ろし、勝手口から家に入れた。靴を玄関に戻しておくように指示し、勝手口の鍵は誠治が自分でかけた。そして買い物の荷物を降ろしては玄関先のポーチに運ぶ。

その間も妖怪と化した姉の高笑いは続いていた。

「あらいやだ、聞き耳でも立ててらっしゃったんですか？　しましたよぉ、でも私と父の喧嘩は一種のレクリエーションみたいなものですからね。患者に殴られてそんな顔になるくらいなら病院の手伝いなんか辞めろって言われて大喧嘩だったんですよ」

「まあ、羨ましいことねぇ。それじゃあ」

西本のおばさんはそそくさと道を歩いていった。

「……姉ちゃん、恐ぇ」

玄関を開けて買い物の荷物を中へ運び込みながら呟くと、亜矢子はお上品な笑顔の仮面をかなぐり捨てて物騒な表情に切り替わった。

「あんな小物ババアあしらえなくて、うちの旦那の片腕が務まるかってのよ」

そして亜矢子が「クソ」と呟いた。

「三ヶ月前に無理してでも乗り込んでくりゃよかった」

「無理だよ姉ちゃん、そんな……」

物知らずの誠治ですら分かる、個人病院の跡取りに嫁いだ亜矢子がそうそう自己都合で休みを取れるはずはない。義兄はいい人だが、自分の一存で帰っていいよと言えない場面もあったのだろう。

今回の二週間の帰省も、いろんな人に頭を下げて調整してきたに違いない。

亜矢子は後悔を振り払うようにじろりと誠治に恐い目を向けた。

「薬。絶対きちんと飲ませて。できれば飲むとき一緒にいて見張ってて。今日からあんたの仕事よ、あたしが帰るまでにあんたの習慣にしな」

そして亜矢子はころっと明るい表情になって奥へ向かった。

「お母さん、おなか空いたねえ。ごはん食べようか」

居間のソファでゆらゆら揺れていた寿美子が棒読みのようなか細い声でそうねえと答え、誠治は買い物袋を慌ててキッチンに運び込んだ。

その晩、いつもなら七時頃に帰ってくる誠一は、八時過ぎまで帰ってこなかった。

仕事が混んだわけではなく、亜矢子と顔を合わせるのが気まずかったのだろう。

誠一がダイニングに入ってくるなり、

「お父さん、遅ーい！　もうちょっとで待たずに始めちゃうとこよー」

亜矢子の薄ら寒いほどの明るい声が出迎えた。

テーブルの上には水炊きのセッティングがもうできている。そして、誠一の真正面の席を確保しているところが亜矢子の容赦のないところだ。顔を上げれば、昨夜自分が殴った亜矢子のぶっくり腫れ上がった顔が見える。

「お父さん、鶏のお団子が好きだったわよね？　今日はお母さんと一緒にあたしが作ったのよ、味わって食べてね」

言いつつ亜矢子が鍋の中に順番に具を落とし込んでいく。

「はい、お父さんポン酢」

わざわざ鍋の上に身を乗り出して、亜矢子は誠一の小鉢にポン酢を注いだ。急接近した無惨な顔に、慄《おのの》いたように誠一が身じろぎする。

ゆらゆらと揺れる寿美子は誠治の向かいだ。これはこれできつい。

亜矢子は終始朗らかな雑談に徹し、そのことが逆にプレッシャーとなったのか、誠一は毎日欠かさない晩酌をその日は欠いた。亜矢子の顔から逃げようとして、目が始終泳いでいたのが斜交《はすか》いに座った誠治にも分かった。

鍋をさらい終え、雑炊まで済んでから亜矢子が口を開いた。

「誠治、お母さんの後片付けを手伝ってあげて」

これは『寿美子と後片付けをしろ』という命令だ。台所が忙しい間に居間で父との話を始めるつもりだろう。

「分かった。でもその前に」

誠治は食器棚にしまった真新しいピルケースを出した。

「母さん」

コップに注いだ水と一緒に食後の薬を出してやる。寿美子はしばらく抵抗するかのようにゆらゆら揺れていたが、やがて薬を口に入れて水を小さく呷《あお》った。

「お父さん、ちょっと」

亜矢子に呼ばれると、誠一はわずかに身じろぎした。そして、一見動じていないふうを装って席を立ち、亜矢子の呼んだ居間へ場所を移した。

誠治は食器を下げながらそわそわと居間の様子に聞き耳を立てた。

亜矢子は病院へ行った報告から始めているようだ。

間に合うか。

誠治は実質一人で食器を洗い上げ、寿美子に風呂を勧めて居間へ滑り込んだ。

「これ、診断書」

伝家の宝刀が出るまでには間に合った。

誠一がむっつりと受け取って診断書を封筒から出す。

おかの医師が言った全般性不安障害と重度の鬱、妄想が証明されているはずだ。

「言わなくても分かると思うけど、かなり重篤よ」

最初にガツンとやってから、亜矢子は注意事項などをまとめた便箋を誠一に手渡した。家に帰ってきてから書き上げていた。

「お父さんはこれだけ気をつけてあげてちょうだい。薬の管理や通院は誠治がするけど、こっちはお父さんのできる範囲でフォローしてくれたらいいわ」

「……どれくらいで治るんだ」

尋ねた誠一に、亜矢子は当たり前のように答えた。

「まあ、年単位は覚悟しておいて。三ヶ月前にすぐ手を打ってたら、っていうのは言っても仕方がないことだけど」

誠一は亜矢子の皮肉に反応する余裕もなく目を白黒させた。当たり前だ。覚悟していた誠治でさえ聞いた瞬間は気が遠くなった。

「病院へ行ったら一件落着とでも思ってたの？　そうは問屋が卸さないわよ。何しろ一番の原因だって分かってる環境が変わらないんだもの、薬飲みながら何年かかることやら」

できれば引越しのこと、本当に考えてあげて。

亜矢子は前夜のバトルが嘘のようにあっさりと話をそれで引き上げた。

＊

亜矢子がいてくれる二週間はあっという間に過ぎた。

翌週もおかのクリニックへ三人で行って、通院は二週間に一回ということで落ち着いた。薬を飲むしかない状況で通い詰めても意味はないし、通院もまた寿美子のストレスになるからだ。

誠一はゆっくりと癒えていく亜矢子の顔に気圧《けお》されたように、亜矢子がいる間は晩酌を断《た》っていた。だが、洗濯はスーツやワイシャツを「これはクリーニングに出してくれ」と注文したり、父なりに亜矢子の指示を守ろうとしていた。

名古屋へ帰る前の晩、亜矢子が自分の部屋に誠治を呼んだ。

荷造りがもうきれいに済んだその部屋で、「座って」と促された。亜矢子が正座だったので、その迫力に押されて誠治も正座になる。

その前に——

亜矢子がハンドバッグから出した剝《む》き身の札束を一つ置いた。

「おわっ!?」

カッチリした帯が一つ、新券できっちり百万。

亜矢子はそれを畳に置き、すっと誠治のほうへ滑らせた。

「お母さんの治療費はできるだけお父さんに出させなさい。でも、もし何かあって当座のお金が足りなくなったときのために置いていくわ。いざというときのお母さんのお金よ」

「この金……義兄さんが出してくれたの」

「まさか。そりゃあ言えば出してくれるけど、こんなことでお金出してくれなんて言えるわけないでしょ。あたしの独身時代の貯金よ」

ああ。姉ちゃん、父さんのメンツ潰さないように——。そう思うと胸が熱くなった。

お父さんには内緒よ、と釘を刺されたが、本当なら誠一に一番言いたかった。

こんだけ恐い姉ちゃんだけど。父さん、あんたもさぞや恐かっただろうけど。そんでも、見えないとこで嫁ぎ先での父さんのメンツまで気にしてくれる姉ちゃんが、一番望んでることが母さんの幸せなんだから。引越すことくらい考えてやれよ。

この町から引越すだけで、母さんはずいぶん楽になれるのに。

「あんたに預けるから、お母さんに必要だと思ったときに遣いなさい。返さなくてもいいから」

「分かった」

しっかり両手で受け取る。明日さっそく新しい自分の口座を開いて預けよう。

「明日、新横浜まで送るよ」

「いいわ。それよりお母さんと一緒にいてあげて」

「母さんも一緒にだよ。母さんが一番見送りたいに決まってるだろ」

「そうね。それならいいわ」

そう言って、亜矢子はようやく腫れと痣《あざ》が目立たなくなってきた顔で笑った。

「何かあったらすぐ連絡してきなさい」

翌朝、誠一は朝刊を読みながら亜矢子の動向をちらちらと気にしていた。

そして出勤間際になって、亜矢子の後ろ姿に「殴って悪かったな」と声をかけた。まだ寝間着だった亜矢子は振り返りながらにっこり笑った。

「あたしを殴ったことなんか些細なことよ。それよりお母さんのことを大事にしてあげてね」

初日を過ぎてからは一度も激突した場面はなく、亜矢子は誠一に対してもずっと朗らかだったが、──その優しげな声に含まれた針で、亜矢子が誠一を許してなどいなかったということがありありと分かった。

亜矢子はただ、寿美子にひとときの一家団欒を味わわせるためだけに、誠一に対しても平等に振る舞っていたのだ。

「……許してやれなかったの」

誠治が朝食の席で訊くと、亜矢子はライオンのようにトーストにかぶりついた。

「今、あたしにそれを訊くな」

あたしは充分我慢した。言外にそう言われ、また亜矢子が母と分かち合ってきた苦痛を思うと、それ以上父の肩は持てなかった。

「簡単に気を許すんじゃないわよ」

寿美子は洗濯で席を外していたが、それでも亜矢子は声を潜めた。

「あの男は自分が一番かわいい。ほだされたら何度も何度も失望するわ、あたしみたいに。自分の楽しみのためならいくらでもお金遣えるけど、あんなことになったお母さんのために引越しをするお金は遣いたくない、そんな男よ」

ああ。姉ちゃんは、父さんが母さんをここから出すまで父さんを許す気はないのだ。しかし、それも仕方のないことのように思われた。誠一が寿美子を決定的に壊した今となっては。

「二週間……演じてくれてありがとな」

寿美子と見送るときには言えない謝辞に、亜矢子は返事をしなかった。

亜矢子を新横浜まで送って、帰ってくると家の電話に留守録が一件入っていた。不機嫌な声で入っていた伝言は、先日辞めたコンビニの店長からだった。

『武さんのお宅ですか？　武誠治くんが辞めた店の者ですが、いい加減エプロンを返してくれませんかね。よろしくお願いしますよ』

録音の最後は受話器をガチャンと叩きつけるように置かれていた。

寿美子の騒動ですっかり返すのを忘れていた。エプロン自体は寿美子がとっくに洗ってくれてある。

車を出したついでに返しに行くことにして、寿美子に声をかける。

「母さん、俺ちょっと車でもう一回出かけるけど、何か買ってくるものある？」

「そうねえ……」

寿美子が冷蔵庫を開けて中身を検分する。

「晩ごはん、何にしようかしら……」

ゆらゆら。ゆらゆら。

冷蔵庫を開けっ放しにしたまま、寿美子の立ち姿は定まらない。

「足りないものだけ取り敢えず買い足したら？」

本当は献立も決めてやれたらいいのだろうが、誠治に分かるレパートリーは少ない。

「じゃあ……卵と牛乳とハムかベーコンと」

「待って、メモに取るから」

寿美子の注文をメモに取り、誠治はまた玄関を出た。


店長は誠治の顔を見るなり嫌な顔をした。

「辞めてから三週間も仕事の借り物を返さないなんて親の顔が見たいよ、まったく」

親の顔が見たい。

その皮肉で真っ先に思い浮かんだのは寿美子のゆらゆら揺れる姿だった。

「す……すみません。でも色々あって……」

「この期《ご》に及んで言い訳するんじゃないよ。ほれ」

手を突き出され、エプロンの入った紙袋を渡そうとしたが――渡す手が途中で止まった。

「……あの、もう一回雇ってもらったりとかって……」

「はァ!?」

店長は更に顔をしかめた。

「何言ってんだ、今さら。ふざけるんじゃないよ、あんな勝手な辞め方して。もう新しいバイトも入れちゃったし、君みたいないい加減な子をもう一回雇うなんて冗談じゃない」

「そ、そうですよね……」

親の顔が見たい。その言葉が頭の中でぐるぐる回る。

その言葉を取り消すチャンスが欲しい、などとは――


「虫が良すぎるよな、やっぱ」

追い出されるようにコンビニを出た誠治は、肩を落として車に乗り込んだ。

2 フリーター、奮闘。

*

寿美子の通院も三回目を数え、亜矢子が去ってから一月半が経った。

薬の副作用などは特に見られずに、効果が出てきたのか寿美子の様子もやや落ち着いてきたようで、死にたがるような言動は収まった。しかし手を揉んだりゆらゆら揺れるのは相変わらずだ。

通院させるのは誠治の役目で、買い物など外出の用事も誠治が受け持つことがある。

亜矢子からは定期的に携帯で連絡が入ってくる。また、主菜や副菜の献立がパソコンのメールで数十種類届いた。食事をリクエストしようにも知っているメニューが少ない誠治が相談した結果である。五十代も半ばを過ぎた両親の体調管理を気にしてか、肉や油物のメニューが少ないのが誠治には不満だったが、それは仕方がない。

誠一はたまに通院の結果を誠治に訊いてくる。大抵は晩酌のときだ。

「一応安定してるみたいだから薬はこのままいこうって。ただ長期戦は覚悟してくれって」

「そうか」

少しは心配しているのだろうか。そう思った矢先、

「まあ、死にたい死にたいと大袈裟《おおげさ》に言っていたのもただの甘えだったんだろう」

何の理解もない突き放した発言がきて、カッと頭に血が昇る。

「そうじゃないだろ⁉　姉ちゃんの言うとおり通院して、薬を飲ませたからこそここまで落ち着いたんだろ⁉」

「亜矢子も自分が病院に嫁いだからってすぐに話を大袈裟にするからな。話半分で聞け。自分が医者になったわけでもないのに偉そうに、何様のつもりだか」

落ち着け落ち着け落ち着け。ここで怒ったら負けだ、喧嘩しても何の意味もない。相手は酒も入ってる。誠治は必死で声を抑えた。

「姉ちゃんは医者じゃないけどおかの先生は医者で専門家だぜ。そのおかの先生がうちの母さんは重篤だって言ってるんだ。おかの先生の話も半分に聞くのかよ」

さすがに誠一がむっつりと黙り込んだ。

「父さん、土曜日は休みだろ。一回母さんを病院に連れてってみればいいよ。いつも患者さんがいっぱいいるけど、いつ行ったたって母さんより状態が悪そうな人なんかいないから。母さんだけだぜ、一目見ただけで『あ、あの人おかしい』って分かる人なんか」

「うるさい！　お前は今バイトもしてない無駄飯食いなんだから、お前が母さんの面倒を見るのが当たり前だろう」

言いつつ誠一は新聞を顔の前に広げた。誠一の閉めるカーテンだ。

「誠治」

呼ばれて振り向くと、廊下の壁にすがるように寿美子が立っていた。ゆらゆらがひどくなっている。

「ハンドクリーム……ハンドクリームを塗ってくれる？」

「分かったよ」

腰を上げて母と一緒に両親の寝室に移る。

もう敷いてある布団の上に向かい合わせで座り、寿美子の乾いた手にハンドクリームを擦り込む。

「誠治、お父さんと喧嘩しないで……誰に聞かれてるか分からないから、お父さんが仕事を邪魔されたりしたら困るから」

「誰も聞いてやしないよ、そんなの母さんの妄想なんだから」

荒い声で否定してから、しまったと内心首をすくめる。寿美子の妄想は真っ向から否定せずに、優しく諭すように亜矢子にもおかの医師にも言われているのに。

誠一の意固地とぶつかった後に寿美子の妄想が重なると、余裕がなくなって弱いほうにきつく当たってしまう。

薬で安定しはじめたとはいえ、家族の中に波風が立つと寿美子はすぐに不安定になる。それも分かっているのに。

「ごめんな。でも喧嘩してるわけじゃないから。話し合いをしてるだけだから」

そう言って誠治はハンドクリームをしまい、逃げるように二階に上がった。


パソコンを立ち上げて、最近よく見るのは不動産情報だ。

この家から出られたら——それはおかの医師にもよく言われている。今の状態では薬の効能とストレスの追いかけっこだということは誠治にも分かる。

ストレスをできるだけ取り除いてあげてください。そうは言われても、そのストレスの横綱が今住んでいる家なのだ。

だから寿美子は些細なことでもすぐにゆらゆら揺れはじめる。

「沿線変えて……中古にしてもやっぱ二千万はいくかぁ」

二十年もの間、家賃三万で一戸建てに住んできた誠一が、今さら真っ当な家賃で賃貸に移ることを承諾するとは思えない。

ローンの試算表がついている不動産サイトで、適当に当たりをつけた物件を試しに計算してみる。

頭金五百万、ボーナス払い無し、誠一の定年までの年数を入力して二世代ローンを選択。試算結果は月額約八万。

「……俺、早く就職しなきゃな──……」

先日迎えた誕生日で誠治は二十五歳になった。最初の会社を辞めてから丸二年。二年と三ヶ月の後退は一向に取り戻せていない。

ふと思いつき、机の引出しにしまってあった通帳を二冊出して見比べる。一冊は亜矢子から預かった百万を入れるために新規で開いた通帳で、もう一冊は退職してからもバイト代の振込先などで財布扱いしていた通帳だ。

亜矢子からの百万が燦然《さんぜん》と輝く新しい通帳に比べ、自分の通帳はコンビニを辞めてからというものちまちまと削れながら十数万。

「金ももう少し貯めないと……」

二十五歳の男が、いざというときに動かせる金を新卒の初任給以下しか持っていないというのも情けない話だ。いくらこの二ヶ月間を寿美子の世話にかかりきりになっていたとしても。

「よしっ」

誠治はワードを立ち上げて、新規ドキュメントに文章を打ち込んだ。極太のフォントで拡大し、プリントアウトする。

『目標：就職する。

　金を貯める（当座の目標、百万）』

　打ち出されたA4用紙を見ると少し気恥ずかしくなった。まるで小学生の夏休みの目標みたいだ。

　しかし、こういう気恥ずかしいけじめが自分にはきっと必要なのだ。その用紙を目立つように壁に貼り付ける。何となく気合いが入ったような気がした。

　次の通院から薬の量が増えた。

　不安がる寿美子に、おかの医師はいつもどおりの穏やかな物腰で薬が増える理由を説明した。

「こういうお薬は少ない量から試していって、ゆっくり量を増やしていくんですよ。量が増えるのはこのお薬がお母さんに合っているからです。安心して飲み続けてくださいね」

　座ったまま手を揉む仕草がひどくなった寿美子の背中を誠治は何度もさすった。

「大丈夫だよ、母さん。姉ちゃんもそういうもんだって言ってただろ？」

亜矢子もそう言っていた。そう聞くと少しは落ち着いたようだった。

「ご家族も声かけなどでできるだけ安心させてあげてください」

はい、と胸を張って答えられないのが痛いところだ。誠治はできるだけそうしているが、誠一は寿美子の診断がついてから必要最低限しか寿美子と声を交わしていない。

「いざとなったら電話でのご相談も電話診療として受け付けますから、ご利用ください。特に、幻聴や幻覚の兆候が見えたらすぐに病院へいらっしゃるように」

「分かりました」

帰りにいつも寄るスーパーの文具コーナーで、履歴書をその場にあるだけ買い込んだ。ついでに本のコーナーで就職情報誌も買う。

誠治の買い物をじっと見ていた寿美子に、誠治は照れ笑いで答えた。

「就職活動、ちゃんとしようと思ってさ。それとバイトも再開するから」

そう言うと、寿美子はぎこちなく笑った。

「誠治が……ちゃんとしたら、お父さんも喜ぶから……」

誠治の笑顔はやや複雑になった。

こんなことになっても母さんは父さんが一番なのに。

頭金五百万は、誠一が北海道や沖縄旅行に嵌《はま》っていた頃にはたいた金額とほぼ同額だ。家賃なりローンが八万といえば、一般的な家庭が払っているごく標準的な価格である。

誠一のほうは、寿美子のためにそれくらいの金も出してやれないのだ。そう思うと誠一への怒りと情けなさがこみ上げた。

そのくせ旅行には寿美子の意向も尋ねず引っ張り回しているので、妻にもサービスしたくらいの気持ちでいるのだろう。その分の金で引越してやったほうが寿美子にはどれほどありがたいかしれないのに、自分が楽しいことは相手も楽しい筈だと一方的に押しつけて満足する。

誠一の愛情は、あるのかもしれないが押しつけがましいのだ。

亜矢子の言う通りだ。誠一にごく普通の人間らしい愛情――相手をいたわる愛情を期待しても無駄だった。

寿美子の通院も一般的な就職の面接も平日昼間なので、バイトは夜間の道路工事にした。体はきついが実入りはいい。

ただ、一つだけ心配事があった。

「父さん、読み終わったら朝刊貸して。就職欄見るから」

ある朝、敢えてそう切り出した。誠一は「そうか」と何気なく答えたが、すぐに新聞を寄越したことで機嫌がよくなったことが窺えた。

「いいか、目先の条件に囚われるんじゃないぞ。経験無しでも給料がやたらと高いところなんかは、詐欺まがいの商法をしてることもあるからな」

「うん。それで、母さんの通院も就活も昼間だから、夜にバイトも入れようと思ってさ」

「そうだな、ただ家でごろごろしてるより働く意欲があることをアピールできるしな」

ただ家でごろごろ。その言い方にもカチンときたが抑える。

家で母さんの面倒を見ている俺はあんたの目には入ってないのか。

「……前のバイト辞めてから今まで母さんの世話でなかなか動けなかったけどさ。母さんの状態も落ち着いてきたし、夜に父さんがいてくれたら、俺がバイトに出ても母さん安心できると思うんだ。それで、大事なことを頼みたいんだけど……」

「うん、何だ？」

「母さんの夜の薬と寝る前の薬、飲むのをチェックしてあげてほしいんだ。今までは俺がやってたけど」

「おやすいご用だ」

ホントかよ。疑わしいもいいところだが、ここで誠一の機嫌を悪くしたら話はこじれるだけだ。亜矢子とのバトルを傍観して学習した、誠一は大きな子供なのだ。

「ちゃんと薬を出して、飲むまで見届けてやってくれよ。特にこの前から薬が増えて不安になってるから」

「分かった分かった」

あまり念を押すとまた機嫌を悪くする。「じゃあ頼んだよ」と誠治はそこで矛《ほこ》を納めた。

*

最初の会社を三ヶ月で辞めてから、二年間近くだらだらバイト生活を続けていた間に、ますます世間は誠治に厳しくなっていた。

最初の会社は何ですぐ辞めちゃったの。

何ですぐに再就職しようと思わなかったの。

今まで一社も決まらなかったの。

最初の会社は馴染めなかったので。

再就職はしようと思ってたんですけど、家にも食費を入れたりしないといけないので、バイトも並行してやってまして。その合間を縫ってとなるとなかなか……

最後の質問などは「決まってたら応募なんかするわけねえだろ」と怒鳴りたくなった。履歴書はローテーションのように受けた会社の順番で無慈悲に戻ってくる。


『目標：就職する。

　金を貯める（当座の目標、百万）』

壁に貼った目標を破り捨てたくなる。

しかし、バイトのほうは順調だった。最初の頃こそ体もきつかったが、やがて慣れた。それに、何しろ実入りがいい。二ヶ月目で自前の通帳の金額は五十万を超えた。目標額がすぐ近くに思えて自分でも驚いたくらいだ。

柄はあまりよろしくないが、気のいいおっさんたちと働くのも楽しくなった。

「兄ちゃん、もっと楽なバイトもあんだろうによ。何でこんなきついとこ来たんだ」

日給の高さに惹かれて応募してはくるものの、早ければ三日で逃げ出す若者の多い中、二ヶ月仕事が続いている誠治はかなり珍しい存在らしい。一ヶ月も経たないうちに誠治はかわいがられるようになっていた。

「いやあ、うちの母さんが病気になっちゃって。そんでいざというときに金がないと駄目だなって思って、貯金したいんすよ」

「病気ってあれかよ、入院とかか？」

「いや、その——……鬱病とかって分かります？」

「兄ちゃん、おいちゃんたちに学がないからって、バカにしちゃいけねえわ。それくらい知ってるさ、あれだろ、ココロの病気の一種だろ」

「そうっすそうっす。うちの母さん、それのかなりひどいのになっちゃって……」

「あちゃー、そりゃ大変だ。大事にしてやらにゃあなー」

素朴な労《いたわ》りの言葉に思わず涙がこぼれそうになった。慌てて軍手でズズッと洟《はな》をすする。だが止まらなかった。俯いてシャベルを動かす手が止まってしまった誠治に、周囲で話を聞きながら同じ仕事をしていたおっさんや外国人労働者たちが、「どうしたどうした」と集まってくる。

「俺の父さん、そういう病気に全然理解がなくて。母さんのことココロが弱いからそんな病気に罹るんだって。全然労ってもやらないし、病院にも連れてってやらないし……」

「Ｏｈ、それ、オトーサンだめネー。女のひとデリケートなのあたりまえネー。だいじにしなきゃだめヨー」

　褐色の肌をした外国人労働者が大きく肩をすくめる。

「あー、そりゃお父ちゃんがいかんなー」

「父さんに意見したいけど、俺、就職もできない半人前だから……半人前が生意気な口を利くなって言われるだけで」

「でェじょうぶだ！」

　おっさんの一人にバンバン背中を叩かれる。

「うらなり小僧が日給に惹かれて寄ってきちゃあ音《ね》を上げて逃げてく現場でよ、おめえは二ヶ月も続いてるんだ。ぜってえどっかで拾ってくれるとこがあらぁな！」

「そうそう。根性あって母ちゃん思いのおめえが雇ってもらえないわけがねえよ、俺たちが保証してやる」

「おいおい、こんな学のないおっさんどもの保証でだいじょぶかい」

　誰かの突っ込みで場がどっと沸いた。

「今日上がったら焼き鳥奢《おご》ってやるよ。あとちょっとだ、頑張れ！」

　現場のおっさんたちは元気づけるといえば体をバンバン叩くのが癖らしい。誠治などが食らうとたまによろけてしまいそうなその力強い励ましを受けながら、誠治は涙と鼻水と泥ですすけてしまった顔で作業に戻った。

＊

「父さん、母さんの薬ちゃんと見てる？」

誠一には顔を合わせると尋ねていたが、その度に煩《うるさ》そうに「分かってる！」と吐き捨てられるので、途中から声をかけなくなった。

心配して訊いてやっているのにこんな居丈高な態度を取られる謂れはない。

亜矢子が帰省していた間は曲がりなりにも明るい団欒を保っていた家は、あっという間にぎすぎすとした空気に戻った。

「誠治、お父さんともう少し仲良く……」

寿美子が遠慮がちにそう頼んできたこともあったが、またぞろ誠一と小さなやり合いがあった直後だったので素直にうんとは頷けなかった。

「何だよ、悪いのは向こうだろ！」

吐き捨てると誠一に積もっていた憤懣《ふんまん》が一気に迫り上がった。

「俺は母さんのことが心配だから薬のことも確認してやってるのに、母さんは父さんの肩を持つのかよ！　じゃあ、薬も通院も二人で勝手にやったらいいだろ⁉　どうせ父さんは何も協力なんかしてくれないのに注意するのは俺のほうかよ！」

「そうじゃなくて……」

寿美子は困ったように弱々しく手をさすった。

「お父さんは、ああいう人だから……言っても仕方がないから……」

「だから俺が我慢して父さんと仲良くしろって⁉　一番協力してる俺にもっと我慢しろって話がおかしいんじゃねえの！　甘えるのもいい加減にしろよ！」

苛立ちのまま荒い言葉を投げつけて誠治は家を出た。こんなとき用がなくても何となく暇が潰せるコンビニは便利だ。だから誠治は今までコンビニのバイトをするときは家から歩ける範囲の店には応募していない。辞めるときは大抵何かで嫌気が差しているし、人間関係も悪くなっている。辞めた後に屈託なく利用できることは稀《まれ》だからだ。

……今頃。

寿美子はうなだれてまたゆらゆらと揺れているのだろう。

ごめんねぇ……お母さんがこんなだから迷惑かけてごめんねぇ……

寿美子が悪いのではない。亜矢子がこんなことを知ったら、どれほど怒り狂うだろう。

想像しただけで背筋が寒くなる。

それでも、薬を飲んでいるのだから。こっちだって理解がない誠一の態度を我慢して、寿美子の面倒を見てストレスも溜まっている。

俺が少しくらい苛立って母さんに当たっても仕方ないじゃないか。そんなしょっちゅう当たっているわけじゃない。

薬を飲んでるんだからこれ以上悪くはならないんだろ？　少しくらい当たっても大丈夫だろ？

俺にだってたまには逃げ場が要るんだよ。

誠治は少し遠いコンビニまで歩いて雑誌を何冊か立ち読みした。

誠一が誠治に吐き捨てるように、誠治は寿美子に吐き捨てる。そのことを忘れるまでに必要な時間だった。

ある日、誠治がバイトから戻ると、とっくに眠っていると思われた誠一が玄関先に出てきた。

「おい、ちょっと」

「何でこんな時間に起きてんの」

「寿美子がちょっと」

悪い予感がして靴を脱ぎ捨てて框に上がった。どこだ。寝室ではない。居間の明かりが点いている。

初めて知ったときの光景の再来だった。

ソファに腰掛けてゆらゆらゆらゆら前後に揺れる寿美子。しかし手は俯いた顔を覆い、呟いているのはきっとあのときと同じ。

ただ、あのときと違うのは──左手に不器用な包帯が巻かれている。

寿美子の前にひざまずき、包帯をむしり取りたい衝動をこらえながらゆっくりとほどくと、
斜めに走る赤い線が何十本も、
まだ傷口も乾いていない生々しさで、

──見るに耐えない。

「──どういうことだよッ！」

立ち上がりながら誠一を振り向くと、さすがに誠一がたじろいで半歩退いた。

「最初のときよりずっと悪いぞ、これっ！　俺が見たって分かる、俺が初めて知ったときだって自傷行為なんか始まってなかった！　薬は合ってたはずだ、ずっと薬を飲んでたら

こんなことにはなってない！　朝と昼は俺が飲ませてた、夜と寝る前は父さんが飲ますって約束だったよな⁉　俺が就活とバイト始めるからって！　どうしてこんなことになってるんだよ⁉」

「お、──俺はちゃんと」

「ちゃんと飲んでたらこうはなってないんだよッ！　ちゃんと何したんだ⁉」

「ちゃんと薬を飲むように毎回声をかけてたんだ！」

開き直ったような誠一の怒声に、反射的に拳が振り上がった。誠一も反射で自分を庇うように腕を上げた。

こらえろ。こらえろこらえろこらえろこらえろ──

殴ったら親父はいじける、こじれる、意固地になる──もう二度と母さんを救うためのチャンネルは開かなくなる。

「──お、親を殴る気かっ！」

なかなか振り下ろされない拳に、挑発のつもりか難詰のつもりか、誠一が怒鳴る。

この期に及んで。誠一への軽蔑が沸騰したとき、寿美子の細い声が割って入った。

「誠治、やめて。失敗してしまったけど、お母さんが勝手にやったことだから。お母さんはもうこれ以上生きてても家族に迷惑がかかるだけだから」

そして寿美子はどこかこの世ではない遠くを見るような目になった。

「誠治にもこの前と、その前と、その前と、その前と……誠治は悪くないのに誠治に我慢させるようなことばっかり言って、うんざりさせて……」

誠一に向かっていた軽蔑が魔法のようにくるりと自分を振り返った。

誠治は言った端から溜飲を下げて忘れていた。これくらいは大丈夫だろうと投げつけた言葉の数々を寿美子は全部覚えていて、全部自分を追い詰める材料にしていたのだ。

薬を飲んでいるから、それくらい。何の根拠もないのにそんなことを決めつけて、薬をきちんと飲んでいたとしても、今の寿美子が誠治の吐き捨てる言葉を耐えきれるかどうかなんて分からないのに。

誠治は力なく腕を下ろした。誠一も窺うように自分を庇っていた腕を下ろす。

「あの傷の事情を聞かせてくれ。まずはそこからだ」

言いつつダイニングテーブルの椅子に腰を掛けると、誠一も自分の席に座った。動じていない風情は虚勢だと分かりすぎて見ているほうが逆に悲しかった。

自分も同じだ。

放置したか吐き捨てたかの違いだけで、追い詰めたことは誠一と変わらなかった。

誠一の話によると、夜中に寿美子が寝床からいなくなっていたらしい。トイレにでも行ったのだろうと思っていたが、不審になるほど長い間帰ってこなかったので様子を見に行った。

すると洗面所で寿美子が「ごめんなさい」と途切れることなく呟きながら剃刀《かみそり》を何度も何度も自分の左腕に打ち込んでいたのだという。

誠治はこらえきれず声を荒げた。

「何で俺にすぐ電話しなかったんだよ、何のための携帯だよ⁉」

「バイトとはいえ仕事中に家の事情で帰ってこいなんて言えるか」

不機嫌に答えた誠一が嘘をついていることを誠治は知っている。だれが聞いても悲しくなるほど浅はかな嘘だ。

伝えて自分の失態が明らかになるのが嫌で、それを責められるのが嫌で、誠治の携帯を鳴らさなかったのだ。

誠治が帰ってきたらどうせばれるというのに。

「その理屈だと、父さんの仕事中に家族が交通事故で死んでも父さんには知らせなくてもいいってことになるね」

さすがに誠一の表情が揺らいだ。

誠治は席を立って寿美子のそばへ行き、ほどけかけの包帯を手早く巻き直した。大学のサークルがスポーツ系だったので、少しは応急処置などに慣れている。少なくとも包帯を父よりきれいに巻ける程度には。

「母さん、みんなとの約束を破ろうとしたね」

「ごめんなさい……ごめんなさい……」

「もういいよ。痛かっただろ。俺も母さんによく当たったから辛かっただろ。ごめんな」

「お母さんは、みんなの迷惑にならないようにしようと思って……」

「母さんが自殺するのが一番迷惑だよ。父さんは奥さんを自殺させたんだってすごく悪く言われるよ。仕事にも影響するかもしれない」

その言い方で寿美子を圧迫するのが正しいのかどうか、今は分からない。だが、寿美子は誠一や家族に迷惑をかけることを極端に恐れている。だからそれを逆手に取る。

「姉ちゃんの病院にまで迷惑がかかるかもしれない」

「……どうしよう、誠治、お母さんそんなことになるなんて」

「だから、もう絶対死のうとするなよ。今度こそ約束してくれよ。母さんは生きてるだけでいいんだ。生きてるだけでみんなが救われるんだ。俺ももう母さんに当たらないように頑張るから、母さんももう絶対こんなことしないでくれよ」

「ごめんなさい、もう、絶対しません。ごめんなさい」

「明日、おかの先生のところへ行こう」

おかの医師の名前を出すと、ごめんなさい一辺倒だった寿美子の台詞が変わった。

「おかの先生のところには行きたくない……」

「何で」

「こんなことをしたって分かったら怒られる……」

「おかの先生は怒ったりしないよ。行かないとむしろ俺たちが迷惑だよ。だから、明日の朝一番で行くよ」

有無を言わさず切り上げて、「もう寝よう」と寿美子を寝室へ誘導する。まるで幽霊のような足取りで寿美子は寝室に入り、寝床に横になった。

その横になったことを見届けてから、誠治は誠一のところへ戻った。

「これで分かっただろ。母さんが薬を飲むのを見届けないと駄目なんだ。今度からは手を抜いてくれるなよ。父さんだって俺に就職してほしいだろ。こんなことじゃ俺が朝から晩まで張り付いて見張ってなきゃいけなくなる。バイトもしてないって就職もどんどん不利になる」

「分かってる、しつこく言うな」

「分かってなかったからこんなことになったんだろ？　もし母さんが自殺に成功してたらどうするつもりだったんだ？」

　さすがに誠一もそれ以上言い返してこなかった。誠治もこのうえ追い打ちをかけられるほど偉いわけではない。

「薬を探そう」

「飲んだと言って捨てたんじゃないのか」

「今の母さんにおかの先生が出した薬を捨てるなんて思い切ったことを決断できる判断力はないよ。絶対どこかに隠してある」

「寿美子に訊けばいいだろう」

「今、横になった母さんをまた起こしては訊けないよ。それに、悪いことをしてた自覚はあるから、優しく訊いても問い詰められてるような気持ちになるかもしれない」

「専門家でもないくせに分かったような口を利くようになったな。亜矢子みたいだ」

　また調子に乗りはじめた誠一を、今度は殴ろうとは思わなかった。ただ、静かに誠一のほうに向き直る。誠一はまた怯えたように退いた。

「今日、父さんの目が覚めなくて、母さんが自殺に成功してたらどうなってたか、具体的に想像してみろよ。妻が自殺したっていったら、よほど思い詰めてたって父さんの会社の人もこの町内の人も思うよな。家族は気づかなかったのかって批判は必ず出るよな？　俺はフリーターだからまだマシだ。問題は父さん、あんただ。あんたの上司は、部下は、妻を自殺させたあんたをどう思うだろうな。当然、表面的には同情してくれるよ。だけど、会社の中ではどんな憶測が飛び交うだろうな」

さすがに誠一の表情が慄いた。

「それから姉ちゃんが言ってた町内の問題。母さんがいなくなったら、スケープゴートはいなくなるぞ。母さんをスケープゴートにしてるから、ご近所はあんたに笑顔で挨拶してくれるんだ。母さんが自殺したら、自分たちのしたことは棚に上げて、あんたに遠慮なくツンケンしてくるようになるぜ。いいや、自分たちが母さんをいじめてた自覚があるからこそ、その事実にフタをするために母さんのときよりきつい村八分が始まるよ。あそこの旦那さんは鬼だ、最低だってな」

なあ。協力するべきときだろ？　母さんを死なせないために。

言い聞かせるようにゆっくりと台詞を締めた誠治に、誠一は一言も返さず、薬を隠してありそうな場所を探しはじめた。

薬は結局、サイドボードの引出しから見つかった。

誠一に薬のチェックを任せたのが二ヶ月前で、薬は夜の分も就眠前の分も約半分残っていた。律儀に病院の薬の紙袋に入れて保存していたので、どんな具合に飲んでいたのかも大体分かった。この一ヶ月でいきなりやめたのではなく、二ヶ月前から飲んだりやめたりの飛ばし飲みだ。

「姉ちゃんに電話する」

「亜矢子に知らせるのか」

あからさまに誠一が煙たい——否、怯えた表情をした。

「明日でいいだろう」

「明日、朝一番でどうしたらいいのか訊くために今知らせなきゃ意味ないんだよ。明日の朝の薬を飲ませてもいいかどうかさえも、俺たちには判断がつかない。姉ちゃんには何かあったら真夜中でも明け方でも電話してこいって言われてる」

言いつつ誠治は亜矢子の番号を液晶に呼び出した。

コールはさすがに十回近くかかった。

「……誠治？」

眠たそうな姉の声が続けて訊いた。

「何があったの」

「母さんが自殺未遂した」

「何ですって⁉」

亜矢子の声から眠気が吹き飛ぶ。

「今どこ⁉」

「家。夜中に起き出して手首切ろうとしたらしい。ためらい傷が数十本。そこで父さんが起きて気づいた。手当てして今は休んでる」

「どういうこと⁉　薬は合ってる、状態もいいって話だったでしょ⁉」

「ごめん。俺が就職活動と夜間のバイトを始めて、夜と寝る前の薬のチェックを父さんに任せたんだ。そしたら父さん、薬を飲めよって声しかかけてなかったらしくて」

そしてこれも言わないと不公平だ。

「そんで、俺もよく苛立って母さんにきついこと言ってた。薬飲んでるんだからちょっとくらい当たっても大丈夫だろって思った。父さんと俺と二人がかりで放置して追い詰めた。父さんに薬のことを確認したらすぐに険悪になるから、俺も任せた分の薬は父さんの責任だってほったらかしにしてた。でもやっぱり俺は協力的じゃない父さんにいらいらしてて、そのせいで家の空気もいつも悪かった。母さんはそれもみんな自分のせいだって思ってた。俺が当たってたのもほとんど全部覚えてて自分を責める材料にしてた」

まざまざと怒りの伝わってくる沈黙がしばらく続き、亜矢子がやがて低い声で言った。

目の前にいたら心臓が止まるような物騒な目線が刺しにくるだろう。

「電話でよかったわね。面と向かってたら、婚約指輪の縦爪ダイヤを手のひら側に嵌めて思い切り張り倒すところよ」

亜矢子ならわざわざ婚約指輪を出してきてまでやるだろう。

「でも、あんたは自分の落ち度が分かってるみたいだからまだマシとするわ。これ以上は言わない。クソ親父に代わってくれる?」

「父さん。姉ちゃんが代われって」

誠一はあからさまに嫌な顔をしたが、逃げられようはずもない。しぶしぶ誠治の携帯を受け取った。

そこから誠一がどんな罵詈《ばり》雑言《ぞうごん》の雨あられを食らったかは訊かなくても想像がつく。

「だから言ったでしょ、この病気は長丁場だって! 通院させたら一件落着ってもんじゃないって! よくなってきたからって家族が油断してたらとんでもないことになるって! いいこと、よくなってきてたのにお父さんのせいで元の木阿弥よ! 誠治は薬を飲むまで見届けてくれって言ったんでしょ⁉ いい年してふんぞり返ってるくせに何でそんな簡単なこともできないの⁉　お母さんが自殺してたらどうするつもりだったの⁉　誠治だって就活や当座のバイトもしなきゃいけないのに、これからずっと家に縛りつけてお母さんの見張りをさせるつもり⁉（以下略）

誠一が台詞として何か言い返せた場面は一度もなかった。いや、最後の最後で一度だけ。

「そうヒステリックに怒鳴らんでも行くと言ってるだろうが！」

逃げる間際に後足で砂を掛けるような一言で、誠一は不機嫌に電話を切った。

「明日は俺も病院に行くからな！」

むやみと偉そうに宣言して、誠一は放り投げるように携帯を誠治に返した。

＊

誠一は午前中に半休を入れ、おかのクリニックについてきた。

ビルに入るときと、おかのクリニックに入るとき、誠一が一番緊張していた。誠治にはもう勝手知ったる付き添い先で、寿美子も昨晩のことがあるのでおかの医師に会うことにやや気後れがあるものの、クリニック自体には慣れている。

「急ですみません、実は母が……」

手短に昨夜の経緯を告げると、女性看護師たちが俄に緊張した表情になった。

「それは……少々お待ちくださいね、すぐに順番を調整しますから」

亜矢子に薬はもう飲ませるなと指示されていたので、寿美子は初めてここへ来たときのように挙動が落ち着かなかった。待合室で手を揉んだり、ゆらゆら揺れることはようやくなくなっていたのに。

順番を先に回してもらったので、待っていた他の患者たちに一礼してから診察室へ入る。おかの医師は初めて会う誠一には目で挨拶し、寿美子に笑いかけた。

「お母さん、大変でしたねぇ」

「あ、はぁ……すみませんどうもあの」

「謝らなくていいんですよ、一番痛かったのはお母さんですからね。痛かったでしょう」

「はい……」

「だから、もうしたらいけませんよ。みんなと約束してくださいね、名古屋の娘さんとも。僕もお母さんが元気に診察に来てくれないと悲しいですからね」

「はい……」

幼児に言って聞かせるような優しい口調に、誠一は目を白黒させている。

病院でこんな扱いを受けなくてはならないほど寿美子が重い状態だと、初めてその目で見て肝を抜かれたのだろう。

「お薬はどんなふうに飲んでましたか？」

「朝と昼は……欠かさず……」

ようやくそれだけ答えた寿美子に誠治は付け加えた。

「僕が飲むまで見届けてましたから。ただ、僕が就職活動と夜間のバイトを始めてしまい、夜と寝る前のチェックを父に任せてたんですが、どうも薬をチェックする意味を僕が説明しきれてなかったみたいで。声かけだけで実際飲んだかどうかまでの確認はしてなかったそうです」

「それがどれくらい前から？」

「二ヶ月くらい前です」

誠治の返事を聞きながら、おかの医師が寿美子に向き直る。

「お母さん、夜と寝る前の薬はどんなふうに飲んでました？」

「あの……あんまり薬に頼ったらいけないと思って、気分のいい日は飲まないようにしてました。お父さんも飲めと言ったり言わなかったりバラバラだったので……」

「じゃあ俺のせいだとでも言いたいのか！」

声を荒げた誠一に、おかの医師が優しげな表情のままで厳しい視線を向けた。

「お父さん、ちょっとお静かに願えますか」

誠一も専門家の命令には逆らえず、萎《しお》れたように押し黙った。

「お薬は毎日決まったように飲まないと効果がないんです。飲んだり飲まなかったりでは全然意味がありません。そんなふうに取り返しのつかないことをしてしまったりするようになります。そうなると、入院も考えたほうがよくなってくるんですが……」

途端に寿美子が怯えたように顔を上げた。

「すみません、薬はちゃんと飲みますから！　それだけは許してください、入院だけは」

「どうして入院したくないんですか？」

「家族と……家族と引き離されるのは……お父さんのお世話もしないといけないし、近所の人に知られたらまた……」

「分かりました、じゃあ入院はやめましょう。その代わり、お薬は必ず飲んでくださいね。それではちょっと外で待っていてください」

看護師が迎えにきて、寿美子を診察室の外へ連れ出した。

「息子さん、この二ヶ月で何か気づいた兆候はありませんでしたか？」

「僕と接している範囲では、特におかしなことはありませんでした。たまに手をさすってほしいと言われたり、姿勢が定まらないなと思うことはありました」

誠治は最近の寿美子を思い出しながら、できるだけ正確に答えた。

「でも、それは前からのことですし、先生からもこういう病気はよくなったり悪くなったりを繰り返しながら回復していくと聞いていたので普通の範囲だと思っていました。でも就職活動やバイトで母と接する時間が減って気がつかなかったことはあると思いますし、苛立って母に当たることもあったのでそれもストレスになっていたと思います」

「お父さんが来てくださったのは初めてですね」

おかの医師に向き直られて、誠一は歯切れ悪く「はあ」と頷いた。

「先ほどお母さんにも説明したように、お薬は続けて飲んでこそ意味があります。状態が回復したら自己判断で薬をやめてしまって悪化する患者さんは多いですから、お母さんがまたこんなことにならないように、お薬はしっかり飲むように見届けてあげてください。ご家族が気を抜いて放置してしまった結果、痛ましいことになられた患者さんはたくさんいらっしゃいます」

痛ましい、という言葉に含まれた意味に誠一は神妙な顔になった。

どうせこの場だけだろうけど、としらけていた誠治に急に質問が回ってきた。

「今朝のお薬はどうされましたか」

「飲ませませんでした」

「正解ですね」

さすがに亜矢子の指示は的確だ。

「今までの薬も、残っているものがあったら全部捨ててください。量を調整して出し直しますから」

「先生、母の様子は……」

「まだ妄想は再発していないようですね。近所の人に知られたら悪い噂が立つんじゃないか、という不安でとどまっています。家では妄想的な発言はありましたか？」

「僕と父が揉めたりすると、『誰に聞かれてるか分からないからやめてほしい』みたいなことは言います」

「どこへ行っても誰かに監視されている、家族に危害が加えられる、みたいな発言は？」

「それはなくなりました」

「それだったら不安の延長線上と考えて差し支えないでしょう。お薬が合っていることは間違いありませんから、量の調整で立て直せると思います。今度はお二人できちんと管理してあげてください。飲んだり止めたりを繰り返していたら、せっかく効いていたお薬も効かなくなって、最初からまたやり直しということにもなってしまいますから」

さすがに誠一はばつが悪そうに聞いている。今まで妻の通院に一度も付き添ったことのない夫。いざ医師に会って、その事実に言い訳は効かない。世間体を気にしている内心が知れた。

「それから、ためらい傷のほうは紹介状を書きますので、三階の菅原外科さんで診察してもらってください。こういう怪我も見慣れている医院さんですから」

誠一が先に立って診察室を出て、一瞬たじろいだのが後ろから見ていて分かった。

待合室で順番を待っていた患者たちの中で、寿美子の様子が際立って異様に見えたことは想像に難くない。

止まることなく延々と続く、ゆっくりと船を漕《こ》ぐような状態の体の揺れ。同じく止まることのない手を揉みしだく仕草。

そんな患者は待合室の中に一人だけだった。

紹介された外科で寿美子の傷を手当てしてもらい、化膿止めの薬などをもらって帰路についた。

誠一を通勤の最寄駅で降ろし、誠治は運転席からその背中に声をかけた。

「父さん、俺、今晩もバイトだから。夜と寝る前の薬、ちゃんと飲ませてくれよ」

「分かってる！」

誠一は振り返りもせずに叩きつけるような返事を投げて駅の構内へ入っていった。

＊

「ってなことがあったんですよー」

道路工事のバイトで、いつのまにか休憩時間は誠治の愚痴もしくは相談タイムになっていた。なにしろ、周囲は酸いも甘いも嚙み分けた一癖も二癖もあるおっさんたちである。入れ替わり立ち替わり辞めていく若者の中で一人長期間続いており、しかも複雑な事情のある誠治に我先にアドバイスしたがる人々は多かった。

その日の話題は当然、寿美子の自殺未遂である。こんなシャレにならない問題は、中途半端な知人よりまったく家族と面識のない人間のほうが吐き出しやすい。

「幸い大事には至らなかったんですけど……」

「おいおいおめえ、今日出て来て大丈夫かよ？　何なら帰るか？」

「いや、家出る直前まで相手して親父とバトンタッチしてきましたし、さっきも夜と寝る前の薬飲ませたか親父に電話して確認したので……。さすがに腕にためらい傷を数十本も作られて、少しは懲りたみたいです。飲むのを見届けたって返事してました」

ただ——と誠治は溜息をついた。作業員がシャベルで均《なら》した熱いアスファルトの上を、大重量のロードローラーが踏み固めていく。

「俺も至らないことはたくさんありましたよ。母が病気だって分かってるのに、苛立って当たったりしましたよ。でも、こんなことになるまで母に向き合ってなかった親父が情けなくて情けなくて……病院だって付き添ったのは今日が初めてですよ。妻が自殺未遂するまで通院に一度も協力しないような男が夫なんだと思ったらもう……母が不憫で」

「うーん……そりゃあ、親父さんはもしかすると恐ぇのかもしれねえぞ」

思いも寄らないことを言われて、誠治は怪訝《けげん》な顔になった。

恐い？　恐いってどういうことだ。

「通院や看病は俺に投げっぱなしで、薬を飲んだかどうかのチェックもしなかったんですよ？　俺にはただ冷たいだけにしか思えませんけど」

「いやいや、おめぇの気持ちも分かる。俺もおめぇの年だったら親父をぶん殴ってたかもしれねえ」

「だな、お前は誠治みてえに育ちがよくねえから我慢できんかったろうな」

「うるせえよ」

仲間の茶化しを手で振り払い、話しはじめたおっさんは続けた。

「おめぇのお母さん、えらい難しい病気だろ？　そんで、親父さんはこの年までバリバリ働いてきたエリートサラリーマンだ」

「はあ……エリートかどうかは」

「いやいや、立派な学歴があってこの年までリストラも食らわず勤めてるんだ。エリートじゃない訳がねえ」

「まあ、一応は……」

関東地方で名前を出せば知らない者はない中堅商社の社員である。しかもそこで『経理の鬼』などという異名を取っている。仕事に有能であることは認めないと不公平だ。

「けどな、そんな親父さんでも俺らとおんなじものがいっこある。年齢だ」

確かにここの現場の主な作業員は、誠一と同じような年代の者が多い。

「だから親父さんの気持ちが分からんでもないんだわ。まあ、学がないもんの想像混じりでしかないけどな」

一体おっさんたちは何を言い出すのか。誠治は怪訝な顔になった。

「この年になるとな、新しいもんや訳の分からんもんが恐いって気持ちになることがあるんだ。自分には分からんもんがどんどん世間様で当たり前になっていく。置いていかれるみたいでジリジリすんだよ。ケータイまでは俺らでも何とかついてこられたけどな」

　言いながら作業員は作業服のポケットから携帯電話を取り出し、ストラップをつまんで振った。全国のお土産《みやげ》展開で有名な某白い猫のストラップ、舞妓バージョンは娘のお土産だろうか。

「ネットやブログになるともう駄目だ。ウイルスつったらインフルエンザしか知らねえ。掲示板つったら駅の掲示板だよ俺らは。もう世間様は俺らの知らねえコトバで、知らねえところで動いてんだなと思うところ、不安になるんだよ。そうしたらもう、それは俺には関係ない世界の話だって見ないようにして生きてくしかねえんだよ。昔は新聞を読んだら何がどういう事件になってるかくらい分かったもんだが、最近はＩＴだの何だのさっぱり分からずに丸々飛ばすしかねえ事件がある。でもテレビじゃその事件がトップ扱いだったりすんだよ。この置いていかれる感は恐えぞ。世間で何かとんでもないことが起こっても、俺らには理解できねえかもしれねンだ」

　仲間のおっさんたちが「だなぁ」とそれぞれに頷く。

「でもまぁ、俺らみたいに学がなけりゃあ諦めもつくわな。おりゃぁ学がねえから難しいことが分かんねくても仕方ねえ。嫁さんが何ぞ難しい病気になっても子供や医者から説明されたら丸呑みするしかねえ。指示されたらそれに逆らうなんて思いも寄らねえよ」

「そうそう。自分じゃ分かんねえこと指示されてんだ、手抜かりがあって何か取り返しのつかねえことがあったらそりゃ俺のせいだ。そりゃもう黙って言うこと聞くしかねえ。学がねえからな、俺らは」

けどお前の親父さんは違う、と作業員は言った。

「国立のいい学校を出てて、インテリでエリートの親父さんだ。どんだけ酒癖が悪かろうがな」

「だから何だって言うんですか、それなら意固地でも非協力でも許されるんですか」

思わず唇を尖《とが》らせた誠治に周囲が苦笑する。

「だっから、それがおめぇの若いところだよ」

「つまりな、親父さんは俺らが持ってる逃げ場がねえってことよ」

他の作業員も口を添える。

「学がある、立派な会社に勤めてるとなると、当然プライドっちゅうもんがあるだろう」

あ、とようやく誠治にも少し飲み込めた。

「おめぇのお母さんは難しいココロの病気に罹った。けど親父さんは今までそういうもんに縁がなくて、理解することができねえ。けどよ、理解できねえってことを認めることもできねえんだよ。俺らみてえに学がねえからって諦めて若いもんの言うことを聞くこともできねえ」

亜矢子が母の異変を警告したとき、父は聞く耳を持たなかったという。

もしかするとそれは、自分の理解できないことに家族が陥るという警告を受け入れられなかったのかもしれない。不吉な予言をする亜矢子を拒絶したのは一時凌ぎの逃げだったのかもしれない。

鬱病だなんて、心が弱い人間の言い訳だ。何の知識もないくせにそう切り捨てて、結局寿美子は亜矢子の言ったとおりになった。

一点の非もなく乗り込んできた亜矢子の仕切りを受け入れられなかったのも、亜矢子に怒られるのが恐かったのだ。

父親の威厳を自分の知らない専門知識で揺るがしに来た亜矢子に向き合えず、おかしくなった寿美子から目を逸《そ》らし、誠一は自分の殻に閉じ籠《こ》もろうとしたのだ。

そんな病気は心の弱さだ。そんな病気に罹るほうが悪い。心の弱い寿美子が悪いのに、亜矢子は何で俺を責め立てる。

だとすれば、その殻をムリヤリこじ開けようとした亜矢子が失敗したのも道理だ。

「そうじゃなくても親ってのは子供に意見されると『何をっ』と思うもんだからな」

「あーもう」

誠治は思わずヘルメット越しに頭を抱えてしゃがみ込んだ。

「何で誰も悪くないのにこんなに上手くいかないんだろう」

町内でのことはもう仕方がない。だが、今回は。

亜矢子は父に母の状態を理解してほしかっただけだ。母をいたわってほしかっただけだ。できればあの町内からも出してやってほしかっただけだ。

だが、父にはたったそれだけのことが高い障壁だ。亜矢子に警告を受けていながら母を最悪の状態に追い込んで結果的には亜矢子を頼るしかなく、そうでなくとも父親としてのメンツが傷ついたところに町内での今までのいきさつを暴露され、粉砕されたプライドが亜矢子の言い分を受け入れることを拒絶する。

だからといって、父を責めた亜矢子に非はない。亜矢子は母と一緒に町内の悪意を受け続けていた。この期に及んで母をこの環境から救おうとしない父に爆発するのは当然だ。

そして自分はすれ違う二人を上手く仲裁することもできない若造でしかない。

「親父さん、もしかすっと変わるかもしれねえぞ」

どうしてですか、と声をかけた仲間をしゃがんだ姿勢から見上げる。誠一とはまったく違う、誠一と同じ年代の男たち。

「今日、初めて病院に行ったんだろう」

「はい」

「学があってプライドの高い男ってのは、権威に弱い。お前の姉ちゃんがいくら病院の嫁で知識があっても、所詮は自分の娘で専門家じゃない。したら、お前の姉ちゃんがいくら奮闘したって聞くわきゃねえのよ。てめえがタネ仕込んだ娘の分際でって思うからな」

その亜矢子が自分と対等に、いやそれ以上に渡り合い、誠一の旗色が悪くなった。

だから誠一は割って入った誠治を怒鳴って亜矢子から逃げたのだ。

そしてその後は亜矢子との対決を避け続けている。

「けど、病院の先生になるとこれはもう文句なく専門家だ。何しろ医者だ。医者に逆らう患者はいねえよ。医者の言うことは黙って聞くもんだ、それが常識だ。医者に逆らう奴のほうが非常識だ。だとすれば今まで逃げ回ってたことを認めるしかねえのよ。つまり、」

つまり——

「親父は、今日、初めて母さんの状況を認めた……？」

そういうこった、とおっさんは誠治を誉《ほ》めるように大きく頷いた。

「お袋さんの怪我は痛ましかった、だが、その代わり、親父さんはお袋さんを今日初めて真っ正面から見たのよ。医者の話を聞いて、こいつはやべえと認めたのよ。だから今日はちゃんと薬を飲むまで見張ってたって話だったろ」

「でも、またしばらくしたら油断して元の状態に戻るかも……」

「戻るかもしれん。だが、最初から疑うな。いくらおめぇから見て物足りない親父でも、おめぇの倍は生きてんだ。初っ端から疑ってかかると見抜かれる。見抜かれたらそれこそいじける。今度は何もかも分かったうえで投げやりになるぞ」

「お前の親父は手強《てごわ》いぞ。けんど、プライドの高い男は扱いやすいところもある。上手に扱え」

「つまり――つまり、どういうことですか」

誠治がすがるように訊くと、仲間たちはまた現場に戻りながらそれぞれニヤリと笑った。

「積み木がいっこ積めたら、今度はご褒美が要るだろうがよ」

＊

ご褒美。

つまり父さんが喜ぶようなことをしろってことだろうなぁ、と考えながら帰路についた。

家に帰り着いて静かに玄関を開ける。夜間工事のバイトを始めてから、寿美子は夜食を作っておいてくれるようになった。そういう細かな気配りはできる、家事もできる、そのために誠一も今まで寿美子の病気を認めきれないところがあったのかもしれない。

夜食を出そうと冷蔵庫の前に立つと、その扉に見覚えのない表が貼ってあった。

エクセルで作ったらしいカレンダーで、「寿美子、薬チェック表」とタイトルがついていた。一日が朝、昼、晩、就眠と四つの欄に区切ってあり、今日の晩と就眠の欄に誠一のサインがある。カレンダーの下に注意書きが入っていた。

※寿美子が薬を飲むのを確認した者がサインをすること。

誠一が仕事の合間に作ってきたのだろう。素面のときは生真面目な誠一らしい表だった。

「父さん……」

思わず声が漏れた。

簡単に気を許すんじゃないわよ。あの男は自分が一番かわいい。

亜矢子の言葉を忘れたわけではないが、胸が熱くなった。

いいじゃないか。自分が一番かわいくても。それでも次に家族を大事にしてくれるなら。

それは許してやろうよ。押しつけがましさと愛情をはき違えているとしても。

誠治は携帯を取り出して亜矢子のアドレスにメールを打ちはじめた。

『今、夜のバイトから帰ってきました。午前中は父さんも一緒にクリニックに行きました。夜と睡眠前の薬はちゃんと見届けたそうです。バイトから帰って夜食を出そうとしたら、冷蔵庫のドアに母さんの薬のチェック表が貼ってありました。夜と就眠の欄に、父さんのサインが入っていました』

送信してから夜食を出し、レンジで温める。今日はインスタントではない焼きそばだ。温まった焼きそばをすすっていると、マナーモードにした携帯が鳴った。亜矢子からの返信だ。寿美子の一件があったので、神経を尖らせていたらしい。

起こしちゃったかなと反省しながらメールを開く。

『本来それくらいして当たり前なのよ！　それくらいで見直すな！』

亜矢子らしいぶった切り方で、思わず苦笑が漏れた。

*

誠治が起きるのは毎朝八時ごろだ。誠一を送り出してから寿美子が自分の朝食を食べる時間に合わせて一回起き、一緒に朝食を食べて薬を飲ませるようにしている。

だが、その日の朝は起きて下りると誠治の分しか朝食がなかった。

「あれ、母さんの分は？」

「お父さんと一緒に食べたの。誠治は夜が遅いから、お母さんの朝ごはんに付き合わせて起こすことはないって」

思わず冷蔵庫のチェック表を確認すると、今日の朝の欄に誠一のサインが入っていた。

「薬も飲んだんだね」

「お父さんが出してくれたから……その表もお父さんが作ってくれたんだけど、ちょっと大袈裟よねえ」

左腕に包帯を巻いた状態で一体何を言っているのか、と誠治は苦笑した。こうした傷は塞がっても痕が残ると外科に言われた。もう寿美子は半袖で外に出ることもできない。

寿美子の左腕には人が見たらぎょっとするほどの千切りのような痕が残るのだ。

「大袈裟じゃないよ。全然大袈裟じゃない。もっと前からこういうの作っとけばよかったくらいだ。父さんに感謝しないとね。俺も明日からもっとゆっくり寝られるし」

だが、誠治は翌日、更に早い時間に起きた。

「早く目が覚めちゃったから俺も一緒に食べるよ」

そう言いつつ自分の席に座ると、寿美子が誠治の分の味噌汁とご飯を注ぎに席を立った。その隙に誠一に何気なく声をかける。

「チェック表ありがとう。俺も自前のパソコン持ってるのに、思いつかなかったよ。便利だね」

誠一は顔の前に広げた新聞を下ろそうともしなかったが、「仕事のついでに作っただけだ」という返事は満更でもなさそうだった。

「バイトは続いてるのか」

「うん。日給もいいしね。俺、けっこう体力あるみたい。職場のおっちゃんたちにも若いのによく続くって誉めてもらってる」

「就職活動のほうはどうだ」

そら来た。誠治は寿美子から味噌汁の椀を受け取りながら苦笑した。

「そっちはあんまり巧くいってなくてさぁ」

「そんなことじゃ本末転倒だろうが」

「うん、だからさ」

積み木がいっこ積めたら、今度はご褒美が要るだろうがよ。

だがご褒美は注意深く、ご褒美と気づかれないように差し出すことが必要だ。特に誠一のようにプライドの高い人間には。

「今度、父さんに就職活動のアドバイスとかもらえないかなって」

誠一が新聞を下ろしてこちらを見た。誠治はばつが悪そうに拝む。

「連戦連敗なんだよ。頼む！」

「仕方ない奴だな」

言いつつ誠一はまた新聞を顔の前に上げた。

よし。感触は悪くない。

考えてみれば、亜矢子にぺちゃんこにされた誠一のプライドを誰も補完していなかった。

息子に就職活動で頼られるというのは、父親のプライドをかなり満たせる案件のはずだ。

「誠治、お父さんも忙しいんだから無理を言っちゃ……」

母さんナイス！　とはいっても、寿美子は天然だろうが。

「母さんは黙っていなさい。こういうことで相談に乗るのも親の務めだ」

よし、調子に乗せた！　内心でガッツポーズを決めながら、

「悪いね」

と表面上は肩身狭そうに味噌汁をすする。

「母さん、食べ終わったんなら薬を飲みなさい」

言いつつ誠一は食器棚の引出しから朝の分の薬を出してきた。

寿美子はコップに水を汲《く》んできて、出された薬を飲んだ。じっと見張っていた誠一が、冷蔵庫のチェック表にサインをしに行く。

「うわー、何か俺がいなくても大丈夫そうだな。昼さえ母さんが自分で飲んでくれたら」

それは釣り餌《え》だったが、狙いどおりに誠一にヒットした。

「バカを言うな。昼はお前しかいないんだから、ちゃんとチェックしろよ。朝も俺が毎日チェックできるとは限らないんだから、昼までだらだら寝過ごすなんて論外だぞ。母さんが飲んでなかったらすぐに飲ませてその分昼飯を遅らせろ」

はーい、と誠治は肩をすくめた。

誠一が出かけた後、寿美子が不安そうにゆらゆら揺れながら誠治のところに戻ってきた。

「誠治、お父さんとあんまり喧嘩は……」

「今のは喧嘩じゃないよ、スキンシップってやつ。父さんもきっとそう思ってるよ」

「ならいいけど……」

寿美子のゆらゆらはほっとしたように少し収まった。

＊

誠一の張り切っている様子は、自分が休みの土曜日にわざわざ誠治を起こしに来たことで充分すぎるほど分かった。

「おい、相談はいいのか。俺は時間があるからいいぞ」

十時過ぎに起こしたのは夜が遅い誠治に一応気遣っているのだろうが、誠治の頼みごとで機嫌がいいとバレバレだ。

よく考えてみれば、改めて誠一に何かを相談することなど何年ぶりだろう。高校生ともなると親の干渉をあまり好まなくなるし、その頃から誠治は自分の部屋を城に替えることに熱中して、家族にもあまり深くは関わらなくなっていた。

そのころ、最も誠一の相手をしていたのは実は亜矢子である。亜矢子に相手をしている自覚はなく、誠一にも相手をされている自覚はなかったのだろうが、食卓などで誠一が話を振る相手は亜矢子が一番多かった。話を振るというよりは議論を吹っかけるような感じで、それを受けてやるのが亜矢子しかいなかったという図式だが。

白熱しすぎて喧嘩のようになることも多々あったが、その頃は寿美子がそれに不安がるようなこともなかった。いつものことだからと流し、亜矢子のテンションが上がってくると適当に風呂などを立て、「亜矢ちゃん、お風呂」と二人のリングにタオルを投げ込んでいた。

改めて思い返すと亜矢子のこの家での存在は大きかった。荒馬のように気が強い恐怖の姉ではあったが、亜矢子がいた頃が一家は一番平穏だった。亜矢子は良くも悪くも中心にいて、家族のキーパーソンであり続けた。亜矢子は認めまい、しかし亜矢子は、寿美子を慕っていたように誠一も父親として慕っていたのだ。だからこそ、今の誠一の体たらくが許せないのだ。

賑やかだった家が一転して会話の少ない家族になったのは、誠治が大学四年生のときに亜矢子が嫁いでからだった。何度も何度も父と誠治にお母さんをよろしくと頼んで嫁いでいった。

ああ、そうか。

亜矢子が今あれほど怒り狂っているのは、残った男たちが母を守れなかったからだ。

特に誠一が亜矢子の望んだ家長としての責任を寿美子に果たさなかったからだ。町内の事情を母と分かち合ってきた亜矢子は、母と離れた土地へ嫁ぐことがどれほど心配だっただろう。自分の晴れの日に浸ることもできず、最後まで母の心配ばかりして嫁いでいった。けれど、父も亜矢子と離れたことが寂しかったのだ。何しろ長男は無愛想で家族とろくに話もしない、亜矢子が嫁いで初めての本格的な話題がせっかく決まった就職を三ヶ月で蹴ったこととときたら、がっかりもするし腹も立つだろう。

俺が亜矢子の代わりにならなきゃいけなかったのに——家族が険悪になる推進剤になるばかりだった。

誠治に頼られたことで、誠一は亜矢子が嫁いで以来初めて父親として必要とされたのだ。こんなことでこんなにも分かりやすく張り切るのなら、もっと早く素直になっていればよかった。

「分かった、じゃあ飯食ってから……」

「下りてくるとき、不採用のところから返された履歴書があったら何通か持ってこい」

そう言って誠一はドアを閉めた。

ダイニングに下りて冷蔵庫を確認すると、朝の薬の欄にはもう誠一のチェックが入っていた。もう一週間近くになるが、朝の薬を誠治がチェックしたのは一回か二回だ。一応は三日坊主ではないらしい。

誠一がチェックをしていない日は、寿美子のほうが起き抜けでまだ食欲がないときで、寿美子から後で誠治と食べると言い出しているそうだ。

朝食のおかずは寿美子が病気になってからというもの、毎日毎日ハムエッグかベーコンエッグにキャベツを刻んでトマトを添えたサラダ、そして主食はご飯かパンのどっちかだ。もう習い性のようにそれしか出さない。たまにはウィンナーを茹《ゆ》でてみようとか、サラダをサニーレタスにしようとか、そんな思考の広がりはまだ回復していないらしい。

亜矢子のアドバイスで作り置きをするように誘導した副菜も、言わなければ出てこない。そのくせ冷蔵庫の中身はパンパンで、それでも毎日買い物に行って食材を買い足してくる。

冷蔵庫の中身を自分で把握しきれてないのね。でも買い物もルーチンになっちゃってるから、安いと思ったら主婦的な反射で買っちゃうのよ。それをセーブできないんだわ。

亜矢子に報告するとそう言った。

もったいない話ではあるが、しかし毎日のルーチンワークに余計な口出しをして寿美子が混乱してもいけないので、誠治がたまに冷蔵庫の整理をして傷んだ食材をゴミに出している。誠治にできることはそれくらいだ。

たまには納豆でも、と思うが、誠一も文句を言っていないのだから、誠治が音を上げるわけにもいかない。

見飽きた朝食を機械的に平らげて、箸を置いたところを見計らっていたように居間から誠一の声がかかった。

「終わったか」

どうやら食べ終わる気配を窺っていたようで、その平静を装った張り切りが微笑ましいと言えば微笑ましい。

誠治が食器を下げようとすると（こんなことも寿美子が患う前は押しつけていたが）、寿美子が「お父さんと話してきて」と引き受けに来た。それに甘えて居間へ移る。

誠治が渡した不採用の履歴書を数枚見ただけで、誠一は「話にならん」と一言で切って捨てた。

「字にまったく気が入ってない」

「でも俺、字ィ下手だしさぁ。それに何枚も書かないといけないし」

「字は下手でも、丁寧に書こうという気持ちが籠もってるかどうかは見抜かれるもんだ。お前の字は雑なやっつけで書いたことが丸分かりだ」

「そんなもん字だけで分かるのかよ」

誠治が唇を尖らすと、誠一がじろりと誠治を睨んだ。

「最初から条件でふるい落とす会社もあるが、履歴書に目を通してもらえたときに、少しでも意識に残るように努力する。その一番の基本が字なんだ。修正液なんか論外だ。お前が一流国立大卒ならともかく、そうじゃないなら真っ先に弾《はじ》かれる」

誠治が修正液で一文字直した履歴書を誠一は指先で糾弾するように叩いた。

「一期一会って言葉があるだろう。履歴書はその会社との一期一会だと思って書け」

誠治は反射で口を尖らせた。

「それじゃ数が書けないじゃんか」

「その下手な鉄砲を数撃ってることが字から既に見抜かれてるんだ」

その指摘には、返す言葉もない。どこでもいいから正社員で潜り込みたい、その焦りがなかったとは言えない。

「それとこの履歴書、使い回してるだろう」

見抜かれて誠治はぎくりと肩をすくめた。「……何で」分かったんだろう？

「何度も封筒を出し入れしてると新品を使ったものとは明らかに折り目や端のすり切れ方で差がつくんだ。応募動機もどこに出しても無難に通用することしか書いてないしな」

無精しやがって、と誠一が呆《あき》れ果てたように吐き捨てる。

「だって早く就職して母さんを安心させようと思ったから……」

「だったらそれこそ手を抜くんじゃない！」

久しぶりに落ちた雷はやはり迫力があった。

「どんな会社の人事でも、お前なんかよりずっと年配で人生経験も積んでるんだ。若造がどういう思惑で手を抜いてきたかなんてすぐ見抜かれる。どこでもいいから採用されたいなんていうのは別にそこの会社じゃなくてもいいということだ」

「でも、現実には『ここ』って心に決めるわけでもないじゃん。特に中途採用なんて条件優先でさ。向こうだって分かってることだろ」

「それでも自社を選んだ理由に説得力がない奴なんか採るわけがないだろう。お前の言う現実もあるが、そんな中でも自社に対して精一杯の熱意を見せた者を残して、更にふるいにかけるんだ。こんな履歴書じゃお前、」

言いつつ誠一が畳んだ履歴書を二つに裂いた。

「応募先にゴミを持ち込んでるのと変わらんぞ。突っ返されたゴミを使い回して就職活動なんか聞いて呆れる」

紙の破れる音が耳に痛く、心に痛い。誠治はますます縮こまった。

誠一はまた別の履歴書を開いた。これも使い回しだな、と呟く声に顔が俯く。

「添え状くらいは付けてるんだろうな」

「そ、それくらいは……」

「求人情報誌に載ってる見本の文面をそのまま書いてる程度じゃ駄目だぞ」

見抜いているように即座に痛いところを衝いてくる。

「どうしてその会社に応募するか簡単な動機くらい添えろ。履歴書と重複してもかまわんから。今なら自社のホームページを作ってる会社も多いし、情報収集もできる。そういうのこそお前の得意分野だろ」

履歴書の体裁だけで駄目出しの嵐だ。

「そうじゃなくてもお前は職歴で不利があるのに……」

いよいよ本題である。

「最初の会社を三ヶ月で辞めたのはどう説明してるんだ」

まるで誠一が面接官のようである。

「あの……最初の新人研修が何かの宗教みたいで気持ち悪くて、それから後もどうしても会社に馴染めなかったって」

誠治の答えに誠一が沈痛な面持《おもも》ちで眉間《みけん》を押さえた。

「……一つ鉄則を教えてやる」

ごくりと唾を飲んで待ち受けた誠治に、誠一の怒鳴り声が飛んできた。

「前の会社の悪口は絶対言うな！　お前程度の了見でリタイヤした奴なんか世間は一人前だとは思ってくれないんだ、そんな甘ったれた若造の分際で、仮にも業績を上げて経営が成り立ってる会社の批判なんか百年早い！」

さすがにびくっと肩が竦んだ。

「じゃあ、どう言うのが正解なんだよ……」

「社風に馴染めないところもありましたが、私の我慢が足りませんでした。今ではもっと自分に忍耐や努力が必要だったのではと反省しています。これでいいんだ」

あの新人研修は気持ち悪かった、あんな研修をする会社が悪い。馴染めなかった自分が普通だ。それ以外のことは思いもしなかった誠治としては虚を衝かれた思いだ。あの新人研修のことを話せば誰もが納得してくれるものだと思い込んでいたし、実際面接官とも話が弾んでいたので、面接官も同調してくれているものだと思っていた。

「いいか、人事というものは言い訳を一番嫌う。肝に銘じておけ」

「……はい」

「しかしこの職歴はどうしようもないな」

最初の会社を辞めた翌月から、夜間工事のアルバイトを始めた三ヶ月前までの一年近く、全部まとめて『アルバイト等』だ。

「どこでどう働いたかは覚えてないのか」

「分かんないよ、そんなのもう。転々としてたし……正確な時期なんて」

「じゃあせめて経験した職種をカッコ書きで思い出せるだけ書いておけ」

ここで初めて誠治の側から問いかけた。

「バイトばかりで再就職は考えなかったのかって訊かれるけど、どう答えたらいいの」

誠一も少し考え込む。

「もちろん再就職したいとは思っていましたし、活動もしていましたが、なかなか決まらないので家に生活費を入れることも考えてアルバイトもやっていました。それくらいしか言いようがないだろうな」

「何でアルバイトのところは省略してあるのって訊かれるんだけど」

「ああもう、お前はまったくっ」

溜息をついた誠一がしばらく考え込む。

「いろんな職種を経験したくて転々としていました、くらいしかないだろうな。経験したバイトについては、身になったことや楽しかったことをすぐ答えられるようにしておけ。それからこれは諸刃の剣かもしれんが……ここ半年くらいの間を『母親の看病』と書いてみる手もある」

誠一は寿美子に聞こえないようにか声を潜めた。

「母親が鬱病に罹って、その看病に掛かりきりになっていました、と言うんだ。寿美子の様子がおかしくなったのと亜矢子から最初の電話があったのはかれこれ半年ほど前だし、嘘じゃない。母親が寝たり起きたりと具合が悪くなったので、フリーターの自分が世話をしていた、と」

「え、それ細かいところはどんなふうに言ったらいいの」

「最初は更年期障害がひどいのかと思っていたが、一向に良くならないので病院に連れていくと鬱病の診断が出た。治療を始めたら効果が出てきて起き出せるようになったので、父親と看病を分担して自分は夜間のアルバイトを探し、就職活動も再開した。家族のためにもこれから真面目に働かなくてはと思います、とでも言えば……」

これは難しいところなんだがな、と誠一も首を傾げた。

「そういう事情がある人間は面倒くさいと切る場合と、家族のためにも辞められないから真面目に働くだろうと判断する場合がある。経営者がどっちのタイプかは賭けだ。転勤があるような会社だとアウトかもしれん。母親が安定してきたと強調したほうがいいな」

「転勤する支社がたくさんあるような大きい会社は視野に入れてないよ」

大学も程々で、一年半もふらふらしていた誠治がそんな大会社を狙えるとは思えない。

「きつい夜間のバイトが続いてるのは好感触だな。口先だけではなく最初に我慢が足りなかったのが我慢強くなったと判断してもらえるかもしれん」

「そ、そうかな……」

「お前は大学のサークルもスポーツ系だったし、体が丈夫だというアピールにもなる」

その後、性格や特技、職種別の志望動機のことなどを相談して、履歴書の内容は今までよりもマシにできるようになった。

「ありがとう、また一から頑張ってみるよ」

そう言いながら、叩き台にしていた履歴書をまとめると、誠一はまだ何か言いたそうな素振りだ。

「何？」

話を振ると、誠一はやや視線を外しながら答えた。

「応募したいと思った会社が見つかったら、新聞や雑誌に印をつけて分かるように置いておけば、どんな会社か見当をつけてやれんこともない。それから、……」

誠一は更に言いよどんだ。

「どうしても就職が巧くいかなかったら、俺がどこかに口を利くこともできるからな」

昔は余計なお世話だとしか思わなかったし、口に出してそう言ったのだろう。

だが、不思議なほどに反発は感じなかった。

誠一なりに心配しているのだ。

「うん。できるだけ最後の手段に置いとくよ」

そして二階に上がった誠治は、せこく取ってあった返送された履歴書を全部破り捨てた。

＊

「よぉ、誠治。親父さんにご褒美は巧くやれたか」

やはり工事の合間に訊かれて、誠治はうーんと首を傾げた。

「ご褒美っていうんですかね。俺の就職のこと相談したんですけど……」

「おお、そりゃ一番いいじゃねえか！　息子に頼られるほど嬉しいこともないもんだぞ、親父にとって」

「うん、最初は俺もそう思って『相談を持ちかけてやった』つもりだったんだけど」

誠治はヘルメットの下に軍手の指を突っ込んで頭を掻いた。

「気がついたら相談に乗ってもらってました。やっぱりいろいろ頭が上がらないところがあったし、ご褒美とかおこがましかったかもしれません」

そして周囲のおっさん仲間にへへっと笑う。

「就活は一からやり直しです。なってないって叱られました」

するとおっさんたちは互いに目と目を見交わし、そして。

「おめぇがここからいなくなるのももうすぐかもしれねえなあ」

「そしたらちっと寂しくなっかな」

口々に言いつつニヤッと笑うおっさんたち。

「いやいや、まだ心入れ替えたばっかりですから。まだしばらくお世話になりますよ、俺ここで百万は貯めるって決めてんだから。まだ辞める方向に持ってかないでくださいよ」

誠治が抗議すると、おっさんたちは無言でバンバン誠治の肩や背中を叩いた。

ああ、そうか、俺が就職したらここの気持ちのいいおっさんたちともお別れなんだな。

改めてそう気づき、その寂しさを先に察しているおっさんたちに少し目が潤んだ。

3

フリーター、クラスチェンジ。

＊

「う〜ん、厳しいですねえ」

正攻法でハローワーク、そして人材派遣会社が開催する就職セミナーなどにも参加したが、これはと思った会社にアタックをかけると、返ってくるのはその決まり文句である。

「何で前の会社は三ヶ月で辞めちゃったんですか」

「社風に馴染めないところもありましたが、自分の我慢が足りなかったと思います」

「辞める前に気づいてたらねえ。もったいないことしましたねえ。せめて一年勤めてたらまだ格好がついたものを、三ヶ月じゃ単なる根気のない若者としか思われないから」

しれっとそんなことを言うハローワークの職員を刺したくなる。

「まあ、あなたの場合はギリギリ第二新卒の扱いになるでしょうね。資格もないとなると業種は相当限られてきますよ。男性だったら営業か販売、それでなきゃ運送業。運送業界の求人はいつでもあるし若い人が優遇されるので有利ですよ。それから飲食チェーン店も新卒が集まりにくいので第二新卒で我慢ってとこが多いですね」

利用者をギリギリ第二新卒と呼ばわって、そのうえ第二新卒で我慢ときたか。無神経な口調で言われ放題だ。頷きながらカウンターの下ではスラックスの太腿《ふともも》に爪を立てている。

「あの、例えばＩＴ関連の業種なんかは……」

自分でパソコンを組むくらいはできるので訊いてみるが、

「経験不問で募集してるところもたまにあるけど、まあ奪い合いだね。経験不問になってても経験者や資格持ちが殺到するし、そしたら経験や資格あるほう取るでしょあなたも」

「そう……ですね」

以前なら今日のこの相談員と話すのも「俺的にもう無理なんでー」と席を立っている。それを踏みとどまれるのは、
根気よく薬を続けてはいるが、病状は一進一退の寿美子を思えばこそだった（とはいえ半年程度では精神病の世界だと根気のうちにも入らないらしいが）。

コンビニの店長にエプロンを返しに行ったとき言われた「親の顔が見たい」。――もうそんなことを寿美子に対して二度と言われたくない。

今にして思えば、あの店長もいい店長だったと分かる。いいかげん何度も経験していたコンビニのバイトで、時給のことしか考えずに惰性で働いていた誠治にきちんと説教してくれようとした。叩いてちゃんと働くということを教えてくれようとしていたのに、当時の誠治はそれを拒否することがプライドだと思って見切りをつけた。――いや。

要するに逃げたのだ。

受けるべき指摘から逃げ帰って何がプライドだ。

そもそも俺のプライドなんかどこにあった。一年浪人で程々の文系私大に入ったことか。三ヶ月でせっかく入社した会社を辞めたことか。一年半もふらふらとして親の脛を齧り、うるさい父親からは逃げ回り、母親の異変にも気づかずぬくぬくと暮らしていたことか。とんだ甘ったれだ。

あげく寿美子の腕に千切りの痕を作らせて、お前は何かを持ってるつもりだったのか武誠治。

誠一のお陰で少しばかり取り繕えたとはいえ、情けない職歴の履歴書しか書けないのは今までのツケだ。

だから、今この相談員に何を言われても仕方がないのだ。この相談員も無神経で熱意がないことは確かだが、それはこの相談員の問題で、今ここで誠治が口を出す筋合いはない。この相談員が利用者から評判が悪いことも知っている。その悪評で名前が知れ渡っているくらいだ。

だが、今日これに当たってしまった以上は我慢するのが道理というものだ。たまにその場で喧嘩を始める人もいるが（特に熟年の男性に多い）、端《はた》から見ると埒《らち》もないことだと分かる。相手は結局カウンターの中から出てこないのだし、それで今後の利用がしにくくなったら自分が損をするだけだ。それもリストラを受けた年配の男性ではインターネット版のハローワークを使いこなすことも難しいだろう。

世の中、道理が通らないことなんて山程ある。みんながどこかで我慢している。だから何でも我慢しろというのはナンセンスだが、我慢のしどころ、主張のしどころというものはある。我慢しすぎて寿美子のように壊れてしまったら元も子もないし、根拠のない自尊心を大事にしすぎて誠治のようにそこそこだった会社を袖にしてしまっても元も子もない。

「今日はちょっとあなたの条件に合う求人はないですねー。もう一度条件を考え直して、また来てもらえますかね？　あなたの学歴や職歴じゃあ、この条件は虫が良すぎると思いますよ」

あからさまに適当にあしらわれたが、この相談員に当たるといつもそうだ。物ごとには言い方というものがある、ということを親から教わらなかったのか、あるいは自分は安定した職に就いているという驕《おご》りが行政サービスの姿勢を忘れさせたのか。

「ありがとうございました」

誠治も心にもない謝礼で頭を下げる。社会で自分の理想や自尊心が一〇〇%叶《かな》えられるなどということはない。同じように道理が必ず通るなどということもない。

最初の会社で研修の振り分けに不審を持った。こんなやり方は正しくない、こんな会社は信用できない、俺が働くに値しない。

俺のほうが正しいのだから、俺の理屈が通るべきだ。あるいは、もっと俺が正しく評価される場所が他にあるはずだ。

そんな思いで最初の会社を飛び出した自分がどれほど甘ったれていたか、それは寿美子の発病を機に再就職を切実に考えなくてはならなくなってからというもの、たびたび自分に突きつけられる命題だった。

世の中は平等なんかじゃない。平等だったら、適材適所などという言葉は存在しない。みんなが平等に同じ仕事をして同じ評価をされるはずだ。

研修で振り分けられたモーレツ社員と要領のいい優秀な社員。将来的にどちらが会社の重鎮になるのかは分からない、しかし、少なくとも会社にとってはどちらも必要なのだ。そして、社員の側は自分がどれだけ会社に貢献できるかをそれぞれ仕事で主張すればいいだけだ。立ち回りの巧さもがむしゃらな体当たりも能力のうちである。

少なくとも半人前の分際で屁理屈を捏ねて会社を批判する新米など会社は必要としない。誠治は正にその必要とされない新米だった。一体入社して三ヶ月そこそこの新人が会社の運営に何を物申すことができるつもりだったのか。

たまにテレビで社員の意見を大胆に取り入れるなどの画期的な運営システムを採用した会社を特集していることがあり、そこで生き生きと働いている社員を見ると、羨ましさと妬ましさが同時にこみ上げる。

やり甲斐がある、と仕事を楽しそうに語る社員たち——やり甲斐があるだけではなく、もちろん厳しいのだろう。でもそのやり甲斐を得ていることが特権なのだ。そんな番組で紹介される会社に入れること自体で彼らはエリートなのだ。そんな画期的な会社も、誠治のような半端な人間を受け入れる余地はないだろう。

どうしたらどこかで「きみが必要だ」と言ってもらえるようになれるのか。滑り落ちたスタート位置に再び戻れるなら今度こそ。だが、実績が伴っていない誠治に信頼はない。

ハローワークを後にして最寄駅に向かって歩いていたとき、

「武じゃないか？」

すれ違った会社員に声をかけられた。もっとも、スーツを着ているからといって会社員とは一概に言えないが。就職活動中の誠治も一応はスーツを着ている。

だが、すれ違った相手は誠治が退職した会社の元同期だった。

それも「研修が終わるまで俺たちは役者だ」と音頭を取った——名前は忘れてしまった、要領のいい筆頭だった。

「やっぱり武だ、俺だよ俺。矢沢」

相手から名乗ってくれて助かった。

「あ、ああ……よく覚えてたな、お前」

誠治が辞めてからもう二年経つ。矢沢は屈託なく笑った。

「そりゃあ、同期の中で真っ先に辞めた奴だからな。印象にも残るさ」

悪気のないその理由が胸に刺さる。

「お前はまだ……」

「おう。今外回りの途中でさ。担当増えてきたから最近は忙しいんだぜ」

あんな怪しげな研修をする会社だったのに、残った矢沢はけっこう楽しそうだった。

割り切った者が勝ち組か。その僻《ひが》みが口を滑らせた。

「楽しそうだな」

矢沢は何を言われたか分からないような怪訝な顔をした。

「っていうか……仕事だからな。お前は今何やってんの」

相手の近況を訊けば当然返ってくる質問だ。

「俺は……ちょっと」

濁した言葉で矢沢は察したらしい。誠治の歩いてきた方向を眺めたのはそちらにハローワークがあることを思い出したのだろう。

いたたまれずに誠治が俯くと、矢沢は誠治の肩を軽く叩いた。

「時間あったらちょっとコーヒーでも飲んでかねえ？　久しぶりだしさ」

断るほうが逆に惨めに思われて、誠治は黙って頷いた。


近くのスターバックスに入ってそれぞれ飲み物を買い、窓際に空いていた二人がけの席を取る。

「お前、何でうちの会社辞めちゃったの？」

座るなり矢沢はあけすけに核心を衝いてきた。

「せっかく一緒にあの研修乗りきってさ、お前けっこうソツなくついてきてたから辞めるなんて思わなかったよ」

「うん……でも、仕事にもあんまり巧く馴染めなかったしさ」

「スタート三ヶ月で見切るのは早すぎたんじゃねえ？」

「お前は要領よかったから分からないんだよ」

多分、ここで通りすがってこのままだ。二度と偶然会うことなどない。お互いにそれが分かっているためか、双方言葉に遠慮は欠けていた。

遠慮を欠いたやり取りが逆にスッキリする。

「俺は毎日上司に怒られてばかりだったし、落ちこぼれていくのが目に見えてさ」

「そりゃお前、自分のことしか見えてなかったんだよ」

矢沢はあっさりと誠治の言い分を切り捨てた。

「俺もよく怒られてたし、お前より怒られてた奴もいる。でも二年辞めずに食らいついてりゃ、使えなかった奴もまあまあ使えるくらいにはなってるしな。駄目な奴はお前に続くみたいに辞めてったけど」

使えなかった奴、とおそらく自覚なしに同期を上から目線で見ている矢沢は使える側に入っているのだろうと想像がつく。

「お前は食らいついてりゃ無難にやれたクチだと思うぜ。何でこんなとこで辞めちまうんだろって不思議だったよ、実際」

「それは……」

俺がお前より自意識過剰で自尊心が肥大してたからだよ。半人前が仕事覚えるまでは頭押さえつけられるのは当たり前なのに、その当たり前が我慢できないほど俺がガキだったからだよ。

半人前のくせに一人前に扱われないことが我慢できないほど、俺はバカだったんだよ。

だからって何ができるでもあるまいし。

いくらこれっきり通りすがりの会話でも、そこまで醜態をさらすのは憚《はばか》られた。

「ガキだったんだよ、俺。煮詰まったときに『自分が本当にやりたい仕事は？』とか考えちゃって」

完全な嘘ではないラインでごまかした誠治を、矢沢は遠慮なしに笑い飛ばした。

「そりゃえらく青臭い迷路に嵌ったもんだな」

「後悔してるよ」

「自分が本当にやりたい仕事に就けてる奴なんてそうそういないぜ。俺だって、本当なら一流企業の技術系に行きたかったんだ。でも、入った会社はお前も知ってのとおり中堅の部品会社、しかも配属は設計でも企画でもなくて営業。でもそれが現実だろ。俺の適性は営業だって上が判断したんだからさ。駄々捏ねたところで引っくり返らねえよ。その条件で入社したんだし」

苦笑いする矢沢の言葉を誠治は意外な思いで聞いた。

要領がよく口も巧く、仕事にも器用で同期の中で目立つタイプだった矢沢は、いかにも営業という職種が似合っているように思えたし、それを志望して入社したものだとばかり思っていた。

「……お前は営業が第一志望だと思ってた」

「どんな無名の大学でも工学部出て営業が第一志望の奴なんかいねえよ」

矢沢がまた苦笑する。

「機械系の花形はやっぱり設計だもんよ。でも志望のランクを二つも三つも下げて設計の内定が取れないんじゃ諦めるしかないだろ」

誠治の場合は文系なので、辞めた会社に関しては営業・販売狙いでいくしかなかった。機械系の知識がなかったのでハンデを余計重く感じたという側面もある。

「本当にやりたい仕事に就けなくてもやり甲斐って得られるもんか？」

「何だよ、進路相談みたいになってきたな」

矢沢はからかうように笑った。

「やり甲斐以前の問題で、俺は仕事っていうのは生活の手段と思ってるけどな。生活するには安定した収入がいるし、自分の趣味や好きなことをするにもやっぱり金は要るしさ。だから仕事はもろもろ引っくるめた生活の保障として割り切ってるよ。だけど保障だからしっかりやる。いいかげんにやってて会社に切られたら、安定失うのはこっちだからな。割り切ればけっこう楽だぜ」

お前えらいな、と自然に呟きがこぼれた。矢沢はよせよと照れたように笑った。

「それにやってりゃやってるなりに達成感とかやり甲斐とか出てくるもんだぜ。俺の場合は設計が分かる営業って立ち位置かな。それが俺の武器だし、顧客に売り込めたら武器を巧く使えてることに手応え感じて『よっしゃ！』って思うしな」

「そういうもんかぁ……」

「お前のほうはどうなの？　その……再就職」

矢沢の話を聞いた後で、自分の怠惰な一年半はとても口に出せなかった。

「うん、その……実は、就活再開できたのがわりと最近で」

「へっ？　今まで何してたんだ？」

当然の問いに誠治はますます口籠もった。――その場をごまかす方向に。

「……実はお袋がちょっと難しい病気に罹ってて。ずっと目が離せなかったんだ。親父も忙しい時期であんまり看病できなくて。最近、親父に夜を任せられるようになったから、夜間で工事のバイトとか入れて金は何とか稼げるようになったんだけど」

「え、もしかして辞めた原因それも？」

口を濁していると、矢沢は勝手に納得してくれた。

「そうかぁ、大変だったんだなーお前。そりゃ青臭い迷路にも嵌るのも仕方ないわ。うちも母親がばーちゃんの介護してたときちょっと鬱っぽくなってたもん」

偶然だが矢沢の口から飛び出した鬱という単語にぎくりとした。

「でもお前が夜間工事のバイトとかって意外だな、文系だろ？」

「こう見えても大学ではフットサルやってたんだぜ。それに最近はけっこう鍛えられてさ、ほら」

矢沢の向かいで力こぶを作って見せると、矢沢はその腕をパンパンと叩きにきた。

「おわっ、すげ！　何ヶ月続いてんだ、その工事のバイト」

「就活しながらかれこれ半年くらいかな」

「根性あるなぁ、お前。俺なら勝手にこれほど筋肉ついちゃうようなバイト一週間も続かねえよ。学生のときも体使わないバイトばっかりだったしなぁ」

そんだけ根性あれば絶対どっかいい就職先が見つかるよ。

別れ際に矢沢はそう言い残して立ち去った。慣れた目的地を持った者に特有の迷いない足取りはすぐ雑踏にまぎれ、おそらくもう二度と会うこともない。

対照的に誠治は負け犬の足取りだった。

辞めてからだらだら過ごした一年半。丸ごとごまかす理由に寿美子を使った。

「……サイテーだ、俺」

家に帰ると寿美子が心許《こころもと》ない足取りで玄関まで出てきた。

「お疲れさま」

就活に出た誠治を迎えるときに、寿美子は「どうだった？」などとは決して言わない。ただ一言、もう抑揚がほとんどなくなってしまった細い声で「お疲れさま」と。

声に抑揚をつけるためには精神力が要るのだと寿美子が病気になってから知った。今の寿美子の声は細く、ただ細く。

その抑揚のない声と喋る家族もまた消耗する。誠一などは服薬のチェックや通院は協力するようになったものの、寿美子とは必要最低限しか喋らなくなった。

抑揚のない声に自分のほうだけが通常の抑揚をつけて喋るのは、まるで無機物か言葉の通じない幼児に喋っているようで苦痛なことではある。むしろ、言葉を覚える前の幼児のほうが、こちらに「あやす」という概念があるぶん幸せかもしれない。

＊

あんたたちは同じ家に住んでるからそこは辛いと思う。元気な頃のお母さんを知ってて今のお母さんと一緒に暮らすっていうのは。

亜矢子も電話で再々言った。誠一が寿美子との会話を避けていることについても、誠一が薬のチェックなどの義務を果たしている限りはあまり責めようとはしなかった。

でも、あんたはできるだけ普通にお母さんと接してあげて。

誠一にできることとできないこと、誠治にできることとできないことを亜矢子は明確に分けて考えており、寿美子とのコミュニケーションは誠治の役割と考えているようだった。誠治にはその適性がある、と。

逆に言えばそれは、誠一には無理だと見切っているということでもあった。誠一にその能力なり余力はない、と。あの性格でここまできて、誠一は今年五十五を数える。今さらこうした病気の繊細さや微妙な機微を理解して対応しろというのは無理だ、ということは誠治にも分かる。

感情の籠もってない声と喋るのはきついだろうけど、お母さんは感情がなくなったわけじゃないから。お母さんの選ぶ言葉や仕草で気づいてあげて、いろんなこと。

「どうだった？」ではなく「お疲れさま」。就活が巧くいかない誠治を殊更《ことさら》追い詰めようとしない言葉選びは、元気だったころの母と同じだ。

先日、寿美子が公共料金の領収書などを溜め込んでいた引出しで、誠治の年金の支払い領収書を見つけた。アルバイトの給料で遊ぶことしか考えずに「どうせ年金なんか俺たちの年にはもらえなくなってるんだから無駄」と嘯《うそぶ》いて無視していた支払書だが、寿美子は「でもこういうものは一応払っておいたほうがいいと思うのよ。将来どうなるかそれこそ分からないんだし」と何度か食い下がっていた。やがて何も言わなくなったのでてっきり諦めたものかと思っていたが、見つけた支払書の束は毎月毎月きちんと納められていた。

――病気が始まった今になっても。

日頃の買い物は普通にこなせるように、寿美子は銀行関係の処理も普通にこなせる。今は要領のあまりよくない、他人をいらいらさせる客になってしまっているが。そして誠治の年金も、のろのろした動作で周囲にいらつかれながら毎月納めてきたのだろう。

誠一が自分なりに得意分野で寿美子を手伝おうと気を遣ったのか、銀行の用を替わろうかと言い出したことがあった。しかし寿美子は「お父さんが入れてくれる生活費を下ろすだけだから大丈夫よ」と病気に罹ってから珍しくはっきりと意思表示した。

誠一に銀行の業務を頼んだら、もう成人している息子の年金をこっそり立て替えておくなんて甘やかした真似はするわけがない。過去に払った分も遡《さかのぼ》って誠治に払わせろと言い出しかねない。だから銀行の用事は譲らなかったのだろう。

それに気づいてから、毎月家に入れる金には年金の分も上乗せしている。今まで払ってくれた分は——長期的出世払いということでひとつ。

「誠治、ワイシャツ出して」

「いいよ、まだ一回しか着てないし。どうせ明後日また入社試験があるしさ」

「だめよ」

寿美子はやはり抑揚のない細い声で主張した。

「汚れてないように見えても汗がついてるものなの。白物はちゃんと一回ごとに洗わないと、汗染みで首回りや脇が黄ばむから。ちゃんと洗濯するほうが結局長持ちするのよ」

「分かった分かった」

誠治は洗面所に向かいながら背広を脱ぎ、ワイシャツを脱いで洗濯カゴに放り込んだ。ついでに靴下も。上着もスラックスも脱いだらいつのまにか寿美子に回収されてハンガーに吊されている。暑くなってくるこれから先の季節、下着の代わりのヘインズのTシャツとトランクスが誠治の自宅ユニフォームだ。

「服くらいちゃんと着たら」

「外に出るときは着るよ、家ん中じゃめんどくさいじゃん」

「もう……」

腫れ物に触るようにではなく。気遣っているとは気づかせないように。そんな喋り方はけっこう難しい。今さら学習できないであろう誠一が、寿美子との会話を避けがちになる気持ちは分かる。

そして後ろめたいことがあるときは誠治にもそれは難しい。

「母さん、薬飲んだ？」

今日は朝からハローワークに出かけていたので、昼の薬はテーブルに出して出かけた。

「飲んだ」

台所のゴミ箱を何気なく覗くと、中身を押し出した薬のパッケージが捨ててあった。

「信用がないわねえ、お母さんは」

「そりゃ、その左腕見ればね」

寿美子がざく切りにした左腕には、ごまかしようもなく痛々しい痕が残った。ネットで見かけるリストカット写真のようだ。その中でもかなり強力な部類に入るだろう。思わず目を逸らしたくなる。

もう半袖を着ている人も珍しくないこの時期に、寿美子は外に出るときそれが物干し台や近所のゴミ捨て場であろうとも羽織り物を手放さない。もっとも、日焼けを嫌って夏場も必ず長袖に帽子という女性は年齢を問わず意外と多いので、それほど目立たなかったが（そんなことに気づいたのも、寿美子の傷痕を気にして世間を観察した結果である）。

「じゃあチェックしとくよー」

誠一がこれだけは自分の手柄のように毎月毎月作って持って帰ってくる服薬のチェックリストにサインを入れる。寿美子も薬を飲めないなら入院というおかの医師の話が脅しになったのか、服薬に関して嘘をつくようなことはない。

ただし、通院がそろそろ半年を超えるようになって、薬の量が増えてきた。この手の薬は少しずつ量を増やして気長に投薬し、病状が回復してきたらまた少しずつ減らしていく。そのことはおかの医師からも誠治からも、電話で亜矢子からも説明してある。

そして、台所の壁の一番目立つところには、そのことを説明するパンフレットを誠治が貼った。薬の量が増えてきたらそれだけ正確に薬を飲まねばならない。ややしつこいほどの念の押し方も、寿美子は入院との秤《はかり》に掛けて素直に受け入れている。

「俺、ネットの就職エントリーをチェックしてるから。用があったら呼んでくれよ」

苦しんで苦しんで心を病んでも、帰宅した誠治に「どうだった？」などとは訊かない。

「早く就職しなさい」などとも追い詰めない。

そんな寿美子を、もう二度と行き合うこともない昔の同僚に自分の怠惰の言い訳として使った。

寿美子と向き合うのが今は後ろめたくて辛かった。


二階に上がって自分の部屋に入り、パソコンを立ち上げる。

ハローワークもそうだし各種の就職ナビもネットでのサービスを提供している。誠治もネット世代として当然エントリーしていたが、今のところ成果は芳《かんば》しくない。今日もこれという情報は届いていなかった。

誠治はハローワークのHPを立ち上げた。情報を探すためではない。今まで使ったことのない『お問い合わせ先』のリンク。ここから厚生労働省へのご意見メールフォームへと飛べることを誠治は知っている。

メールフォームは『ご意見』、『ご要望』、『ご質問』と用件を選ぶ形式で、個人情報の入力は任意だ。『ご意見』と『ご要望』には基本的に回答しないと説明書きがあった。

誠治は用件の中から『ご意見』を選んだ。先方から回答がないことが明記してあるし、返事を望んでもいないので個人情報は入力する必要がない。

唯一必須入力になっているメールアドレスには、複数確保してある捨てアドレスの一つを入力した。

****

件名：東京都○○区のハローワーク職員について

東京都○○区のハローワーク職員について意見です。
××さんという職員がいつも利用者に無神経な態度を取ってよくケンカになっています。こういう職員の存在は、求職へのモチベーションを妨げることになるし、不快な思いをしている利用者もたくさんいるので、もっと利用者の気持ちを考えた受け答えやサービスを考えてほしいです。
個人的には××さんはカウンターで利用者の相談に乗るのは向いていないと思います。このまま××さんがカウンター業務をするのなら、ちゃんと指導してください。

一利用者より

＊＊＊＊＊＊＊＊＊＊＊＊＊＊＊＊＊＊＊＊＊＊＊＊＊＊＊

送信して誠治は椅子の背もたれにだらしなくもたれた。

大して通い詰めているわけでもない誠治ですらすでに数回。喧嘩になっているおっさんたちや不機嫌そうに席を立つ人々は、もっと再々不愉快な思いをしているだろう。

その場で喧嘩などという埒もないことはしない。だが、今はこういう手段があるということをカウンターの中のあの職員は実感しているだろうか。

こうした行政の『ご意見フォーム』がどれだけ当てになるか分からないが、取り敢えず自分の意見を上部組織へ届けたということで満足は得られる。

あの職員に不愉快な思いをしていた人はたくさんいる、だからこれは私怨じゃない——そう言い訳して送信の終わった画面を眺める。

だが、ざまあみろという気持ちは確かに心の隅にあったし、矢沢や寿美子と話した後ろめたさを八つ当たりしたことは事実だ。

要するに、タイミングだ。あの職員が腹に据えかねていたことも事実だし、このメールフォームを使ってやろうかと思ったことも今まである。

よりにもよって、あの職員に当たった今日、前向きな矢沢や寿美子の気遣いに遭った。それでこらえきれなくなった。指導が入るとすればあの職員は運が悪かったのだ。

『ご意見フォーム』を設置しているということは、利用者の意見を聞くという意思があるということだ。それを利用するのは正当な権利だ。

それでも送信した今の気持ちは、やってやったという昏《くら》い悦びと、本当に正当な権利を行使したのかという自己嫌悪がない混ざっていた。

……取り敢えず。

予期せぬ矢を射られないためには、矢を射られそうなタイミングを回避することだ。そのためにはむやみと人に突っかからない。蔑《ないがし》ろにしない。あの職員のように。特に、勤め先などの素性が割れている場合は。

せめて自分の学習材料にしないとこんな気持ちは片付けどころが見つからない。

*

「元気ねえなぁ、誠治」

その夜のバイトで、馴染みの仲間たち何人にも心配された。

「就職、うまくいってねぇんか？」

あけすけに訊いてくる粗野な男たちは、その気取りのなさが却ってすっきりすることもある。寿美子の控えめな気遣いがありがたいのとはまた別の問題だ。

「駄目っすねー、なかなか。世間は二流大卒のフリーターには厳しいっすわ！」

空元気《から》で笑いながら、誠治はダンプが道に落とす熱いアスファルトをスコップで均した。

「ハローワークも職員の厭味聞くために出かけるようなもんですよ」

「まぁ、お役所はそういうもんだ。働き口がなくて困ってる奴らのことなんて、本当には分かりゃしねえよ」

「でも、就職がなかなか見つからないのも悪いことばっかじゃないですよ」

誠治はやはり空元気でスコップを動かした。

「どこの会社でも、中途採用の初任給でここのバイトほど給料いいとこないですからね。お陰様で金はけっこう貯まりましたよ」

目標にしていた百万は先月で既に超えている。

「そうだな、お前いざというときの金のことも心配してウチに来たんだもんな」

亜矢子は寿美子の発病でヘルプに来たとき、いざというときの金として百万をあっさり誠治に預けていった。しかも寿美子のことで使う限り返さなくていいという条件つきだ。

いざというとき、誰にも断りを入れずにそれだけの金をぽんと動かせる。亜矢子は独身時代にそれだけの経済力を身につけて嫁にいったのだ。我が姉ながら恐ろしくも男前だと思う。

早く就職しなければ。焦る半面、いっそじっくり腰を据えて条件のいい就職先を待ち、ここでのバイトを一年くらい続けてもいいかなと思うこともある。

貯金は目標だった百万に到達したが、亜矢子のようにぽんと百万を出すためには、百万ぽっきり持っているだけでは駄目なのだ。それがなけなしの百万ではいざというときぽんとは出せない。これから更に一年ここでバイトを続ければ、三百万近く貯められるだろう。

そして、母親の病気のためにまとまった金がほしくてきついバイトを長期間続けた、という事実は、今よりも誠治の就職条件を良くするはずだ。それにその頃には寿美子の病状も回復して弱点にはならないかもしれない。

そんなことを考えながら腰溜めにスコップを構えてアスファルトを撒いていると、仲間の一人が声をかけてきた。

「作業長が今日の仕事上がったら事務所に寄ってくれって言ってたぞ」

作業長は工事全体の指揮を取る工事責任者で、工事現場をあちらこちらと見て回っては威勢のいい檄《げき》を飛ばしていく『おっさんの中のおっさん』だ。

バイトの誠治が個人的に呼び出されたことはもちろんない。

「えー、俺なんかしたかなぁ」

及び腰になった誠治に仲間たちが笑った。

「へマやってんならこの場にすっ飛んできてがなってるおっさんだよ、そうびびるな」

「そりゃみんなは呼び出し食らってないから気楽でいいけどさぁ」

その日は仕事上がりまで誠治は気が気ではなかった。


仕事上がりはプレハブの会社に戻り、道具を戻したり更衣室で着替えてから皆それぞれにタイムカードを押して帰っていく。

誠治は着替えてタイムカードを押してから、事務所棟のプレハブに入った。

「すみません、武ですけどー……」

事務室で煙草を吹かしながら書類に向かっていたビール腹のオヤジが顔を上げる。誠治も顔は見知っている作業長だ。

「おう、来たか。タイムカードどうした?」

「押してきました」

「ほう。生真面目な奴だな」

偶然とはいえ、誠一が会社で受けている評価と同じ言葉がくるとは思わなかったので、驚いた。生真面目？　俺が？　どこが？

「呼び出されたなら勤務中だってタイムカードの時刻を稼ごうとする奴もいるからな」

「でも仕事上がったらって話だったんで。そんなに時間もかからないだろうと思ったし」

「そういうところで性格が出るもんだ。親の躾《しつけ》がよかったんだな」

誠一と同じ生真面目という言葉を使われたのは微妙だったが、親の躾がよかったという言葉は素直に嬉しくて噛みしめた。寿美子のために。

その間に作業長は叩けば埃が舞い上がるようなソファのセットにどっかと座った。誠治もその向かいに恐る恐る座る。

「あの、それで何の……」

「まあそう緊張するな。説教しようってわけじゃない」

取り敢えず怒られるわけではないらしい。誠治もやっと落ち着いて座り直した。

「ここが子会社扱いになってるのは知ってるな」

バイト先は主に土木工事の下請けを生業《なりわい》としている小さな株式会社で、親会社は小さいながらも自社ビルらしいが、子会社のこちらは舗装もしない地べたにプレハブをいくつか置いただけで資材や重機置き場の意味合いが濃い現場重視の造りだ。

「先日、社長と会ったときにな。若いのによく続いてる感心なバイトがいるって話を俺がしたんだよ。お袋さんの病気を世話しながらよくやってるって」

「はあ……ありがとうございます」

するとと作業長は苦ったような顔で頭を掻《か》いた。

「礼を言われるようなこっちゃない。むしろ面倒な話に繋《つな》がったかもしれん」

「……って？」

「社長がお前を親会社の勤務の正社員で採りたいと言い出してな」

とっさにありがとうございますとは出てこなかった。ここで就職するという可能性は、まったく考えていなかった。作業長も口籠もった誠治を責めはしなかった。

「ぶっちゃけて言うが、ウチで稼ぎたいなら現場に出て何ぼだ。親会社は幹部をべったり家族で固めた親族会社だし、他人が親会社の勤務になっても出世は部長止まりだ。給料も昇給率も一般と比べて高いわけじゃない。むしろかなり安い。だから俺もこっちで現場を仕切るほうにきた」

「え……ええと」

何か言わなくてはと思って口を動かすが、意味のある言葉は出てこなかった。

だが、一瞬心が揺らいだことは確かだ。巧くいかない就活、不採用の嵐。

たとえ給料が安いとしても、正社員という立場が手に入るなら——もしここでこの話を蹴って、一生就職できなかったら。

「妥協はするな」

見抜いたように作業長は鋭く釘を刺した。

「時間はかかるかもしれん、今は不利かもしれん。しかし、お前は必ずうちの本社よりはマシなところに就職できる。うちの親会社は、十年勤めた三十半ばの家庭持ちが手取りで二十万も持って帰れないところだぞ。だからしょっちゅう人が代わる」

説明されなくても分かった。親族社員をそれだけ優先しているのだ。

「会社の規模が小さいから、急に辞められても困らない。基本的に仕事をこっちに投げるだけで、俺らの取ってくる仕事も多いしな。だから親会社の体制は変わらない。実家から通ってる腰掛けの女子社員くらいしか安心して勤められない会社だ。親族以外の男が一生勤められるような会社じゃねえ」

現場の力が強いことは感じていた。親会社の影が薄い、と。現場はがっちり売り上げてくるし、作業員に辞められたりやる気をなくさせると、工期に直接影響するから優遇しているのだろう。また、作業員を守る作業長の采配もあるに違いない。

「だから、社長にはウチの正式採用で俺の部下ならってことで話をした。現場からお前を手放す気はないって意味での返答だから社長も諦めたはずだが、一応は俺が口に出した話だ。考えるだけは考えてみてくれるか」

「は……はい。しばらく時間もらえますか」

「ああ。ゆっくり考えろ、急ぐ話じゃない。時間を取らせて悪かったな、帰っていいぞ」

作業長が腰を上げ、誠治も一緒に腰を上げた。


家に帰って洗濯物を出し、夜食を食べて寿美子の服薬表を確認する。几帳面な誠一の字でサインが入っており、これはまだ酒の入っていない筆跡である。最近では寿美子に薬を飲ませるまでは晩酌を待っているらしい。

バイトのときは起きてから朝風呂に入ることにしているので、シャワーは軽く汗を流す程度だ。

両親はよく眠っているようで、シャワーを終えてから誠治はそっと二階へ上がった。

ベッドに寝転がって、さっき事務所で聞いてきた話を反芻する。

あの職場で。作業長の部下として。現場を仕切る仕事を一生。

バイト先として気持ちのいい場所であることは確かだ。おっさんたちは開けっぴろげで気持ちがいい。寿美子の件でも彼らによく気持ちを救われている。

だが、それだけに——彼らを仕切る器が自分にあるのかという疑問は自然と湧いた。

誠治が一応は大卒であることから出てきた話だろうが、単にそこその大学を出ているというだけで仕切れるおっさんたちではない。無論、誠治が一部なりとはいえ現場監督を任されるようになるのはずっと先の話だろうが。

「悩むところだよなぁ……」

できれば相談する相手がほしいところだ。

こうしたときに相談するとすれば、やはり——相手は父親か？

でもなぁ。

微妙に不安を感じながら、誠治は目覚ましを誠一の起きる時間に合わせた。


「あのさぁ」

誠一と同じ朝食の時間に起き出してみたが、気難しげな誠一の顔を見ていると切り出すことすら憚られた。

何を言われるか言い出す先から予想がつく——ような気がする。

だが、誠一は「何だ」と続きを促し、「何でもない」と誠治が逃げると「朝っぱらから気持ちの悪いことをするな、言いかけたことはちゃんと言え！」と声を荒げた。

「いや……もし俺が建築会社に勤めたいとか言ったらどうする？」

「いいんじゃないのか。どこかの工務店か何かか？」

「いや、今のバイト先で声かけられたんだけど……その会社はどっちかっていうと、道路工事や上下水道の土木工事が専門で。将来的には現場指揮っていうか、カントクっていうか、」

言い終わるより先に目を怒らせた誠一の怒声が飛んできた。

「ふざけるな！」

その声の勢いに誠治は思わず首を竦めた。

「でも給料は将来的にもけっこういいし……」

「俺はお前を土方にするために大学まで行かせてやった訳じゃないぞ！」

明らかに差別的な意図で吐かれた土方という言葉にカッとした。

「そういう言い方すんなよ！　そもそも、一流の建設会社だって土木部門とか持ってるし、行政の工事だって請け負うだろ！」

「一流企業と一緒にするな、ゼネコンの土木は管理専門だ！　お前のバイト先なんか現場専門の孫請け、曾孫請けレベルだろうが！　しかも一般でも総合でもなく現場なんか論外だ！」

「ちゃんと働いてる人を見下すような言い方すんなよ、父さんのほうがよっぽど器小せぇぞ！　差別は悪いことだとか俺が子供の頃に教えてたのは何だよ、上《う》っ面《つら》だけかよ！」

「うるさい！　とにかく許さん！」

誠一は茶碗をテーブルに叩きつけて立ち上がり、寿美子の薬を出してきて誠治に投げた。

「今朝はお前が飲ませとけ！」

寿美子は二人の間で石になったように固まってしまっていた。

ここまで激昂しても、寿美子の薬のことは一応忘れない。それは誠一がこの年になって成長したところであろうし、ありがたいことでもある。

しかし――

「……あんま、幻滅させせんじゃねえよ」

誠治は砂を嚙むように米を嚙みながら呟いた。

良識のある大人ぶっておきながら、結局はブルーカラーと言われるガテン系を一括りに見下し差別する。自分の息子がそんな職に就くなどとんでもないと。

バイト先の仲間たちや作業長のほうがよほど同年代の男として魅力的だ。

大体、俺があんたに歩み寄れたのは誰のお陰だと思ってるんだ。そのガテンのおっさんたちのアドバイスや励ましがなかったら、今でもあんたとは冷戦状態だ。作業長だって、あんたの言う「一般職」の本社が不利な職場だと知ってたから、そこに抜かれかけた俺を助けてくれた。

器が違いすぎて情けなくなる。本当に誠一は彼らと同年代の男なのか。

「母さん。進路の話ですれ違っただけだから。飯食って」

固まってしまった寿美子を促すと、寿美子はようやく箸を動かしはじめた。食べる合間に細い声で呟く。

「お父さんは……誠治を心配してあんなことを言ってるだけだから。もし、それが誠治の本当にしたいことだったら、ちゃんと話したらきっと分かってくれるから。きっと、急に聞いてびっくりしただけだから」

それはどうかな。そうは思ったが口には出さなかった。寿美子が悲しむ。

寿美子が食後に薬を飲むのを見届けて、服薬表にチェックを入れる。

この表を作ってきたときはやっと分かってくれたと感謝さえしたのに──

簡単に気を許すんじゃないわよ。ほだされたら何度も何度も失望するわ、あたしみたいに。

やはり亜矢子の言うとおりなのか。

別に作業長の勧めを受けようと決めて話をしたわけじゃない。迷ったからこそ相談したかった。自分より長く生きている親としての知恵と経験を借りたかったし、社会人として意見を聞きたかった。

ホワイトカラーじゃないから頭ごなしで却下、あんたらしいと言えばあんたらしいよ。

「じゃあ俺、もう一回寝るから」

誠一に探りを入れるために起きてきたのでまだ寝足りない。


どれくらい寝ただろうか、ノックの音で起こされた。起き出して時計を見ると昼過ぎだ。

「誠治、起きてる？」

寿美子の遠慮がちな声に「いいよ」と返事をすると、やはり遠慮がちにドアが開いた。

「会社から届いたから……」

差し出されたのは先日応募した会社の封筒である。今まで採用条件を重視して応募先を探していたが、そこは初めて採用方法重視で応募してみたところだ。三百人規模の会社で自分には敷居が高いのではと思っていたが、筆記の一次試験があり、誠治の得意なＳＰＩだったのである。

業種は医療機器のメーカーらしく、畑違いとはいえ家族に病人を抱えている今、そこも興味を惹かれたところである。もちろん文系の誠治が希望できる職種は限られていたが。

受け取った封筒は、いつものように履歴書だけ収まっている感触ではなかった。だから寿美子もわざわざ誠治が寝ているところへ持ってきたのだろう。

慌てて封を切ると、やはり一次試験合格の知らせだった。面接日は来週だ。

「一次、通ったみたいだ。来週、面接に行ってくるよ」

「よかったねえ、誠治。おめでとう」

寿美子が病気に罹ってからというもの、一番笑顔に近い表情だった。

「まだ一次を通っただけだよ。ぬか喜びになるかもしれないから、あんまり期待しないでくれよ」

「でもよかったねえ。ほら、就職活動の要領が飲み込めてきたのかもしれないから」

そうか、思い切ってそこそこの規模の会社を狙ってみてもいいんだ。

今までは自分のいい加減な経歴の引け目もあって、十数人からせいぜい五十人くらいの規模の会社しか狙わなかったが、小規模な会社であればあるほど、採用する一人の戦力が死活問題になってくる。それだけ採用条件がシビアになるということでもあり、要するに即戦力にならなければ意味がないのだ。

誠治の社会的位置づけは自分としてはもはやフリーターだが、一度新卒で就職した経験があるということで『ギリギリ第二新卒』とハローワークのいけ好かない職員も言った。それならその位置づけが目減りしないうちに「俺は第二新卒だ」と開き直って一次試験で筆記を行う会社をガンガン狙っていくのも手だ。そして誠治は、大学の時の就活の遺産で各種の就職試験の要領はまだまだ体に染みついている。

*

夜、帰宅した誠一は怒鳴り声で誠治を呼ばわった。

「何だよ、うるさいな」

階下に下りると誠一は居間で待ち受けており、誠治が向かいの席に座るや否や、各種のパンフレットをテーブルに叩きつけた。

どれも会社案内である。

「どれでも好きなところを選べ。どこにでも入れてやる！」

その傲慢な態度に誠治の側も沸騰した。

「何のつもりだよ！」

「大学まで出してやった長男に土建屋になられるくらいならいくらでも俺のコネを使ってやると言ってるんだ！」

朝、最も侮蔑的に使った言葉はさすがに使わなかった。その言葉に差別的な意味合いを乗せたことは辛うじて自分でも恥じているのか。

「俺はなあ！」

畜生。

何でこんなに話が分からない。何でこんなに通じない。

「俺は、決めてから話をしたんじゃねえんだよ！　勧めてくれた人は尊敬できる大人で、その人に勧められたから俺は迷ってたんだよ！　だからっ……！」

喉が詰まって声が出なくなった。

その先を、細い声が繋いだ。その細さで周囲が鎮まらざるを得なくなった声が。

「お父さんに相談したかったのよね」

誠治も誠一もぎょっとしたように寿美子を振り向いた。

「誠治も分かってあげてちょうだい。お父さんは、反対するときはまずけなしてしまう人だから。言いすぎたことや言ったらいけなかったことに後からしか気がつかない人なの。それで、謝ることも苦手な人だから……」

やってしまった。でも謝れない。だから――これか？

誠治はテーブルの上のパンフレットを見下ろした。

「……頼むよ。こんなもの要らないよ。どうしても無理だったら自分で頼むよ。だから、謝ってくれよ。俺にじゃなくてさ。俺によくしてくれてる人たちを一括りに見下して暴言吐いたことを謝ってくれよ。そんでちゃんと相談に乗ってくれよ。自分のコネで息子の頬を引っぱたくようなことしないでくれよ。俺はあんたを尊敬したいんだよ。俺にあんたを軽蔑させないでくれよ」

頼むよ。気がついたらテーブルに額がつくほど頭を下げていた。

無限のように長い時間が過ぎた後、

「……悪かった」

言い出しは小さすぎて聞き取れないほどの謝罪らしき言葉が誠一の声で聞こえた。誠治が顔を上げると、誠一は斜め下に視線を逃がしたままでぼそぼそ喋った。

「確かに、俺はとっさに差別的な物の考え方をする人間かもしれん。しかし、就職が巧くいかないところへ差し出された話で妥協しようとしてないか心配したのも確かだ。それにその仕事を気に入ってるのか、そこの人たちを気に入ってるのかも分からなかったしな。お前は今まで事務や営業志望で就職活動をしていたと思うし、急に肉体労働に方向転換という話には違和感があった。バイト先として居心地がいいからこのまま勤めてもいいか、という安易な考えなら反対だ。うちは総合商社だから当然建築系とも付き合いがあるが、現場の仕事は確かに収入はいい。だが事故も多いという話はよく聞く。死亡事故も少なくない。それも現場の監督といえば多くの人命に責任を持たないといけない立場だ。お前はそそっかしい性格だし、親としてはそういう危険が多い仕事には就いてほしくない」

何でこういう話を最初からしてくれないのか、といういらだちは心の片隅にあったが、寿美子の顔を立ててそれはもう言わなかった。寿美子は誠一のそういう性格を知っていて、それでも誠一と今まで家庭を築いてきたのだから。

「分かった。意見として聞いとく。返事はゆっくりでいいって言われてるから、父さんの意見も聞いたうえでまた考える。ありがとう」

夜のバイトがあるので夕食は先に済ませてある。誠治はそのまま二階へ上がった。

バイト先に行くと、現場の仲間は「昨日の話は何だったんだ」と誠治を囲んだ。

「いえ、あの……」

口籠もっていると、

「なんてな。実は俺たちももう知ってんだけどよ」

とげらげら笑われた。

「もう、からかわないでくださいよっ！　もうちょっとで俺、そのすっげえ本社とやらにドナドナみたいに売られていくところだったんですよ！」

「いやいや、だけど作業長の話はちょっと真面目に考えてみてくれや」

古株の作業員が真顔になる。誠一の話を聞いた直後であることもあって誠治の腰はやや引けた。

「いや、でも……俺じゃ僭越でしょう、作業長の直属とか」

「親会社のダメっぷりは聞いただろ」

「ええ、まあ」

「ウチは子会社のこっちと作業長——社長で保《も》ってるようなもんだ」

社長というのは作業長の正式な肩書きだが、作業長自身が嫌っているので対外的にしか使っていない。主にそれは仕事を取るときだという。

「作業長もあの親族の一員ではあるんだが、姻戚関係が遠いから何かとラクでおいしい親会社からおっぽり出されて現場に来てるんだ。もともと働くことが好きな人だからそれは構わんと本人も言ってるんだが、現場の稼ぎで本社の親族社員が怠けてるのはやっぱり腹に据えかねてる。そんで作業長は、できれば現場を独立させて別会社にしたいと思ってるんだよ。せめて、親会社にべったり寄生されてるのをもっと突っ放したい。だからお前が欲しいんだ」

いきなり会社の濃いところを聞かされて、誠治としては目を白黒させるしかない。

作業長も苦労だなぁー、と間の抜けた感想がやっと浮かぶだけだ。

「独立するには何はともあれ事務と営業が要る。経理は会計士なんかを雇う手もあるが、うちには事務と営業が足りんわな。作業長と部下の監督数人で回してる状態だが、現場と並行な以上はどうしたってどんぶりになっちまう。作業長はお前をそっちの責任者として育てたいんだよ」

「で……でも」

誠治は混乱しながらやっと口を開いた。

「何で俺……？」

おっさんが事もなげに答える。

「お前、そこそこ名前の知れてる大学出てるだろう」

「名前は知れててもレベルはそんなに高くありませんよ。二流どころです」

「けどそのレベルの奴がこんな無名の土建屋になんか来てくれねえんだよ、普通は」

それに、と別の奴が口を挟んだ。

「何しろお前は毛並みがいいからな。ウチじゃ立派に育ちのいいお坊ちゃんだ。今のウチじゃ採れない人材なんだよ、お前は。親会社ならたまに採れるが、劣悪な条件ですぐ放流しちまう」

作業長は昨日、そんな話は一言もしなかった。

「俺たちは工事させたら誰にも負けねえ。でも、頭使うこたぁまるっきりだ。作業長からそういう話が出たんだったら、できればお前が作業長の右腕になってくれりゃあな、とは思うわな。お前だったら人柄も心配ないし」

今まで自分に向けられたことのない評価に戸惑いながら、誠治はようやく答えた。

「でも俺、お袋が病気になるまではホントにいい加減でフラフラしてて、バイトもホントに適当にやってて嫌になったら辞めりゃいいやーくらいにしか考えてなくて」

「でもお袋さんが病気になって一念発起したんだろ。それを俺たちは見てるんだから充分だ」

また別の奴が割って入る。

「そろそろやめとけ、あんまりこっちの事情を押しつけたら、誠治がバイトしにくくなるだろうが」

そうして男たちは道具を持ってそれぞれ現場行きのハイエースに分乗した。誠治もその一台に乗り込む。

誠治に詳しい事情を一切話さなかった作業長を思うと、その潔さを尊敬せずにはいられなかった。

確かにおっさんたちが言ったように、理系からも文系からもこんな無名の——しかも、土木工事専門の小規模会社、更にその子会社など見向きもされまい。誠治程度の学歴でも社員に採れたら箔がつく、そうした意味では誠治ごときが喉から手が出るほど欲しい人材だろう。

それでも作業長は何も言わなかった。一応考えるだけは考えてみてくれとしか。

こんな上司の下で働きたい。作業長は自然とそう思わせる男だった。

＊

一次試験を通った会社の面接日がきた。

身だしなみは完璧に整えて、都内でもかなり西の地域にあるその会社に向かった。医療機器メーカーで工場と併設されているので、広い敷地を確保するために地価が安い郊外に所在しているらしい。だが誠治の自宅からは一時間とかからず通える距離だ。

バイト先での話はひとまず忘れ、面接に集中する。

一次試験のときも思ったが、東京とは思えないほど周囲に山が多い地域だった。最寄駅には普通電車しか停まらない。そうした地理条件の悪さも倍率の低さに繋がるのではないかという読みもあっての応募だった。

駅からは歩いて十五分ほどだった。同じ二次試験の受験者らしいスーツ姿の青年を何人か見かけた。年齢制限は確か三十歳だったはずだ。

会社に着くと待合室に案内され、その部屋には結局十五人の応募者が集まった。やがて説明の担当らしい中年の女性社員がやってきて、面接開始時刻が午後一時からであることと五人ずつの集団面接であることを告げた。

いよいよ面接時間が迫り、誠治は携帯の電源を切ろうとスーツの懐から携帯を出した。その瞬間だった。――手の中で携帯が震えた。液晶には自宅と表示される。寿美子だ。迷った。

面接が終わるまで無視するか。だが、今日が二次面接だと知っている寿美子がわざわざ電話をしてきたということは。

席を立って待合室を出る。その間中、携帯は手の中で震え続けていた。

廊下で電話を受け、低い声で「もしもし？」と応じる。

「誠治？　誠治？　お母さんだけどごめんね、お母さんだけど、大事な日なのに電話してごめんね。誠治？　お母さんだけどごめんね」

寿美子の声は激しく動揺して震えていた。用件を促しても謝罪のループに嵌ってしまい、なかなか話が進まない。

「だから、何があったの。もうすぐ面接なんだ、第一組だったらあと十分もないから早く話して」

「薬が……」

誠治は思わず電話に食らいついた。

「薬が⁉　どうしたの⁉」

「なくなっちゃって、探しても出てこなくて……どうしよう、ごはんももう食べちゃったのに、誠治どうしよう、薬が見つからないからお母さんどうしよう」

「落ち着いて、隣の引出しは探した？」

「探したよ、だけどどこにもなくて。どうしよう、誠治、お母さん入院しないといけなくなる？　どうしよう、そんなことになったらお母さん、」

駄目だ、完全にパニック状態だ。誠一に振るかと一瞬考えたが、考えただけで諦めた。パニックに陥った寿美子を電話で怒鳴りつけてますます追い詰めるだけだろう。

うっかりしたらそのせいで自分を責めてまた自殺未遂に走りかねない。

「一回くらいだったら飲むのが遅れても間に合うよ、俺も面接終わったらすぐ帰るから」

「でも、おかの先生が、毎日決まった時間にちゃんと飲まなきゃ駄目だって、入院だって言ったから。食後の薬なのにお母さん、もうごはんも食べちゃったのに」

何度も同じことを繰り返す寿美子が急に思いついたように声を上げた。

「お母さん、今からおかの先生のところに行ってなくした薬をもらってくる」

「駄目だ家から出るな！」

恐ろしいことに寿美子は免許を持っているし、家には車も原付もある。買い物や銀行は自転車だが、おかのクリニックまでなら自転車や交通機関より車のほうが便利がいいし、パニックに陥った寿美子は食後の服薬に執着してしまったようなので、迷わず車か原付を使うだろう。

「今から帰るから！　一回切るけどすぐかけ直すから絶対家から出るなよ！　出たら親子の縁を切るぞ！」

脅すように言いつけて誠治は電話を切った。そして玄関に向かう。受付はなかったが、事務室があったのでノックする。

出てきたのは中年の女性社員だ。説明もこの人がしてくれたので話が早い。

「すみません、面接をしていただく予定だった武誠治ですが」

「はい、何か」

「私の面接の順番を教えていただくわけにはいかないでしょうか？」

もし一組目なら面接を受けてからすぐに帰れる。二次の集団面接なら時間は三十分前後としたものだし、そこから帰宅時間を考えると家に着くのは遅めに見積もっても二時間後である。それくらいなら誤差の範囲内だと寿美子を言いくるめられる。

だが、それ以降だったら――

「はぁ……」

女性は不可解な表情をしながら事務室に引っ込んだ。仕事中の社員たちが、ちらちらと視線を投げてくる。誠治はせいぜい申し訳なさそうに俯いて立ち尽くした。

女性社員が戻ってきた。

「武誠治さんは最終の三組目になってますね」

つくづく俺って運がない。誠治は女性社員に食い下がった。

「すみません、実は家に病人がおりまして。今日は昼間は一人だったんですが、折悪《おりあ》しく発作が出たようで……できるだけ早く様子を見に帰りたいので、順番を一組目に回してはいただけないでしょうか？」

女性はまた室内に戻り、今度はもっと長い時間戻ってこなかった。

そして戻ってきたときの気の毒そうな顔で回答は先に分かった。

「人事に問い合わせましたが、特別扱いはできないとのことで……お気の毒ですが」

「……分かりました。ご無理を申し上げてすみません。それでは自己都合でキャンセルということでお願いします」

「何とかほかのご家族に連絡を取ったり、救急車を手配したりとかはできないの？」

その提案は誠治に同情してのものだろうが、どちらも不可能だった。

「すみません、ありがとうございます。でも難しい病人だし、今日はどうしても他の家族には連絡がつかなくて。非常識なことをお願いして申し訳ありませんでした。人事の方にお詫びをお伝えください」

腰から折って頭を下げる。そして誠治は早足に待合室に戻った。自分の鞄を持って部屋を出るとき、背中にライバルになるはずだった十四人の好奇の視線を感じた。それを遮断するようにドアを閉める。

廊下を走らない、という貼り紙を見かけていたので玄関までは早足で、玄関を出るなりダッシュした。

走りながら携帯を出して自宅へかけ直す。

「母さん!?　家にいる!?」

「いる……いるけど、誠治は今日面接だから、お母さん一人でクリニックまで行けるから……車の道順も覚えてるから」

「もう遅いよ！　面接キャンセルしたから！　今から帰るから絶対家にいろよ！　おかの先生も食後二、三時間くらいなら飲むの遅れても問題ないって言ってたから！」

実際問い合わせて確かめたわけではないが、印籠のようにおかの医師の名前を出す。

「でも、おかの先生は量が増えたから正確に飲んでくださいって前に……」

「それくらいの誤差は大丈夫だよ！」

確かに量が増えたら正確に薬を飲むことが大切になってくるが、一回飲み飛ばしただけで致命的になるほどの薬が出ているならそれは必ず家族に説明されているはずだ。

要するに、寿美子が自殺未遂をしたときのようなめちゃくちゃな飲み方をしなかったらいいのである。朝昼は誠治の見張りで規則正しく飲んでいたが、夜と寝る前をいい加減に飲んでいたので薬の効果がきちんと出ていなかったのだ。

「いいな、俺すぐ帰るから！　それ以上は何にもするなよ、何にもしないで待っててくれよ！　大丈夫だから！　俺が帰るから、何も心配することないから！」

「でもお母さん、誠治の就職も邪魔して……」

「どうせ受かるかどうか分かんなかったよ、何十人も面接来てたんだ！　それにこれからだってチャンスはあるし！」

走りながらなので息が上がる、だが精一杯冗談めかした声を出した。

「一回キャンセルしたからもう駄目だ、なんて決めつけないでくれよ、俺のこと！　いざとなったら父さんのコネだってあるんだしさ！　じゃあ、切るよ！　不安になったらまた掛けてきて！　家は絶対に出ないでくれよ！」

喋りながら走るのはもう限界だった。切った携帯を懐にしまい、走ることに専念する。

歩いて十五分かかった駅まで、誠治は約半分の時間でたどり着いた。


家に帰り着いてほっとした。ガレージには車も原付も自転車もある。

だが、玄関の鍵は開いていた。

中に入ると、玄関のキーラックから車の鍵が下ろされて靴箱の上に置いてあった。誠治の言いつけを守るかクリニックへ行くか、相当の逡巡《しゅんじゅん》があったのだろう。

そして奥へ続く廊下の真ん中に、途方に暮れたように寿美子がへたり込んでいた。

「ただいま」

「ごめんねえ、誠治。面接だったのにごめんねえ」

「それはもういいから。母さん、寝室で休んでて。俺が薬探すから」

そう言って両親の寝室を開け、一瞬言葉を失った。まるで空き巣に荒らされた後のようだった。薬が見つからないのでやみくもにあらゆる部屋を引っくり返したのだろう。

「お母さんだけ休めない……誠治の面接まで駄目にして」

「じゃあこっちの寝室片付けてて。俺は台所と居間探すから」

言いつつ台所に向かったが、その惨状にいきなり挫折した。台所も居間も、寝室よりも徹底的に荒らしてある。引出しという引出しが開けられ、中身が床に散らばり、散乱した物を踏まないと歩けない状態だ。だが、薬の定位置になっている食器棚の引出しからピルケースがなくなっていることは確かである。

これは手がかりなしじゃムリだ。誠治は寝室に戻り、片付けを始めていた寿美子に話しかけた。

「母さん、今日何かいつもと違うことしなかった？」

「いつもと違うこと……？」

寿美子は要領を得ない顔だ。混乱している今の寿美子には質問が高度すぎたらしい。

「朝からやったこと、一つずつ話して」

「……起きて……朝ごはんを作って……お父さんを起こして……誠治を起こして……」

「みんなで朝飯食ったね。そんで母さんが薬を飲んで、父さんが表にチェックした。ここまではいつもの引出しに薬があった。それから何した？」

「朝ごはんの後片付けをして……洗濯機を回して……掃除をして……」

そこで一定のリズムだった寿美子の台詞が止まった。

「食器棚の中にずいぶん埃が溜まってるなって……最近ずっと軽い掃除しかしてなかったから……今日は食器棚をきれいにしようと思って……」

「分かった、もういい。続き、片付けてて。こっち終わったら居間の片付けも始めてて」

誠治は指示して立ち上がった。誠治が片付けてもいいが、寿美子が自分で片付けないと後で場所が分からなくなるものが出てくる。そうなったら、また寿美子はパニックに陥るだろう。寿美子の片付けを誠治が手伝う形でしか荒れた部屋には手を出せない。

台所に戻って誠治は食器棚の前に立った。薬は必ずこの近くにある。散らかったほかの場所はフェイクだ、見るな。寿美子の行動を想像しろ。

食器棚の中に埃が溜まっていた。だから食器棚の掃除をしようとした。

皿を出してテーブルやシンクに置き、棚の中を水拭きする。やっているうちに集中してきて、食器棚の片付けが徹底的になった。

そう想定して改めて食器棚を見ると、微妙に皿や茶碗の配置が変わっていた。引出しの中も。掃除をするついでに、使い勝手をよくしようと少し整頓したのだろう。

だとすれば引出しの中も全部中身を出して拭き、整頓して入れ直した。

薬はとても大切なものだ。一番大切なものだ。ちゃんと飲まなくては、入院させられてしまうからだ。だから、掃除の途中でどこかにまぎれるようなことがあってはならない。掃除が終わるまで絶対にまぎれないようなところへ置いておこう。

そう考えて――さて薬を大事にどこへ置いておく？　低いところへは置かないだろう。低い場所は作業に使うから一番まぎれそうだ。誠治は食器棚の前で寿美子の手足の長さを考えた。背伸びをすれば――届く。

果たして、誠治が指で探った食器棚の上にピルケースは載せられていた。ちょうど、薬の定位置になっている引出しの真上に当たる位置だった。掃除が終わったら忘れずに戻すようにとその位置で、――掃除が終わったときまで、ピルケースを動かしたことを覚えておけなかったのだろう。

そして昼食後にいつもの引出しを開け、薬がなくなっているから動転したのだ。

寿美子に限らず健康な人でもままあることだ。寿美子が健康な人と違うのは、その動転が坂を転がり落ちるように止まらないことだけだ。

「母さん！　こっち来て！」

声を上げて寿美子を呼ぶ。寿美子はよろよろした足取りで寝室から出てきた。

「見つかったよ、薬」

寿美子は呆然としたような表情で台所へ来て、ピルケースを受け取った。

「どこにあったの……？」

「食器棚の上。食器棚の掃除が終わったら戻すつもりだったんだよな」

寿美子は「そういえば」と小さく呟いた。そしてしくしく泣きはじめる。

「こんなことも思い出せなくて、誠治に迷惑かけて、せっかくの面接も台無しにして……お母さんの病気のせいで……」

「違うって。こんなこと普通のときでもよくあるって。ほら、早く薬飲まなきゃ」

誠治はコップに水を汲《く》んで寿美子に渡した。寿美子も受け取ってピルケースから昼食後の薬を出す。飲んだ後を確認できるようにわざと剝き身にせず、パッケージを切り離して小分けしてある薬だ。

「薬、出してあげるよ。貸して」

誠治はピルケースを取り上げ、今日の昼食後の薬を出した。手の上に三錠、パッケージから押し出す。それを寿美子に渡し、飲み終えるのを見届ける。

「いい？　薬をいつもの引出しにしまうよ」

誠治は寿美子にピルケースを見せながら定位置の引出しにしまった。そして冷蔵庫の服薬表にサインを入れる。

さあ、と誠治は笑った。

「夜までに部屋を片付けなきゃね。父さんが帰ってきたら空き巣に入られたのかと思ってびっくりするよ。俺も着替えたらすぐ下りるから先に始めてて」

部屋がいつもの状態に整うには夜までかかり、この日は誠治もバイトがなかったので、夕食は家族揃って店屋物で済ませることになった。

店屋物になった理由は誠一には秘密にした。

＊

翌日はまた夜間のバイトなので、昼過ぎまで眠るつもりだった。

それを昼前に起こされたのは、誠治宛てに電話が掛かってきたからだ。携帯ではなく家の電話で、寿美子が取次ぎに来た。

「誰って？」

「あの……何か会社の名前で」

バイト先でシフトの変更でもあったのかと部屋の子機を取った。

「はい、お電話替わりました。誠治です」

だが、相手が名乗ったのは昨日面接をキャンセルしたあの会社名だった。一気に眠気が飛ぶ。

「き、昨日は大変失礼致しました！　申し訳ありません！」

「いえ、そう緊張なさらずに。私は専務の倉橋と申します。実は昨日の面接をキャンセルされた理由が役員会まで伝わってまいりまして」

上品な口調の穏やかそうな男性だった。

「ご家族の発作だったと聞いています。立ち入ったことを伺いますが、今電話に出られたお母様ですか？」

「あ、はい、……やっぱりお分かりになります、か？」

寿美子の不安定さは電話の短いやり取りだけで分かるのだろうかとむしろそちらが気になって、こちらからは窺う口調になる。

「いいえ、お母様の状態が電話だけで分かる人は少ないと思いますよ。ただ、こちらにはあなたの履歴書がありますので。家族欄を見たら昼間お家《うち》にいらっしゃるのはお母様だけだということは分かります」

ああ、そうか。考えてみれば当たり前の種明かしをされて、ほっと胸をなで下ろす。

「今日はお暇ですか」

「あ、はい……夜までは」

「でしたら、今日の二時頃にこちらへお出でになりませんか？　役員会であなたのお話を聞いてみたいという意見が出ておりますので」

「は、はい！　必ず！　必ず伺います！」

電話を切ってから誠治は階段を転がるように駆け下りた。

「母さん！　ワイシャツ！　アイロンかけたワイシャツある⁉　俺、午後から昨日の会社にもう一回面接行くことになったから！」


昨日の今日だったし、時間にも余裕があったので昼は寿美子と家で食べた。

薬も飲ませて表にチェックし、後顧の憂いがない状態で出かける。

再訪した会社で事務室をノックすると、出てきたのは昨日と同じ女性社員だった。

「よかったわねえ、あなたのことは私も気になってたのよ」

「ありがとうございます、お話を聞いていただけるということで頑張ります」

案内された部屋で待っていたのは線の細い壮年の男性が一人だけだった。

「どうぞ、お掛けください」

その声で電話の専務だと分かった。ありがとうございますと一礼し、用意された椅子に座る。

「武誠治さんですね」

言いつつ専務は誠治の履歴書その他を開いた。

「最初の会社を三ヶ月で辞めておられますね。理由を説明していただけますか」

しっかり面接の形を取るらしい。誠治の背筋も伸びた。

「社風に馴染めないところもありましたが、根本的には自分の努力が足りなかったと思います。反省材料としてこれから生かしていきたいと思っています」

「その後、一年以上もアルバイト生活を続けていますね。再就職の意思はなかったのですか？」

この人には嘘を言っても見抜かれる。瞬時にそう思った。

「一応、再就職の意思はありました。しかし、なかなか採用が決まらないため、ある程度の時期から気持ちが挫《くじ》けがちになっていたことも事実です。それと、家に生活費を入れる必要があるのでアルバイトを始めまして、当座のお金がどうにかなるとついつい就職活動に身が入らなくなるようなこともありました」

「アルバイトもかなり転々としておられたようですが」

「それもやはり自分の根気のなさ、努力の欠如が最大の原因だと思います」

「それまでのアルバイトより、半年前から始められて今も続けておられるという夜間工事のほうが体力的にきついアルバイトだと思いますが、これが続いているのはどうしてですか？」

ついに話が核心に迫りはじめた。寿美子のことから話さねばならない。

自分を落ち着かせるために、深呼吸を一つ入れた。

「実は、その頃から母が精神病に罹りました。鬱病などが複合したもので、かなり重篤な病状だと病院から説明されて、実際に自殺未遂をしたこともあります。母は家族のために色んな苦労を一人で背負おうとしてそんな状態になりました。情けない話ですが、こんなことになって初めて自分が今までどれほど甘えた人間だったか思い知りました。夜間工事のアルバイトを選んだのは時給が高いからです。毎月生活費だけ入れていればいいというものではなく、いざというとき家計の助けになるように、貯金もしたいと思うようになりました。現場の人たちがよくしてくれるお陰もあり、今まで続いています」

「電話でも少し伺いましたが、昨日のお母様の発作というのは……？」

「一言で言えばパニックです」

ぶっちゃけた。どうせ寿美子のことを回避して自分の就職活動はできないのだ。

「毎食後と寝る前に薬を飲むことになっているんですが、昨日はその薬をなくしたと面接直前に電話を掛けてきました。昼食を食べてから薬がいつもの場所にないことに気づいたらしく、相当なパニック状態になっていました」

「面接が終わるまで対処を待ってもらう、ということはできませんでしたか？　あるいはお父様に連絡するとか」

「ご存じない方はそう思われて当然かと思います」

誠治はいっそ堂々と専務の目を見返した。

「父はこうした病気に理解が全然ありません。話を振っても電話で叱りつけて余計に母を追い詰める恐れがありました。だから父には対処を頼めませんでした」

専務は黙って聞いている。

「パニックを起こした母の言動は支離滅裂で、薬がないとおろおろしているかと思えば私の面接の邪魔をしたことを詫びたり、そんな状態で病院に一人で行って薬をもらってくると言い出したりしました。病院は車でないと行きづらい場所にあります。母は運転免許を持っているので運転できてしまうんです。ですが、そんな状態で運転していいわけがありません。とにかく、私が一度帰って落ち着かせるしかないと思いました。御社には面接の順番を替えてほしいとお願いして、あげく自己都合でキャンセルなどと大変失礼なことをしてしまいました。すみませんでした」

頭を下げると、専務は重ねて尋ねてきた。

「家に戻ってお母様はどうされてましたか？」

「家中を引っくり返して薬を探したようです。空き巣に入られた後みたいでした。絶対に家から出るなと言ってあったのですが、いつもはキーラックにかけてある車の鍵が靴箱の上にあって、車で病院に行くことも何度か考えたみたいです。面接を受けてから帰ったら取り返しのつかないことになっていたかもしれないと思いました」

「薬は結局どこにあったんですか？」

「母がいつも薬を入れている食器棚の上です。食器棚の掃除をしている間だけまぎれないように高いところへ置いておいたらしいんですが、それが却って悪かったようです。掃除が終わったときに戻すのを忘れ、また位置が高い分だけ直接目に入りづらいので、近視眼的になっていた母には見つけられなかったようです」

「よく分かりました。大変でしたね。また不運でもありました」

細かく話を訊いてきたのは真偽を計っていたらしい。

「それでは最後に志望動機を伺いたいと思います」

その志望動機を言いたくて、面接の順番を替えてほしいなどと非常識なことまで頼んだのだ。

「今までは、姉が名古屋の病院に嫁いだくらいで医療にはあまり縁がありませんでした。ですが、今回母がこういう病気になって、薬や医療器具を切実に必要としている人がいるんだということを思い知りました。そこへ御社の募集を拝見して、医療機器を患者さんへ届ける仕事に携わりたいと思いました」

「――はい。よく分かりました」

専務は深く頷いた。

「個人的にはあなたを大変買います。ご家族に難しい病気が降りかかったのがきっかけとはいえ、今回の応募者の中であなたが一番純粋に我が社を志望しておられるとも思います。ですが、二次面接をキャンセルしたあなたを三次面接に復活させることはできません。他の応募者にとって公平ではありませんから」

「そう……ですね」

誠治は頷いた振りで俯いた。

だったら何故《なぜ》、自分はここに呼ばれたのだろう？

「しかし、家に病人がいて発作を起こし、自分しか対処できないからと面接をキャンセルするという行為自体は大変人間的であり、またそれは医療メーカーの健全な資質とも言えます。そこで提案なのですが……」

専務は手元に用意していたらしいA4封筒を誠治に手渡した。

「今回の募集と同じ条件であなたを審査することはできません。しかし別の職種に空いている枠がありました。その職種でよければ、我が社はあなたを採用したい。ですが、この職種は負担が少ない代わりに、基本給や昇給率などの諸条件も今回募集した職種に比べて下がります。病気のお母様を抱えて大変なあなたの身の上では物足りないかもしれません。我が社のパンフレットと詳しい条件を書面にしたものを同封してありますので、じっくり検討してご返答をいただければ結構です」

「あ……ありがとうございます」

拍子抜けしたように誠治はぴょこんと頭を下げた。集中力を使い切った感じだった。

「お言葉に甘えて検討させていただきます」

そして誠治は立ち上がって深く頭を下げた。

条件の書類は帰りの電車で早速開けた。予告はされていたものの、確かに今回の募集と比べてかなり低い条件だった。

「これじゃ……二世代ローンとかも厳しいよなぁ……」

最終的には寿美子をあの町内から出してやりたい。その願いは変わっていない。亜矢子の望みでもあるだろう。

同じ医療系なら誠一のコネを頼ったほうがもっといい条件があるだろう。もしかすると名古屋からでも亜矢子に紹介くらいは頼めるかもしれない。

だが、自分で初めて取った採用で、しかもあの専務を見る限り上からきちんとした会社である。

それにバイト先の会社で切り出された話もある。

家に帰ってから作業長に電話を入れた。

「すみません。会社のパンフレットを一部ください。それと、作業長が俺に望んでる役割を書面にしたものと、採用条件を書面にしたものを。手書きでもかまいません。きちんと検討したいので」

作業長は役割については最初しらばっくれていたが、「ほかのみんなに聞きました」と言うと「あのバカどもめ」と悪態をついてやっと認めた。

書類は今日欲しいと頼むと、その日の仕事明けにはもう用意されていた。

そして今、誠治の目の前には二つの会社のパンフレットがある。

一つは『大悦土木株式会社』。誠治のバイト先だ。大悦土木コンサルタントという会社の子会社として、ここの下請けを主に担当している業態だ。

大悦土木株式会社で独自に採っている仕事もある、ということを説明に盛り込んであるところに作業長の意地が窺える。

一つは『(株) ナミキ医療技研』。一度は面接をキャンセルした医療機器メーカーだ。

その二冊をベッドに並べ、しばらくその表紙を睨みつける。

今日は週末——誠治も誠一も仕事は休みで、誠一は階下で碁でも打っているはずだ。

誠治は二冊のパンフレットを持って階下へ下りた。

＊

「おはよう、今日は早いのね」

休みの日は昼近くまで寝ている誠治が十時過ぎに下りてきたので、寿美子は驚いている様子だ。朝食も誠治の分は用意していなかったらしく、「ちょっと待っててくれる？」と慌てて冷蔵庫を漁《あさ》っている。

「いいよ、昼飯と一緒で」

寿美子を止めてから誠治は居間の誠一の向かいへ座った。

「父さん、ちょっと相談に乗ってほしいんだけど」

そう切り出すと、誠一は顔を上げ、隠そうとして隠しきれない嬉しそうな顔をした。

「差別的な意見はなしだぞ」

最初に釘を刺してから二冊のパンフレットを誠一に渡す。

「一応、内定とれた会社。大悦は俺の今のバイト先で、ナミキはこないだ面接受けた医療機器のメーカーな」

誠一はパンフレットに目を通し、両方の採用条件を難しい顔で見比べている。

「ナミキは会社としては堅いけど、俺が採用もらえた職種は製造・組立の軽作業。要するに工場の作業員だね。条件はそんなによくない」

基本給は十六万、昇給率もほかの職種に比べて緩やかだ。定時で上がれるのがメリットというところか。社保完備、通勤手当は公共交通機関を使うなら全額保証。

「大悦は俺の今のバイト先ね」

大悦の条件書は作業長の手書きだったが、意外な達筆で簡潔に箇条書きしてあった。

　基本給は二十五万。手取りでも二十万は堅い計算だ。職種は事務系一般。営業や企画も含むとカッコ書きで書かれている。

　休日は双方週休二日、社保の条件や就業時間帯もほとんど同じだ。大悦のほうには残業手当ありと但し書きがついているので残業が多くなりそうなことは予測がつく。通勤手当の条件はナミキと同じだ。

「何だ、大悦のほうは現場とか言ってたがかなり話が違うじゃないか。しかもこの規模の会社で破格の条件だぞ」

「ああ、それはね」

　誠治は慎重に説明した。

「大悦はこの大悦土木コンサルタントって親会社があって、そっちはガチガチの親族会社なんだ。で、現場は大悦土木が押さえてる。俺に声をかけてくれたのは、その現場会社の社長で作業長も兼任なんだけど、将来的には親会社っていうだけでのさばってる大悦土木コンサルタントから子会社・下請け扱いの現場を独立させて、会社の規模も拡大させたいみたいなんだ。そのためには現場側にも会社組織を整備したいらしくて、俺をその人材の一人目として欲しい、ってのが本音だったみたい」

　誠一は黙って聞いている。

「やっぱり大悦くらいの規模で土木下請けってなると、俺くらいの学歴でも大卒自体採るのが難しいらしくて、だから条件はすごく良くしてくれてると思う」

「学歴だけじゃここまでの条件は出さんな。人柄や勤務態度も買われたんだろう」

半年真面目に勤めた甲斐があったな、と誠一は何気なく言った。

「ただ、ナミキの側にも買われてないことはない」

誠一はそうも指摘した。

「普通、工場の作業員に大卒は採らない。派遣で人手は足りるからな。ある程度の昇進を考えての採用だろう。もっとも実際に昇進できるかどうか、どこまで昇進できるかはお前次第だがな。使えると判断されたら上にいくのはそれなりに早いかもしれん。しかし最初の条件はハンデだな。同じ階級でも給料が安いということは当然あり得る。例えば同期がいるとして、給与で同レベルに追いつけるのは相当先の話だろうな。お前のために昇給率を極端に操作するわけにもいかん」

「そうなんだよねー。それ考えるとやっぱり不利だなって」

「ただし、会社の安定性はナミキのほうが格段に上だろう。大悦も堅実に長く生き残ってはいるようだが、何しろ規模が小さい」

だがどちらも一長一短だ、と誠一は話をまとめた。

「お前はどっちに魅力を感じてるんだ」

「魅力……の、位置が違うんだよな」

誠治は考え考え口を開いた。

「ナミキは……母さんが病気になってから、医療を切実に必要としてる患者さんがいるんだなって思って、そういう業種に携わって患者さんの助けになれたらいいなと思った。別にそれが工場の組立でもよかったけど、採用条件はやっぱり物足りない」

まさか寿美子のせいで二次面接をキャンセルしたとは言えない。

「大悦は職場の仲間や作業長の人柄に魅力を感じてる。特に作業長は人望もあって、この人の下で働きたいって思ったんだ。それに、いろんな仕事が自分の発案でやれそうなのもいいなって。今の大悦ってはっきり言って雑だから、どこまで効率化できるだろうとか」

「組織がある程度固まるまでは何でも屋扱いでこき使われるぞ、それも考えたか？」

「うん。でも、小さい会社だからこそやり甲斐は大きく感じるだろうなって」

大悦のほうに魅力を感じてるように見えるな、と誠一は呟いた。

「条件に目が眩んでるんじゃないようだから、俺からはもう言うことはない。今どきお前程度の人材をそこまで買ってくれる会社も他にないだろうしな。世間一般じゃナミキでも買い叩かれたとは言えないレベルだ、お前の経歴は」

「ぶっちゃけたとこ、父さんのコネ使ってたら条件的にはどうだったの」

「ナミキよりはマシだが大悦レベルは到底無理だったな。最初の会社よりやや下回る程度か」

これで腹が決まった。

「今、日本で俺を一番買ってくれるのは大悦だ。大悦にするよ」

「断るほうには詫び状を書いておけよ」

「当たり前だろ」

最後に相談の礼を言って誠治は席を立った。


ナミキには下手くそながらも自筆で必死に詫び状を書いた。パンフレットの封筒の中に面接をしてくれた専務の名刺が入っていたので、その専務宛に。

病気の母親にどうしてもしてやりたいことがあるので、そのためには今回の採用条件が厳しいということを説明し、懸命に詫びの文章を綴った。

*

そして、最初の会社を辞めて約二年。寿美子が発病してからだと半年。

フリーターと第二新卒の狭間《はざま》に長らくいた誠治は、大悦土木株式会社の正社員にクラスチェンジした。

4
元フリーター、働く。

正社員としての出勤初日、安いスーツで来るように言われた。

現場なので汚れやすいが、事務系として採用したけじめを服装で周囲にも示したい、ということらしい。

「客先を回るときはそこそこいいスーツ、会社に出勤するときは替えズボン付き叩き売りの類《たぐい》で使い分けろ」とも言われたので、作業着扱いの安いスーツを吊しで何着か誂《あつら》えた。

正社員の作業員は総員三十七名、これに社長＝作業長をトップに専務扱いの現場監督が三人。

今日から誠治を事務職として採用して大悦土木株式会社の社員数は四十二名となった。

今まで作業長と呼び習わしていた社長のフルネームは大悦貞夫。

現場監督は坂東典夫、新保利治、糟谷康男だ。

出勤すると、朝組に入っていた現場仲間に（半年もバイトを続けていたのでほとんどの作業員と顔見知りだ）「おお、やっぱりお前はそういう格好が似合うなあ」と変なところで感心された。

事務室に入ると、入れ違いのように三人の現場監督は現場に出ていった。「まあ気張れや」と通りすがりにバンバンあちこち叩かれるのは作業員たちと変わらない。

残った大悦と二人になって、また例の埃っぽいソファに座った。

「ざっと業界のことを説明しておくと、建設業界ってものは色んな専門分野に分かれてるが、一番基本的な部門分けは土木と建築の二部門だ。土木は道路工事やトンネル、とかく『見えない』仕事。建築はビルなどの『見える』仕事だ。当然ウチは土木専門になる」

「兼業とかは難しいんですよね？」

誠治がそう尋ねると、大悦はニヤリと笑った。

「少しは勉強してきたらしいな」

誠治も照れ笑いで返した。入社の意向を伝えてから、一応は簡単な入門書を買って内容をおおまかにさらってある。

同じ建築でも両者は工程管理から安全監理、原価や品質、使う機械まで別物だ。大手ゼネコンなら両部門を持っているが、それでも部門間でのノウハウの交換は不可能らしい。

「じゃあ次は社内の慣例のようなもんを教えておこうか。まずは大悦土木コンサルタントのことだ。実質的には一族企業だが、一応は大悦グループ内の下請け会社ってことで、別会社の体裁を取ってる」

グループも何も二社しかないがな、と大悦は苦笑した。

「まあだから、俺たちにとっての本社は大悦土木株式会社になる。対外的にもな。規模としては大悦コンサルで中堅ゼネコンの孫請け、その下請けに当たる大悦土木は中堅の曾孫請けになる。大悦コンサルを飛ばしてウチが直接取る仕事は孫請けになるか」

「じゃあ大悦コンサルは建前上どういう関係になるんですか？」

「対外的には発注会社、あるいは仲介会社になるな。そして、基本的には大悦コンサルと呼んで区別してる。コンサルは仲介専門だから規模自体は大悦土木よりも小さいんだが、建前上ではコンサルのほうが上位になる。実情は取引先にもバレバレだが、そこはそれ、お互い様だ」

「経理部門がないって話でしたけど、税制上の処理とかは……」

「資金繰りも含めて大悦コンサルに委託という形だな。大悦土木側では俺が家計簿程度の帳簿をどんぶりで付けてるだけだ。社保の手続きも今は大悦コンサル任せだしな。将来的にはこの辺りのコントロールを奪いたいところだな。コンサルがコネで取ってくる仕事の割合も年々減ってるし、うちだけの受注でやっていける目処《めど》が立てば……だが、あくまで将来的な話だ。現状ではまだ大悦コンサルからの発注がないと立ちゆかん」

話をものすごく簡略化すると、大悦コンサルが取ってきた仕事は仲介料と各種委託料を抜いて大悦土木側に発注する、ということらしい。

「それから渡すもん渡しとくか」

大悦は席を立ち、事務室の出口付近に置かれたロッカーを開けた。端の扉で、名前欄に『武』とテプラのシールが貼られている。

中から出して持ってきたのは、大悦土木のジャンパーが二着と名刺が一箱だ。

「社内では背広は脱いでジャンパー着てろ、どうしても傷むからな。衣替えの季節にまたその時期のものを支給する。そんで、名刺の肩書きは今のところそんなもんでどうだ」

誠治は横レイアウトのその名刺を箱ごと手に取った。

大悦土木株式会社　業務部主任　武誠治

「い……いきなり主任とかって僭越じゃないですか」

「ハッタリだ、ハッタリ。仮にも我が社初の事務部門の始動だからな。肩書きはないよりもあるほうが押し出しが利くから、無難なところを付けておくとしたもんだ。かといってお前の年じゃいきなり長がつく役職は大袈裟すぎるしな。まあ経理は将来目的とするが、当面は事務から営業まで何でも屋に徹してもらうことを前提に部門名称は業務部とした」

たった一人の業務部のたった一人の主任。意味はあるのやらないのやら。

「将来的にはお前が経理をできるようになってくれるとありがたい。まず簿記が基本だが、建設業経理士って資格を取ってくれるとかなり会社的に有利だ。うちと同規模の会社ではこの辺りをカッチリやってるところは少ないし、建設業経理士を持ってるところはもっと少ない。受注でも銀行との交渉でも戦力になる」

即座に『経理の鬼』と会社で異名を取っている誠一のことが思い浮かんだ。少なくとも簿記に関しては自宅に優秀な教師がいる。

こういうのも巡り合わせっていうのかな。昔は苦手意識が先行していたし、今でも到底打ち解けたとは言えない父親だが、きっとこれからは、いろいろと相談できる相手になるのだろう。経理に関しては最強のアドバイザーだ。

「分かりました、暇見て簿記から勉強始めます」

それはそれとしてだ。

「今すぐの俺の具体的な仕事っていうのは……」

「まずは現状の大悦土木の利益率を限界まで上げる。うちは色々ザルだから、無駄も相当出てるはずだ。お前、どうしたら無駄を削れるか考えろ」

「ええと、考えるための材料は……」

大悦は壁際にびっちり並べられた書類棚をツーッと指差した。

「あの、できればパソコンのデータでほしいんですけど」

「ワープロとテプラならあるぞ」

「意味ないです！」

思い切り突っ込んでしまう。

「業務部主任として必要物資を要求します！　パソコン一式即日購入してください！」

「ワープロとそんなに違うのか、それ」

「全っ然違います！　エクセルすら使えない業務部なんか、今どきナンセンスもいいとこです！　紙の資料何年分もめくりながら利益率とか効率化とか、俺が今から読みはじめるんじゃそれこそ飲み込むまでに何年かかるか分かりゃしませんよ！」

ＩＴ関連に疎い大人はとことん疎いが、大悦土木の幹部は揃いも揃ってそのクチらしい。

「あとインターネットも繋いでください、手続きと接続は俺がします」

初仕事は軽トラで一番近くの大手家電量販店へ行き、手頃なスペックのパソコンと周辺機器一式の購入になった。会社の物品になるのでバックアップ用に大容量の外付けＨＤＤも一台つける。

ついでに書類から文字を読み取ってテキストデータに変換できるソフトも買った。あの厖大《ぼうだい》な量の書類を手打ちで移植するなどそれだけで一ヶ月や二ヶ月は潰れてしまう。

社内LANなどはまた事務部門の規模が大きくなってから考えたらいいだろう。

設置は自分でできるので軽トラで直接持って帰り、その日は環境を作ることに費やした。ネットの接続は数日かかるが、非接続でもできる作業はある——というか、当分は非接続の作業に没頭しなければならない。

書類はざっと見たところ、契約書や工程表、それに各種伝票類があった。書類は手書きとワープロが半々くらい、棚やファイルの背表紙に書類の種類と日付がテプラで貼られているのがせめてもの救いだろうか。

取り敢えず利益率を上げるには過去の工事の記録をデータ化するとしたものだろうが、書類棚に保管されている書類は七年前のものからだった。

「作業長、何で書類って七年前のものからしかないんですか？」

「ああ、それは確定申告の書類保存の義務期間に合わせてあるんだ。税法上、申告書類は七年間の保存を義務づけられてるからな。大悦コンサルから返ってくる申告書類の控えと合わせて現場の書類を置いてある。商法上はこの保存期間が十年だから、十年前から八年前までの分は一切合切まとめて物置に放り込んである。保存期間が過ぎたら重要書類以外は廃棄だ」

じゃあ取り敢えず二、三年分取り込んで整理したらいいかな、と見当をつける。

読み取り用ソフトのマニュアルに目を通して大体の操作方法を飲み込み、今年の一月分から開始した。

書類は契約書と工程表がそれぞれ独立したファイルに日付順にまとめられ、資材調達に関する伝票類は、種類を無視してとにかく日付順で綴《と》じてある状態だった。伝票の種類を把握するまでにかなりの時間を食った。

それらの書類をがむしゃらに読み取りソフトで取り込んでいく。

契約書などワープロで作られた書類は正確に読み取られてテキストデータに落とされるが、手書きで切られた伝票などは読み取りのミスが多く、手作業で修正していかなくてはならない。

そして最大の難物だったのが工程表だ。誠治も現場のバイトをやっていたから分かるが、予定が変わることが多いため書き直しが多い。表のフォーマットからして手書きで、修正は二重線や×印などで消して書き直し、元の字が読み取れないことも多々あった。

それらをブラッシュアップした端から日付とタイトルをつけ、新規フォルダにどんどん種類別に納めていく。一月分を全部読み取っただけでもう定時だ。

今日は誠治の初出社だったので気を遣ったのか、一日会社にいた大悦は不審そうに何度も誠治に尋ねてきた。

「そのパソコンってのはホントに何かの役に立つんだろうな？」

「今すでに役に立ってるところですよ！　まあしばらく待っててください」

パソコンとワープロの区別も存在していなかった大悦土木にとっては驚きの結果になるはずだ。

「よし、初日だし今日はもう上がっていいぞ」

確かに作業は切りのいいところで済んでいる。だが、この手の作業は乗ってくるとつい完成形を急いで根を詰めたくなってしまう。

「でももう少し……」

「今日は昼も家に帰らなかっただろう、早く帰ってお袋さんの様子を見てやれ」

家と大悦土木はあまり離れていない。昼食は充分家に帰って食べられる距離で、大悦は寿美子の様子を見がてら食べに帰ることを許可してくれたが、今日は電話で様子を聞いて済ませた。

「じゃあ、データ家に持って帰っていいですか？」

取り込んだ書類はすべてワードとエクセルに変換して保存したが、これをデータにして活用するにはもう一手間二手間かかる。

「社外に漏れる心配がないなら好きにしろ」

大悦はこの手の知識がないので誠治に丸投げの様子だ。

電器屋で一緒に買ってきたUSBメモリに今日作ったデータをコピーする。HDDにもバックアップ済みである。

誠治がUSBポートから引き抜いたメモリを見て、大悦はむむっと驚いた顔になった。

「そいつに今日のお前がやっつけてた書類が全部入ってるのか」

「ええ、そうです。今年の一月分が全部。まだまだ入りますよ。二、三年分は入るんじゃないかな。でも俺が家で作業するデータを持ち帰るだけなので、いっぱいまでは使わないと思いますけどね」

「会社の書類を全部パソコンに替えたりすることはできるのか？」

「全部は無理ですね、公的な書類は紙じゃないと駄目でしょ？　それに、取引先が手書きならそれを変更しろってわけにはいかないし。大悦土木から出す伝票や書類をパソコンで作ることはできますけど。それはいつでもセッティングできますよ」

「しかし、見た目を整えるだけなら今のワープロでも充分だろう。会社印が押してあればいい訳だから」

一回パソコンを見直しかけたらしい大悦はまた保守派に戻ってしまった。

「若者から忌憚《きたん》ない意見を申し上げると、今どきワープロって相当時代遅れですよ。同じ書類を作っても一段安く見られます。これはもう絶対です」

「そういうもんか？」

「ええ。作業長、俺の名刺でハッタリが大事だって言いましたよね？　ワープロじゃもうハッタリ利きません。パソコンで当たり前の時代です」

そういうもんか、と大悦はまだ不審そうだ。

「それにパソコンでデータ作ったら、見た目キレイになるだけじゃなくて色々いいことがあるんですよ。明日お見せします」

＊

会社には原付で通っている。うっかり寿美子が乗ろうと考えても乗れないようにである。発症するまでは寿美子もよく原付を使っていたので、キーを取り上げただけではどこかに合い鍵を隠しているかもしれない。

車のほうは合い鍵を一つ作って、誠一と誠治の二人が常に持ち歩くようになっている。

面接の日に寿美子がパニックを起こしたときからの処置だ。

　特に車は排気ガスを引き込んでの自殺が可能なので、もっと早く気づいておかなくてはならない問題だった。

　寿美子の意識では「車はお父さんの物」であるらしく、以前から積極的に使っていない。こちらは合い鍵を隠されている心配もないだろう。

　ガレージに原付をしまっていると、「あらー」とわざとらしい声がかかった。武家の裏に住む西本のおばさんだ。ジャージ姿なのでウォーキングか何かの途中だろう。

「誠治くん、珍しく背広なんか着て。就職でも決まったの？」

　さすがに無神経に見せかけた毒だということはもう分かる。

「ええ、まあ」

　会釈してそのまま家に入ろうとしたが、追いすがられた。

「ところで誠治くん」

「何ですか」

　心底うざかったたし、亜矢子に町内の実態を教えられた今となっては愛想よく振る舞う気にもなれない。

「最近、お母さん変じゃなぁい？」

――まだこのおばさんは俺のことを賞味期限の切れたバサバサのチョコレートで機嫌の取れるバカなガキだと思っているのだろうか。

「最近、ほら、ちょっと普通じゃない感じしない？」

亜矢子と比べて与《くみ》しやすい。そう軽んじられていることも丸見えで不愉快だった。

「普通じゃないって具体的にどこがですか」

西本のおばさんに真正面から向き合って誠治は尋ねた。身長差は二〇cm近くある。西本のおばさんはやや怯《ひる》んだように後ずさった。

「分からないならいいのよ、忘れてちょうだい」

「いや、教えてほしいですね。あなたたちに分かってることがあるなら是非」

どうせこの町内に友達などいない。義務教育の間は町内会の行事で無理矢理つるまされていたが、高校が分かれてからはろくに話もしなくなった。今では誰がどうしているやら。

西本のおばさんは真正面から誠治に見据えられ、その場に固まってしまっていた。誠治がもう甘い声でごまかされるちびっ子でないことを今さら思い出したらしい。

「だから……その……ちょっとおかしいっていうか、」

「うちの母は重度の鬱病に罹っています」

誠治はおばさんを見据えたままはっきりと宣言した。

どうせ舐《な》めるように観察して、寿美子をあげつらう点をよってたかって探したのだろう。だとすればもうこれ以上隠しても無駄だ。

「気力がなくて、精神的にも肉体的にもひどく弱っている状態です。心療内科にも通っています。そういう人たちをあなたたちが『おかしい』と差別するような人間なら、確かに母はおかしいんでしょう」

「わ、私たちは何もそんなつもりで……」

「あ、やっぱり『私たち』なんですね。『私たち』でうちの母を観察してたんですね」

西本のおばさんは明らかに口を滑らせた顔をした。

「だったらついでにうちの母が自殺をしないように見張っててくれませんか」

ぎょっとしたように西本のおばさんが目を剝く。

「したことあるんですよ、自殺未遂。こんな平和な町内で主婦が変死なんてことになったら警察が来てローカルニュースにもなるでしょうね」

ハッタリは大事だ。今は嘘をついても最大限にハッタリをかませ。

「母がそのとき書いた遺書もあります。もしうちに取材が来たら公開しちゃうだろうな、俺」

そして誠治はにっこり笑った。

「母は今、とても心が弱くなっているんです。おばさんたちみたいに強かったらよかったんですけどね。今は何がきっかけで首を吊るか手首を切るか分かりません。だから皆さんにおかしいと噂されてたなんて気づいたら……」

「わ、私たちのせいだとでも言うの⁉」

「いいえ？　ただ、母をそっとしておいてやってくださいとお願いしてるだけです。空気のようにそっと無視してやってください。道端を猫が歩いていたとして、それを捕まえて背中の皮を切ったりエンジンオイルをなすりつけたりしないでしょう？　そんな異常者の動物虐待みたいなこと、ねえ？　ニュースでも最近はこういう虐待がよく話題になりますけどねえ。嫌な世の中ですよねえ」

　西本のおばさんの頬がひきつった。本人か。あるいはやった奴を知っているか。

「この町内の人は良識的ですものねえ、物言わぬ小動物にそんな虐待を加えるような人がいるわけがありませんよねえ。だから、母のことも、道端を歩いてる猫か何かのように、そっと見過ごしてあげてください。できることなら少しばかりお心を広く、優しく持ってそうしてもらえるとありがたいですね。俺はもしものことがあってうちにワイドショーの取材が殺到するようなことがあったら自殺未遂したときの遺書を公開するだけですから」

「お……お母さんの遺書って、どんなだったの」

なりふり構わず窺う西本のおばさんは、もう疚《やま》しさを隠そうともしていない。

理由が家族関係のこじれじゃなかったことは確かです、と誠治は笑った。

「一生、ご存じになる機会が来ないことを願っていただければと思いますよ。公開するとしたら母が首を吊ったときだけです。そうなったら、頼まれなくても俺と亜矢子でありとあらゆることを語り尽くしますから」

まだ何かお訊きになりたいですか？

愛想よく尋ねた誠治に、西本のおばさんは見て分かるほど身震いした。

「いいえ、お母さんのことは災難だったわね。お大事になさってね。くれぐれもね」

ここらの主婦の世界は狭い。足早に立ち去る西本のおばさんの頭の中は、テンプレートのような最悪の事態が渦巻いているだろう。

どれだけ風景にモザイクをかけても近隣の町にはあの町だと分かる。その状態で主婦が近所のいじめに耐えかね自殺、などという報道をされたら生き残った者は一括りに自殺に追いやった側と認識される。そうしたら社会的にどんな憂き目に遭うか。

そうだよおばさん。うちの猫を捕まえて鋏で背中の皮を切ったり、オイルを塗るようなことを母さんにやらなかったらいいんだ。簡単なことだろう？

ありもしない遺書の内容に怯えて、井戸端会議をしたらいいよ。

母さんが自殺したらどうしようって。私が生きていたらご近所の皆さまをご不快にして申し訳ないので死にます、なんて遺書があったらどうしようって。

父さんが町内の酒の席でろくでもなかったのは確かだけど、必死に詫びて回った母さんをあんたたちがいいように足蹴にする権利はなかった。

子供たちに指図して俺と亜矢子を山の中に置き去りにする権利も、俺のオモチャを盗み出して燃やさせる権利もなかった。

もちろんうちの猫の背中の皮を切る権利もオイルを塗る権利も。

軽蔑して村八分にするなら静かに最低限のやり取りだけで無視してくれりゃよかったんだよ。こっちもそれなりに肩身を狭くして申し訳なく生きてたさ。親父がやらかしたから冷たくされても仕方がないって分別くらいきちんとつけたさ。親父は町会の飲み会に二度と呼ばれなくなったことに自分では気づくこともできなかったお幸せなダメ人間だけど、だからこそ家族の中の誰よりもストレスなく生活してただろうしね。

あんたたちが限度を超えさえしなかったら、母さんの存在が今あんたたちの地雷になることもなかったんだよ。


「ただいま」

家に入ると肉の焼ける香ばしい匂いがした。

「旨そうな匂いがしてるね。ハンバーグ？」

「そう。誠治が初出勤だったからお祝いに……誠治、ハンバーグ好きでしょう」

大好物がハンバーグだったのは誠治が中学校の頃までだ。高校生くらいになるとさすがにもう嗜好が変わってがっつりした焼肉などのほうが好きになっている。

だが、時系列があやふやでも寿美子がそれを思い出したということのほうが嬉しかった。

それにハンバーグは今だって嫌いじゃない。

そして誠治は冷蔵庫に歩み寄った。昼に電話で確認した服薬を表にチェックするためだ。

だが、今日の昼の欄にはもう先にサインが入っていた。

丸で囲んだ『寿』。

「母さん、これ自分でチェックしたの？」

「あっ……駄目だった？」

何か訊くとすぐにネガティブに捉える傾向はまったく治っていない。だが。

「いや。自分でチェックしてくれてありがとう、俺も毎日会社から昼飯に帰ってくるのは無理だからさ」

寿美子はほっとしたように表情を緩めた。

「じゃあ、父さん帰ってきたら呼んでよ。俺、飯まで上で仕事してるから」

仕事してるから。その言葉にも寿美子は微《かす》かに嬉しそうな表情を浮かべた。

寿美子が安定することに誠治の就職が影響していくのなら、それも就職が決まった喜びの一つだった。


二階の自室に上がって、誠治は亜矢子に電話を掛けた。

医療機器のある現場にも出入りする亜矢子は、勤務中なら電源を切っているはずだが、コールは普通に鳴りはじめた。三回目で相変わらず切れ味のいい——というか、身内の男にはやや素っ気ないほどの応答がある。

「はい、何?」

「あ、俺。誠治」

「分かってるわよ、だから何」

「いや、今、時間大丈夫だったらちょっと話とかできないかなって」

「ちょっとなら大丈夫よ、あんた今日が初出勤だったんだってね。おめでとう」

報告しようと思っていたことの一つ目をいきなり先に言われて言葉がつっかえた。

「何で知ってんの?」

「何日か前に、お母さんから電話があったのよ。あんたの就職が決まったって。初出勤が今日で、あんたもすごく会社を気に入ってるみたいだとか色々。小さい土木系の会社で、お父さんは曾孫請けのレベルだって言ってあんまり賛成してないけど、職種は一応事務系だし、条件もすごくいいことは認めてるって。珍しく自分から掛けてきてよく喋ったわ。最近は具合もいいの？」

「まあ、毎日が順調ってわけでもないけどね。波はやっぱりあるし。でも、薬はホントにきちんと飲むようになったよ。昼の薬が見つからないってパニックになって面接中の俺に電話掛けてきて、面接が一つふいになったくらい」

「へえ、そんなことがあったの」

「結果としては今の会社で後悔してないからいいけどさ。薬飲まないと入院もあり得るっておかの先生に言われてるのが相当利いてるみたいだ。そのときは家中引っくり返して薬を探して、思い詰めて車でクリニックまで行こうかって迷ってたらしい。面接キャンセルして家に帰ってよかったよ、あの状態の母さんが車なんか運転したら絶対事故ってるし」

「入院が恐いっていうより、入院したことが近所に知れて何を言われるか分からないのが恐いんでしょうね。ちょっと別の意味で強迫観念入ってるかもしれないけど、薬をきちんと飲むことに作用してるんならまあいいわ」

「そのことでちょっと今日、西本のおばさんに言われたんだけど……」

電話の向こうで亜矢子の声がいきなり「何!?」と臨戦態勢に入った。

嚙みつくように訊いてくる亜矢子に、西本のおばさんとのやり取りを詳細に説明する。

「もう察して探りを入れてる感じだったし、これ以上は隠しても意味ないと思って、逆に威嚇してみたんだけど……あれこれ変な憶測されて母さんにちょっかい出されるよりはと思って」

亜矢子はしばらく考え込んでいる様子だったが、ジャッジはセーフに下ったらしい。

「そうね、あたしでも多分そうしたと思う。あんたにしてはよく牽制したんじゃないの。ニャンの件まで持ち出したのはかなりびびったと思うわよ」

ニャンというのは飼っていた受難の猫の名前だ。

「よかった〜〜〜〜〜。対応間違ったかと思ってヒヤヒヤしてたんだ」

「相手はもうお母さんをいたぶって楽しむつもりで探り入れてんだから、病気や自殺未遂を盾にするのも手よ。こっちももう黙ってないってのは男から言うほうが迫力もあるわ。どうせそっちはもうこじれようがないほどこじれてるんだし、こっちがいくら下手に出たって意味ないもの。触ると面倒くさい爆弾だと思って避けてくれるほうがずっといいわ。お母さんも無視されるのを望んでるんだし」

その代わり、あんたはババアどもと顔合わせたら愛想よく挨拶すんのよ。それが威嚇になるんだから。亜矢子に念を押されて誠治は思わず頷いた。頷いても見えないと気づいて慌てて返事をする。

そのときドアがノックされた。寿美子だ。

「誠治、お父さん帰ってきたからごはん」

寿美子は病気に罹ってからというもの大きな声が出なくなって、下から誠治を呼ぶことができなくなった。最初は見張られているという妄想で大きな声を出すことを怖《お》じていたのだが、声を抑え続けているうちに声帯が小さな声しか出せない状態になってしまったのだろうとおかの医師は言っている。

「分かった、すぐ行く。じゃあ姉ちゃん、こっちメシだから」

切る間際に、頑張りなさいよと亜矢子の手短な励ましが聞こえた。


「どうだった」

と訊かれたのは誠一からで、やはり初出勤のことである。

「いろんな意味でやり甲斐はありそうだよ。取り敢えず、ＩＴを導入するところから始めないといけないしね。今どきパソコン持ってない会社があるとは思わなかったなぁ」

「土木の曾孫請けレベルなんかそんなこと珍しくも何ともない」

素っ気なく言い放った誠一は、「だからまあ、導入できたら同レベルの同業他社とは差がつくだろうがな」と付け加えた。

「それから父さんに頼みがあるんだけど」

「うん？　何だ」

誠一は平静を装いながら嬉しそうな声になった。別に家族との団欒や交流を拒否してるわけじゃないんだよなぁ、と誠治は内心で首を傾げる。ただそれが致命的に下手だが。

「将来的に経理担当になってほしいって言われてさ。まずは簿記、それから建設業経理士って資格を取ってほしいって。社内の事務システムも整備しなきゃいけないし、すぐってわけじゃないけど、父さんに色々教えてもらえたらなって」

「まあ、簿記くらいはいつでも教えてやるけどな。暇を見ていいテキストを揃えておいてやる」

言い方は恩着せがましいが、何気に張り切っていることは明白だ。もしかすると建設業経理士についても調べておいてくれるかもしれない。

「じゃあ、誠治もお父さんと同じ経理の仕事をするようになるのねえ」

寿美子が感慨深げに呟いた。感慨深いのは誠治も同じだ。あれほど父親に反発していたのに。高圧的で身勝手な父親が大嫌いだったのに、結局はここぞというところで頼ったり見習うことがある。

自分は思っていたほど家族に関して恵まれていないわけではなかったのだろう、ということが最近ようやく分かってきた。血が繋がっていても壊れてしまう家族や、壊れたほうがいい家族も珍しくない。

だが、父親としての誠一は粘り腰で踏ん張れば分かり合えない相手ではなかった。誠治が歩み寄りを放棄して、亜矢子のように戦うことをしなかっただけだ。

亜矢子があれほど誠一と遠慮なく戦えるのは、それで壊れたりしないと亜矢子が信じているからだ。

壊れてしまう、あるいは壊れたほうが幸せな家庭に比べて武家はどれほど恵まれていたのか。僻んで甘ったれていた頃の自分をぶん殴りたくなる。一体それで今よりも何かいいものが手に入るとでも思っていたのか、それとも「もっといいもの」が手に入らないことにふて腐れていたのか。

「ハンバーグ、久しぶりだけど旨《うま》いね」

決まり悪さと照れくささで誠治は話題を変えた。

「よかった、久しぶりに作ったから……」

食事が終わって、また寿美子が薬を飲む。もう誰かが出してやる必要もなく、自発的に出してきて飲むようになった。

「じゃあ俺、持ち帰りの仕事があるから」

誠治は食器を下げるついでに冷蔵庫の服薬表をチェックして二階に上がった。

＊

翌日の出社で、誠治は大悦に家で仕上げてきた仕事を見せた。

エクセルで作った伝票類の集計表である。

「これ、このソフトの機能で作れる表なんですけどね」

まだ一月の半ばまでしかまとまっていないが、月の購入物品の全体集計のほかに、日付、購入品目、購入会社別に随時抜き出して個別に集計することもできるようにしてある。

実際に小計を切り替えて見せると大悦がモニターに身を乗り出した。

「なるほど――なるほどなるほど。便利だな、これは」

「これをずっと続けていくと継続的なデータになります。例えば、この日に急に固化剤を大量発注してるな、と思って工程表を見ると……」

　また別のフォルダに保存してあった工程表を開く。

「糟谷監督の現場で、掘ってみるとコンクリで固化しにくい土壌だったので急遽《きゅうきょ》固化剤が必要になったって理由になってますね」

「ほおー」

　大悦は感心しながらモニターを眺めている。

「よし、取り敢えず過去三年分遡ってそういうデータを作れ。それだけ遡れば無駄や工事の傾向が見えてくるだろう。残りは暇見て追々《おいおい》として、新規で追加されていく書類を優先して入れろ。当分その作業に没頭してていい」

「分かりました」

　作業の要領は昨日で飲み込んだので、今日からはペースを上げていけるだろう。

　その読みは正しく、昨日は一ヶ月分を取り込むだけで丸一日を使い切ったが、その日は三ヶ月分を定時までに取り込んで残業で集計表に追加できた。

　作業の合間に資材の発注や受け取りなども教えてもらい、その手順は片っ端からメモに取った。そのメモも暇を見ながらテキストにする。覚えることがあれこれ多すぎて自分用にマニュアルを作らねばとても事務所番を務められない。

毎日夜組と顔を合わせる時間まで残業し、三年分のデータは約三週間で出来上がった。伊達《だて》にパソコンを遊び道具にしている世代ではない。

夕方、現場から戻った大悦に報告すると、それを会議用の資料にまとめろと言われた。グラフ類を駆使して、何とか三年分のデータを一部二十枚以下の資料にまとめる。大悦以下監督たちでその日にさっそく会議が持たれ、誠治も資料制作者として出席することになった。

「ええと、作業長の指示で各工程表単位で資材購入を種類別にグラフ化してあります」

誠治が最初にそう説明しただけで、上司たちは一斉に喋りはじめた。

「あーあー、やっぱお前は仕上げで手間ァ食うなあ。予定を一週間もオーバーしてんじゃねえか」

「仕上げしか能のない奴に言われたかねえ、今まで俺が何度お前の仮設を手伝ってやったと思ってるんだよ」

か、会議ってこういうもん？　誠治には罵詈雑言の応酬にしか聞こえないが、全員笑いながら喋っているので雰囲気は険悪ではない。

「しかし、ここまでキレイに資料に出されると自分の弱点を認めざるを得んなあ」

新保がぽつりと呟いて、わいわいやり合っていた空気が神妙になった。そういう新保は、資材を細かく買い足すことが多く、必要な資材の見積りが甘い。

「まあ、各自弱点を自覚して工事の舵を切るように心がけろ。それだけでも無駄はかなり減るはずだ。誠治が苦労して作ってくれた資料だ、それぞれ生かせ」

大悦がそう言って、誠治に向き直った。

「業務部主任として効率化の案は何か考えついたか」

急に話を振られて、誠治はソファの上で飛び上がった。

「え、えーと」

一応作っておいた提案書を全員に回す。

「まず、資材の在庫管理と倉庫の拡張ができないかと思いました。三年間のデータを入力してて思ったんですけど、使う範囲の広い資材ってありますよね。コンクリとか石灰とかアスファルトとか。そういうの、ある程度まとめて発注したほうが安くなるじゃないですか。仕上げ材は現場によって変わるから在庫を持てませんけど。三年間のデータによるとある程度の在庫は持ってても余剰になりにくい計算になるんですよ。まとめ買いして保管まできちんとできたら、単価下がるんですよね。メーカーにも確認したんですけど」

「おっ、そこまで確認したんか。やるな」

そう誉めたのは坂東である。

「でも毎回在庫を使い切って発注するわけにもいかんだろう。使った分だけ補充してたら結局は同じ単価にしかならないんじゃねえのか」

指摘したのは糟谷だ。

「あ、だから三分の二まで使って一気に補充するのが一番安く回転できるんです。基本はそれで、突発事態には臨機応変で追加って感じでいいんじゃないかと。だけどうちの倉庫って何かもう魔窟ですよね。袋の中で固まっちゃって使えないセメントとか、塩ビパイプの半端な切れ端とかぐっちゃぐちゃに突っ込んであって」

誠治が確認したところではまるで主婦の押し入れだ。いつか何かに使えるかも、という物品で満杯になり、完全なデッドスペースになっている。結局その日に使う分をその度に発注し、現場に納めてもらうパターンだ。この小分け納品の手数料も数が重なるとバカにならない。

「だよなぁ、うちの倉庫ったらもうゴミ置き場と変わんねえもんな」

坂東が苦笑しながら頭を掻く。誠治も笑っていいのかどうか微妙な表情で進言した。

「だからもういっそ倉庫の中身を丸ごと産廃にして拡張したらどうかと」

「そうだな、使えるものを選り分ける手間よりは時間単価が安いか」

大悦がそこまでは許可を出した。

「産廃は馴染みの業者があるから明日にでもそこを呼んで処理しろ。ただし、在庫の種類と量は俺たちでもっと精度を上げて決める」

もっともな話である。誠治は机上のデータで計算しただけで経験が足りない。

「決まったら在庫管理も業務の仕事だ。管理の方法を考えとけよ、簡単なルールで回せるようにな。整理整頓なんか各自の自発性に任せといたらあっという間にまたゴミ置き場になるぞ」

「はい」

誠治が頷くと、大悦がニッと笑った。

「初仕事としては上出来だ。今後もこの調子でデータを積み重ねていってくれ。俺たちは今さらパソコンで作業はできんからな。工程表や何かも手書きで渡すからお前が打ち込め。それから、伝票類もそのパソコンで打ち出せるようになるか」

「伝票作成ソフトがありますから、それさえ買えば」

よし買え、とあっさり許可が出る。

「もう一つ、次の大仕事だが……」

大仕事、という前振りに内心慄きつつ、誠治は身を乗り出した。

「業務にもう一人採用する。お前みたいな奴が望ましい。どうやったら採れるか考えろ」

誠治は返事をするのも忘れて目を白黒させた。

ついこの前まで採ってもらうのに四苦八苦、東奔西走していた誠治に採る側に回れとは、確かに大仕事であり難題だった。


家に帰ると誠一と寿美子は先に夕飯を食べていて、寿美子の薬ももう済んでいた。

「誠治、簿記の勉強はいつから始めるんだ」

誠治が食べている最中なのに、晩酌途中でほろ酔い加減の誠一は食卓に来て話しかけた。

「ああ、うん……」

誠一に簿記を教えてほしいと頼んでから、三週間が経つ。誠一が待ちあぐねているのは分かったが、今は正直それどころではない。

「会社には急がなくていいって言われてるんだ。先にやれって言われてる仕事もあって。だから、それが片付いてから」

「そうか……どれくらい先になるんだ？」

「一ヶ月……くらいかなぁ」

そんなに先になるのか、と誠一はがっかりしたような顔をした。

「まぁ、集中できないときに始めても頭に入らないからな。暇ができたら言え」

「お父さん、お風呂が沸きましたよ」

寿美子に声をかけられ、誠一はうんとややうなだれた様子で風呂へ向かった。下着などはもう寿美子が用意している習慣なので手ぶらである。

誠一が風呂に入った水音がしはじめてから、今度は寿美子が誠治のところへ来た。

「あのねぇ、誠治」

寿美子はカサカサと鳴るビニール袋を持っている。大型書店のビニール袋だ。寿美子はその袋から本を何冊か出した。

簿記のテキストが二冊と建設業経理士のライセンスガイドだ。建設業経理士のガイドのほうは付箋がいくつか立ててあり、書き込みなどもしてある。どうやら誠一が先に読んでいるらしい。

「お父さん、誠治に頼まれた次の日に、もうこれを買ってきてたの。誠治の役に立ちたいだけなのよ。だから、うるさがらないであげてちょうだい」

誠治は箸を止めて苦笑した。

「こんなもの見せられて鬱陶しいと思えるわけないじゃないか。大丈夫だよ。頼んだのになかなか始められなくてごめんって母さんから言っといて」

寿美子は頷いて本を袋にしまい、寝室に向かった。誠一の隠し場所に戻すのだろう。

幸せな家だな、と思った。後はこの町内でさえなければ、幸せな家族の要件がほとんど満たされるのに。

誠治は自分が興味のない他人にどう思われようが興味はない。亜矢子の話を聞く前から、近所の人々は自分に害をなさない限り単なる他人だった。

あの男は自分が一番かわいい。亜矢子がそう弾劾する誠一も、結局はその身勝手さで、自分のこと以外はときに家族のことであっても思いやれない無神経さで、近所の評判など気にもかけないだろう。

だが、寿美子は違う。最初のいきさつがどうあれ、嫌がらせをするような人間を相手にする必要などないとどれだけ言い聞かせても、他人から悪意を向けられているという事実に耐えられないのだ。引越してきた当時に誠一がやらかして悪目立ちした引け目が、この家に住んでいる限り寿美子を縮こまらせる。

寿美子は気が弱いから悪い。心が弱いから悪い。発症当初に誠一は寿美子をそう責めた。病気は寿美子の責任だと。だが、弱い人間が今まで誠一にも誠治にも気づかせずに近所の嫌がらせを黙って引き受けることができるのか。家族に嫌な思いをさせたくないと二十年近く一人でそれを受け続けてついに挫けたことを、弱いの一言で片付けられるのか。

その芯の強さと優しさを弱いと一蹴するのなら、世間は一体どれほどギスギスしたものになるのだろう。

この家を出てどこか違う町に、中古でいいから二世代ローンで家を買おうよ。

母さんのために。

誠治がそう切り出すときも、誠一は今までの頼み事のように張り切って頷いてくれるのだろうか。


部屋に戻って誠治は考え込んだ。習慣でパソコンを立ち上げ、頭は仕事に切り替わっている。

「俺みたいな奴を採れ、かぁ……」

大悦は具体的な示唆はくれなかった。ヒントはその一言のみ、後は自分で考えろということだろう。

文書作成ソフトを立ち上げて、自分の就職に関する特徴を箇条書きにしてみる。

・私立某大学卒（文系）
・新卒就職を三ヶ月で退職
・再就職できないまま一年以上バイト（根気・我慢なし）

・母親が鬱病に罹る
・看病しながら大悦土木で夜間の工事バイトを開始
・夜間バイトと並行して就職活動
・約半年後、大悦土木から就職の誘い
・同時に医療メーカーから内定（ただし条件は低い）
・二社を検討し、大悦土木に入社

「俺みたいってことは程々の学歴はほしいんだろうな……」

箇条書きにした学歴のフォントを赤字でマークする。

二番目と三番目の条件は自分でも目を逸らしたくなるほど無様《ぶざま》なので飛ばす。

母親が鬱病に、というのも完全に家庭の事情なので関係ない。

「評価されてるとしたら……」

やはりきつい現場のバイトを続けたことだろう。大悦土木でのバイトの経歴をまた赤字にする。総合すると程々の学歴の孫請け土木志望者、ということになる。

「しかも業務っつっても何でも屋だから……」

事務から営業まで何でもこなせ、というからにはそれなりにバイタリティのある人間でないと話にならないし、コミュニケーション能力も要る。

そして気づいた。特に会社の主要従業員である作業員とフラットにコミュニケーションを取れる人間であることが不可欠だ。

誠治の身近では誠一が代表だったが、ホワイトカラーを志向する人間にはブルーカラーことガテン系を軽視するタイプは少なくないだろう。しかも、学歴があればなおさらだ。悪い意味でプライドが高い奴は多いはずだ。誠治程度の学歴でも何の根拠もないプライドに凝り固まって、現実と向き合おうとしなかった期間は長い。

誠治が大悦土木でバイトを始めたときも、最初から偏見がなかったわけではない。ただ金になるから、金が要るから、それが最大の動機だった。

だから、最初のほうは金になるバイトと割り切って黙々と働いていた。現場の仲間とも大して声を交わすこともなく、指示に従ってただ淡々と。

若いバイトが音を上げて、あるいは短期で要るだけ稼いでさっさと辞めていく中で長く続けていた誠治に、現場の仲間たちから声をかけてくるようになったのだ。

若いのに大したもんだ。えらいなお前は。

心の奥底に「土方」という職種をバカにする気持ちがまったくなかったかと言えば嘘になる。

だが、その「土方」のおっさんたちが誠治の働きぶりを率直に認めてくれたのだ。俺は内心ではあんたたちとは違うと思ってたのに。いずれここから抜け出すと思ってたのに。

現場のおっさんたちの荒っぽいが率直で温かい言葉は、誠治の最後の驕りを打ち砕いた。

そうして誠治は仲間に入れてもらった。金目当てのきついバイトは楽しくなった。

悩みを打ち明け、愚痴をこぼし、励ましをもらいアドバイスをもらい。

金目当てと割り切っていた頃の驕りは今でも少し引け目に思っている。

「俺でも最初はそんなんだったのに、最初っから偏見ない奴なんかいるのかよ……」

思わず誠治は頭を抱えた。しかも採用は業務部だ、事務系だからと驕って現場と摩擦を起こすような奴は何としても弾かねばならない。

「そうでなくても事務系志望の奴には小規模土木って魅力ないのに……条件めちゃくちゃよくしたら何人か引っかかるかなぁ」

呟いたとき、脳がブレーキをかけた。

待て。待て待て待て。

作業長のオーダーを思い出せ、お前の思考はオーダーからずれてってるぞ。

お前みたいな奴が望ましい。

作業長はそう言った。

「だとすれば、だよ」

誠治は自分でも目を逸らしたいほどの、そして一度目を逸らした無様な条件を見直した。

今更目を逸らしたって仕方がないのだ。

・新卒就職を三ヶ月で退職

・再就職できないまま一年以上バイト（根気・我慢なし）

これがキーじゃねえのもしかして。

誠治は食い入るようにモニターを睨んだ。

金に飽かせてムリヤリ毛並みのいいルーキーを採ってこいというオーダーではなかった。

誠治のような奴が望ましいということは、誠治以上の条件で採る気はないということだ。

「よし」

誠治はドキュメントの新規ページを立ち上げ、提案書を作りにかかった。

＊

『新卒、一切お断り。

第二新卒、フリーターのみ大歓迎！

もちろん採用は正社員！』


誠治の作った提案書のキャッチコピーに大悦は声を上げて笑った。

「考えたな！　採れるわけがないものを先回りして『お断り』しちまうわけか」

よしウケた！　内心でガッツポーズを決めながら誠治は説明を続けた。

「インパクトはあると思うんですよ、どこの会社でも新卒がほしいのは本音だろうし。俺も新卒じゃないことで散々苦労したから身に染みてます。新卒じゃないことで散々辛酸を舐めてる第二新卒や、第二新卒の期限からも滑り落ちてフリーターやってる奴はたくさんいます」

何となく社会から滑り落ちてしまった、そういう奴らの気持ちは誠治が一番よく分かる。誠治自身がそうだったからだ。

若さが、プライドが、折り合えば済むところを折り合わせなかった。それを後悔して、後悔して、だけどどれだけあがいても前よりいい場所には戻れない。もう一度チャンスがあれば。

一流大学の新卒が悠々と内定をいくつも取って選び、その捨てたものを大学のランク順にまた新卒が取っていく。彼らの最後のおこぼれを何とか拾おうと足を棒にして歩き回る。何十枚と履歴書を無駄にし、挫けてはまたうずくまって時間を浪費する。やっと回復して立ち上がったら挫けた時間を社会は怠惰と責めるのだ。

もし、誠治がそんなときに『新卒、一切お断り』などという謳い文句の会社を見つけていたら、そこがどんな零細企業だったとしても飛びついた。第二新卒、フリーター、一度社会から滑り落ち、学歴も資格も飛び抜けたものを持たない自分たちを、真っ先に求めてくれる会社があるのなら。

「諸条件はまだ聞いてなかったので書きませんでしたが、俺の独断で採用条件を一つだけ決めました」

「それがこれか」

大悦は面白そうに提案書を眺めた。

・入社後、六ヶ月間は工事現場で研修。

「大卒の奴って、やっぱりどこか肉体労働者を低く見る傾向があるんです。俺もバイトを始めた頃は給料がいいからって割り切って働いてました。作業長から就職の話をもらったときも、現場のみんなと仲良くなってなかったら、即座に断ってたと思います。だから、そういう偏見や驕りを払拭するには現場で揉まれるのが一番だと思って」

「それは三ヶ月じゃ駄目なのか」

「俺も考えましたけど、駄目です」

誠治ははっきり主張した。

「三ヶ月だったらそれだけ我慢したら済むって高を括って応募してくる奴がいる。一般的な男の体力なら、三ヶ月くらいは割り切って調子合わせられるでしょう？　そういう奴を振り落とすために半年です。半年の我慢は長いです。半年の覚悟をして応募する奴なら、見所があります。そんで、そういう奴なら半年もうちのみんなと働いてたら変な驕りとか克服できると思います。一緒に汗流すって大事だと思うんですよ」

黙って誠治の話を聞いていた大悦が、最後に「道理だ」と頷いた。

「他に何か考えてることはあるか？」

「この応募要項をネット上の求人サイトに載せます。詳しくなくてもいいけどある程度はパソコンを使えるのが大前提なんで、ネット募集しかしません」

「なるほど、応募してくる奴は自動的にパソコンを使える奴というわけだな」

残りの条件は作業長が決めてください、と誠治が締めると、大悦は手元の紙にさらさらともう決めていたらしい条件を書き込んだ。

職種：営業を含む事務一般。
対象者：大卒。二十三歳から三十歳まで、要普免。
給与：基本給二十万円。※残業代別途支給。
待遇：昇給年一回。
　賞与年二回。
　扶養家族手当。
　社保完備。
　交通費全支給。※公共交通機関使用に限る。
休日：完全週休二日。祝日。GW。夏期。年末年始。有休。慶弔。
　※工期の乱れやすい時期には休日出勤の可能性有り。

基本給が誠治と違うことは大悦が先回りして説明した。

「お前は最初の一人だから特別だ。差額は主任手当てと思え」

しかしこの条件でも就活をしていた当時の誠治なら飛びついていたことは確実だ。

「お前の考えてきた研修と新卒不可の条件は、効果的に差し込め。後は選考方法も含めて任せた」

「面接は作業長が出てくださいよ」

そして誠治は募集要項を練り込んで、その日のうちに目星をつけていたいくつかの求人サイトに連絡を取った。

合い見積りを取るということくらいは最初の会社でも学んでいる。

自分が就活をしていた頃、最大手は競争の激しさで敬遠していた。その経験と広告価格の問題で業界二番手くらいのサイトを選んだ。

トップに画像が使えるプランで『新卒、一切お断り』のキャッチコピーを画像ソフトでデザインして使う。詳細ページにも画像が何枚か使えたので、そこにもキャッチコピーを加工した画像を貼り込む。

応募方法はサイトの応募フォームからと、電話してから履歴書を郵送する二種類にした。

この時点ですでに応募フォームからだけの応募は不採用というトラップを仕込んでいる。下手な字でも、どれだけその会社に思いを持って書いているか。以前の誠一から聞いたアドバイスを取り入れた結果だった。

応募フォームからの応募は一番楽だ。フォーマットを埋めて送信ボタンを押せばいい。電話を掛けて緊張することもなければ、手間をかけて履歴書を書く必要もない。

だが、その楽に流れた時点ですでに失格だ。何しろ怠惰な奴の考えそうなことなら誠治が一番よく分かるのだ。怠惰な就活をしていた頃の自分なら忌避することを、全部重ねてやればいい。更に楽なルートも併記してやれば、楽に流れた奴はまとめて落とせる。

要するに、昔の自分を落とす手順を作ればいいのだ。

応募フォームは送る側にも見る側にも便利なシステムではあるが、書類の微妙な機微をそぎ落としてしまう。その考え方は古くさいのかもしれないが、手書きでないと見えないものも確かにあるのだ。

履歴書で手抜きを重ねていた誠治は手抜きの履歴書は見抜く自信があった。見落としがあるとしても、作業長や誠一の手を借りればいい。

大悦土木程度の規模でそうしたふるい落としを仕掛けられたものだろうか、という不安は少しあった。しかし会社の規模は小さいが条件は決して悪くない。

しかも第二新卒からフリーターを優遇だ。最初から新卒と競わないことが確定している会社は魅力的なはずである。しかも基本給も大卒の初任給並みで、それも平均よりは少しいい。

そして一人採れたらいいのだ。心を入れ替えた誠治をもう一人。

そんなもん――いるだろ、いくらでも!

そして大悦土木の求人情報が、その月曜日から二週間の条件で公開された。

＊

結果として、朝から電話は鳴りっぱなしだった。

電話を掛けてきた日時から名前、住所、電話番号、相手の質問内容や応対の印象までをチェックする一覧表を作って待ちかまえていたが、一枚で十人チェックできる表が結局は三枚必要になり、大悦も朝から現場を回る予定が事務所に磔《はりつけ》になって二人がかりの応対になった。

こうした求人は初日の動きが命だ。雑誌であれば二週間の枠買い取りで二回の山が期待できるが、ネットでは公開初日以降は情報が下に繰り下がっていくので山は一回である。

結局初日で電話応募が二十八名、応募フォームからは三十七名。

翌日様子を訊きに来たサイトの営業担当者も驚くような結果だった。

「すごいですね、これほど顕著な反応はなかなかないんですが」

その感想には大悦土木程度の規模では、という隠れた驚きも含まれているのだろう。

「まあ、キャッチコピーの勝利ですよ！　うちの主任はなかなかのもんでしょう！」

居合わせていた大悦が誠治の肩をバンバン叩いて外へ出ていった。

「いや、本当に。あのコピーは秀逸だったと思いますが、よく思い切られましたよね」

営業は今後の参考にだろう、腰を据えて誠治の話を聞く態勢に入った。

「いや、その……私自身が第二新卒の期限も切れかけのフリーターで、再就職に苦労していただけです。そして社長のオーダーは私のような奴を採れ、ということだったんで」

「と言いますと」

「第二新卒歓迎、まではよくある募集文句ですけど、結局できるだけ新卒に近い第二新卒を期待してるんですよ、大きな会社って。新卒と第二新卒を比べたら新卒採りますよね。大きい会社の第二新卒歓迎なんて、リップサービスみたいなもんでしょ？　よっぽどいい大学を出てるとかすごい資格を持ってるとかじゃない限り、程々の学歴の平凡な第二新卒なんかお呼びじゃないんですよ」

「確かに」

「そういう平凡な第二新卒やフリーターからすれば、新卒と競うってだけで疲弊しちゃうんです。でも、うちが欲しいのはむしろその第二新卒やフリーターですから。ほどほどの学歴でも新卒なんか採れるわけないし、だったら最初から『新卒お断り！』ってアピールしちゃおうと」

「なるほど、逆転の発想ですね」

「そうなんです、新卒以外の人に向けたアピールだったんです。そんで、第二新卒どころかその期限も切れたフリーターまで枠広げて大歓迎って打ちましたから。本気で第二新卒かフリーターしか採る気がないんだって伝わったんでしょう。それに会社の規模は小さいし半年の現場研修はあるけど、採用条件は彼らには中々望めないレベルですから」

「よく研究なさってますね」

「いや、そんなもんじゃなくて。社長に言われて何日かで作ったような原稿ですし。私と同じように、程々の学歴は持ってるけど何となく社会から滑り落ちちゃって困ってる人が欲しかったんです。ずば抜けた能力なんか要求しません、人並みにやる気と常識があれば。要するに、うちの会社に拾われる前の私みたいな人が殺到したんだと思いますよ。うちもそういう人を狙って募集を打ちましたから」

一通り話を聞いた担当者は、また最終的な応募者数と採用結果を教えてほしいと頼んで帰っていった。求人サイト側にはそれがまた実績になるのだろう。

翌日もぱらぱらと電話の応募があり、そしてぞくぞくと履歴書が届き始めた。

二週間の掲載期間が終わると、履歴書は結局三十六通届いていた。念のためにか、応募フォームからも応募している者は二十名ほど。応募フォームのみの応募者は十九名でこれは掲載期間が終わるなり不採用の通知を送った。

履歴書のほうは、まずは中身を検分せずに字の書き方や使い回しの跡がないかチェックした。あからさまな使い回しや、修正液を使ったものなどを弾いて二十八通。

やっぱり不心得者っているんだなぁ――と誠治は苦笑した。滑り落ちた状態で履歴書の使い回しなんかしてたら昔の俺みたいになっちゃうぞ、と忠告してやりたくなる。

更に、志望動機を『御社の将来性を感じて』など無難な一言で済ませているものを弾く。大悦土木の規模は明らかに小規模で、しかもＨＰなども作っていないので電話帳に番号を載せている以外情報らしい情報はない。今回の募集でも、会社情報は現状を現状のままにしか載せていないし、小規模土木会社のどこに将来性を感じたかも説明せずにただ将来性とテンプレート的に書いてくる奴は信用できない。

そういう奴を弾いて二十二人。他はそこそこに納得のいく志望動機を書き込んである。一人、志望職種を現場監督にしている奴がいた。今回の募集は業務部だが、将来的に会社の規模を拡大するとき、やる気のある監督志望者がいるというのは悪くない。実際に採るかどうかはさておき、残すほうに入れておく。

「ここからどう絞るかだなぁ……」

経歴は見ても仕方がない。そもそも誠治の経歴自体が人にはとても誇れないものだし、それを大悦が拾い物とした以上は、どれほど怠惰な経歴でも可能性はある。

二十二人ならいっそ何日かかけて全員と面接してもいい。

そんなことを考えながら履歴書をめくっていて、とある一枚で誠治は目を剝いた。学歴の欄に目を疑うような記入があった。

「東工大土木工学科ァ⁉」

誠治などとは比べ物にならない最終学歴である。慌ててすべての項目を見直すと、志望職種を現場監督にしていた奴だった。

しかも――

「女⁉」

そばかす顔でくせっ毛の女子が生真面目にこちらを向いている写真が貼ってある。年齢は誠治と同じ二十六歳だ。

「……要相談、かな」

誠治はそのそばかす顔の履歴書を他のものと分けて置いた。


その日の夕方に現場を一回りして帰ってきた大悦は、ご満悦の様子で口を開いた。

「誠治、お前の作った倉庫の新ルールはなかなか評判がいいぞ」

産廃業者を呼んで空にした倉庫の床をカラーテープで色分けし、通路を確保して資材の置き場を区分けしたのである。資材は石灰やセメントなど積める袋モノは積む数を決めて奥から使い、三分の二まで使ったら一気に発注をかけて新しい物を奥から積んでいく。通路を確保したことで「あるだけ」の状態だった台車が使えるようになり、出し入れもスムーズになったという。

「折を見て倉庫拡張も考えよう、今は基本的な資材の在庫管理を試してるだけだからな。工具も更衣室に突っ込んである状態だし、いずれは何とかせにゃならんと思ってたんだ」

それで採用のほうはどうなってる、と訊かれ、誠治は分類を終えた履歴書をテーブルに並べた。

「取り敢えずこれだけ不採用かと思ったんですけど」

不採用者の履歴書を渡すと、大悦は検分しながら「けっこう落とすんだな」と呟いた。

「落とす理由は？」

「どこでもいいから条件いいとこに採用が決まればいいや、下手な鉄砲も数撃ちゃいつか当たるだろ、と思って就活してた頃の怠惰な俺と同じことをしてるからです」

そう答えると大悦は爆笑した。

「なるほど、道理だ。怠惰な頃のお前が採りたいわけじゃないからな」

「それから志望動機が『将来性を感じて』とか安易な一言のものも外しました。どうして将来性を感じたか説明もないんじゃやっぱり手抜きです」

「それ説明してる奴もあったのか」

「はい。他社では敬遠されがちな人材を、これほどの好条件で募集するという思い切りのいい採用方針に将来性を感じた、と」

「頭のいい回答だな」

「そうですね、こっちの手の内を読んだ回答です」

言葉を選ばなくていいなら、大悦土木の規模では望めない新卒を敢えて要らないと書くことで埋もれている就職受難の人材にアピールしたことまで指摘しているだろう。

「うちの父に言わせると、字で応募の気合いがあるかどうかも分かるという話なんですが、それは俺にはちょっと判断できなかったので……」

「よし、見せてみろ」

大悦は誠治が絞れなかった履歴書を手に取った。

見ながら次々と二種類に分けてテーブルに置いていく。

「……どっちが不採用ですか？」

大悦が指差したほうを手に取って見ていきながら、誠治は呆気に取られて声を上げた。

「こいつとかこいつとか字ィキレイじゃないですか！」

「字は巧いがそれに乗っかって流して書いてんだよ、そいつらは。一字一字には気合いが乗ってない」

「分かるんですか⁉」

「こう見えても書道は三段だぞ、俺は」

「ええっ！」

……確かに顔に似合わない達筆だとは思ってたけど、というのは心の中で付け加える。

大悦が仕分けて残った履歴書は十五通に減った。

「この程度なら全員面接できるな。一日五人で午後から入れろ。それと、」

大悦が横に分けてあった残りの一通を顎《あご》で示した。

「残してあるその一通は何だ？」

誠治はその履歴書を手渡しながら頭を掻いた。

「ちょっと判断が難しくて……」

開いた大悦が怪訝な顔をした。

「女じゃないか。半年現場研修があるのを分かって応募してきてるのか？」

「体力には自信があるって自己アピールです、学生時代から柔道やってたって」

「まあ、半年こらえられるならその後は業務部だが……」

「いや、それがですね」

誠治は身を乗り出して希望職種の欄を指した。

「……現場監督だ⁉」

「そうなんですよ、しかも学歴見てください」

学歴を見た大悦が顔を上げる。

「いいとこなのか、ここは」

「国立ですよ！　学歴だけなら今回の応募の中でぶっちぎりです、他の応募者は俺の学歴とおっつかっつですけど、こんな学歴持ち、うちの会社で二度と釣れません！」

「それは惜しい感じもするが……女で現場監督志望ってのはなぁ。現場じゃ女専用に便所ならない。

「まあそこは本人がどこまで覚悟してるかですけど……」

女性の権利がどうたらと騒ぐタイプだったら、大悦土木のような零細の現場ではお話に
「まあいい、こいつも面接に入れておこう」

大悦の一言で、ひとまずそばかす顔は面接対象に混ざることになった。

＊

その日は久しぶりに両親と一緒の夕飯に間に合った。

「そろそろ入社して二ヶ月近くになるが、仕事のほうはどうだ？」

誠一に問いかけられて、ああまた簿記の話かなと誠治は答えた。

「ああ、ごめん。まだちょっと忙しいから、簿記はそれが一段落してから……」

「そんなことは訊いてない、二ヶ月勤めてみてどうだと訊いてるんだ」

誠一がやや憤然として言い返す。

「ああ、毎日忙しいけど充実してて楽しいよ。今は採用をやってて……」

「もちろん面接は社長が立ち会うけどね。募集とかそういうところは俺が担当して」

「お前がか！」

「ついこの前まで就職を探して躍起になってた奴がなぁ」

誠一は感慨深そうに呟いた。

「別にすごい優秀な人材が欲しいとかじゃないからさ、うちは。俺くらいの奴が欲しいって言われてたし、それならそういう奴の考えてることは俺が一番よく分かるし。駄目な俺が就活のどこでどう手を抜くかもよーく知ってるし」

「応募者にとっては強敵の採用担当者だな」

誠一と誠治の話はそれなりに盛り上がったが、――誠治は話しながらちらりと寿美子のほうを窺った。

無表情に淡々と食べているが、座った上半身がゆっくりと――よく見ないと気づかないほどゆっくりと揺れている。

最近は帰ってきた誠治を出迎えるときも無表情だ。ゆらゆらした揺れや手を揉みほぐす仕草は復活していないが、一時期朗らかになりかけていただけに、その様子は気に掛かるところだ。

「母さん、今度の土曜日通院だよな。一緒に行こうな」

そう話しかけると、寿美子はそのときだけ顔を上げ、微かに笑って頷いた。

食事が終わり、寿美子が決まった通り薬を飲む。

自分の食器を下げがてら冷蔵庫のチェック表を確認するが、飲み飛ばしは一回もない。誠治もできるだけ昼休みは家に帰って食事を摂るようにしているし、帰れないときは電話で確認も入れ、そんなときは寿美子が自分でチェックを入れている。

寿美子が食器を洗い出したのを待って、誠治は居間に入った。テレビを見ている誠一の向かいに座る。

「父さん、最近母さんちょっと落ち込み気味じゃない？」

「そうだな、ちょっと元気がないように見えるな。でも薬はちゃんと飲んでるぞ」

「うん、それは分かってる」

「おかの先生が言ってた揺り戻しとかいうやつじゃないのか？　気が長い病気だっていうしな」

誠一も最近は分かったようなことを言うようになってきた。

「気になるなら週末におかの先生に訊いてこい」

そうする、と答えてその週の土曜日、誠治は寿美子をクリニックへ連れていった。

診察室には一緒に入ったり別々に入ったり、あるいは寿美子だけが入って終わることもあったが、その日は久しぶりに別々に話を聞くことにしてもらった。

寿美子が診察室に入っている時間は、やはりいつもより長い。

寿美子と交代して次は誠治が診察室に入る。

「どうなんでしょうか、母の様子は」

尋ねた誠治におかの医師は難しい顔をした。

「話としては単純なことなんですが……要するに、息子さんが就職してしまって昼間一人になることが多くなってしまった。そのことが不安や寂しさに繋がっているようです」

誠治としては答える言葉がなかった。話としては確かに単純だ、だがそれは解決しようがない。

「以前から仰《おつしや》っていたご近所の方のあからさまないじめですとかね、そういうことはもうあまり感じないというお話なんですが」

誠治が刺した釘はどうやらしっかり利いているらしい。

「ただ、一人で家にいると、嫌がらせを思い出して不安になるそうです。今はなくなっているけどまたいつか始まるんじゃないか、とかですね」

「それは……」

　誠治は目を伏せた。

「どうしようもないです……仕事を辞めるわけにはいかないし、一生家で母の面倒を見ているわけにもいきません」

「それはお母さんも分かってらっしゃいます。ただ、今のお家に住んでいる限りはもう、一定レベル以上に回復することは望めないと思います。それほどお母さんは今の居住環境に恐怖感を持っておられます」

　今の家に住んでいる限り、昔の母に戻ることはない——。その宣告は、楔《くさび》のように胸に打ち込まれた。

「ただ、やはりある程度の波がある病気ですから。今は落ち込み傾向にありますが、また回復してくるでしょう。お薬はいつもの分を出しておきますから」

　ありがとうございます、と誠治は席を立った。診察室を出るときに、寿美子にがっかりした様子を見せてはいけない。

　平静を心がけて診察室を出ると、寿美子は病気の初期ほどではないが小さく舟を漕いでいた。

　精算を済ませて薬をもらい、駐車場へ向かう。

「母さん、どっか行きたいとこない？　天気もいいしドライブでもして帰ろうよ」

「でも、お父さんが家にいるから。お昼の支度をしないと」

そして近くのスーパーに寄りたい、と言う。

母さん、あんたがそんなに父さんのことを一番にって考えても、父さんはあんたのために引越しをすることも惜しむような男なのに。

久しぶりに誠一の身勝手さへの苛立ちが湧いた。だが、寿美子のリクエストどおり近くの大型スーパーへ寄って帰宅した。

*

家庭でどんな事情が発生していようと仕事は仕事で日々回ってくる。

週が明けると面接が待っていた。

一日五人、最終日の三日目だけ現場監督志望のそばかす顔を含めて六人だ。

志望動機や意欲を見るのは大悦に任せて、誠治は大悦の隣で面接内容の記録に徹した。

しかし、最後に誠治から必ず経歴について質問する。

「三回転職されてますね。せっかく転職できたのに毎回辞めてしまっているのは何故ですか？　いや、私なんかは最初の会社を辞めてからここに就職するまですごく大変だったんで、せっかくの再就職を振り出しに戻しちゃうなんて勇気が要ることじゃないかと思うんですけど」

「最初の会社は大企業ですね。そこで一年続いてる。何で辞めちゃったんですか？」

「このアルバイトの二年間は、就職活動はなさってたんですか？」

自分が訊かれて痛かったところを突き、その返事を注意深く聞く。

そして、最後の一人が帰ってから、面接者の印象が薄れないうちにディスカッションに入る。

材料は履歴書と誠治の取った記録だ。

「お前もよくまあこれだけ細かく見てるなぁ」

大悦は誠治がクリップボードに書き込んでいた内容を見て感心したように首を振った。

ノックをしてからこちらがどうぞと言う前にドアを開けた、座るときに礼をしなかった、緊張してガチガチだった、声が小さかった、はきはきと喋っていた、視線が泳いでばかりだった、お茶に手をつけた、つけなかった、お茶に手をつけるときに頂きますと言った、言わなかった……それに加えて質疑応答の内容も所感つきで控えている。

「一番いい奴採らないと経費が無駄になりますもん。気分は嫁いびりする姑ですよ」

「ま、取り敢えずこいつとこいつは駄目だな。半年現場をやれる根性はないだろう」

「残すとしたら誰ですか」

「その前にお前が落とすとしたら誰だ」

「こいつです。転職理由を訊くと前の会社の悪口を言いました」

　最初の会社の研修をあげつらって面白おかしく気の利いた話術を披露したつもりだった誠治のように。自分のみっともなさをリプレイで見せつけられているようで、腹が立ったほどだ。

「今日残すとしたらこいつだな」

「そうですね、口数少ないけど自分の落ち度や欠点にも率直でした。ただ、俺もあまり口が巧くないから、営業も兼任することを考えると、人を増やすならもっと話せる奴がいいかなぁとも思うんですが」

「しかし、話術だけが営業の条件でもないからなぁ。堅実に信頼で売るやり方もあるし、あいつは人としっかり話せることでは今日一番だった」

「残りの一人、どうします？」

「可もなく不可もなくだな。内定を蹴られることもあるから一応残しておこう」

　そんな具合で二日目は可もなく不可もなく、だが研修にはついてきそうなタイプが二人。

　三日目はちょっと毛色の違うタイプが来た。それこそ口が達者な、いかにも営業という感じなのだが、経歴について質問したときの返答が意表を衝いた。

「卒業してからずっと無職ですね。二年間ですか。就職はなさらなかったんですか？」

「できませんでしたというほうが正しいです」

「それは何故ですか？」

「当時バンドをやってまして。そっちの活動が楽しくて、うっかり就職活動に出遅れたんです」

　何だコイツ。聞きながら誠治はずっこけそうになった。大悦も同じくらしい。

「それでもう目指せメジャーデビュー！　みたいなノリになりまして、二年ほどそのままバンド活動をしてました。でも、結局解散ということになりまして。就職決まった順から一抜け、みたいな感じで、完全に取り残されましたねー。就職探してなかったのは私だけだったというオチです。何オマエ、メジャーとか本気にしてたの？　とか鼻で笑われて、殴り合いの大喧嘩になりました。青春しましたねー」

　こいつは見上げたバカだ。誠治は必死で笑いを噛み殺した。

「その後、アルバイトが一年……この合間に就職活動などは？」

「するつもりだったんですが、結果としてしませんでした」

「それはまたどうして……」

「バイト先で好きな子ができちゃったんですよね。でも、その子が先月で辞めちゃって。けっこういい感じだと思ってたんですけど、向こうはそうでもなかったみたいですねー。とにかくそれでハッと我に返りまして。何やってんだ、俺！　と。いいかげんに社会人として落ち着かなきゃダメだろう、と。それで慌てて就職活動を始めた次第です」

ぐっと喉が鳴る音が横からして、誠治は大悦を振り向いた。

ダメだ、作業長がもう限界だ。

「分かりました、それではお話はこの辺で。また追って結果をご連絡します」

そいつが部屋を出てドアを閉めるのと、大悦が吹き出すのが同時だった。


「いやー、ある意味大物だったな」

「今日の応募者全員かすみましたね」

メジャーデビューの彼までで今日の面接は一段落である。監督志望のそばかす女は働きながら転職活動中らしく、勤め先の勤務時間が終わってから夕方の面接になる。

「業務部の本命はどうする」

「初日の口数少ない奴と……さっきの奴の一騎打ちって感じですかね」

「お、さっきの奴はお前の眼鏡に適《かな》ってるのか」

「いや、バカですけどね、バカですけど、あの愛嬌は才能ですよ。それに、バカなわりに失礼じゃないんですよ。立ち居振る舞いなんかはきちんとしてるし、履歴書も……経歴はちょっとバカで救いようがないけど、他はきちんとしてるし」

とにかく俺にはない才能です、と誠治が締めると大悦も頷いた。

「惜しいな。どっちを捨てるのも惜しいな。……いっそ両方採るか」

「あと一人、うちでは今後二度と釣れない魚が残ってるのも忘れないでくださいよ」

「二、三人増やしたくらいで潰れるほどヤワじゃないぞ、うちは。その女が本当に使える奴なら将来的に現場監督を増やせるから受注も増やせる。人が足りないから受けられない仕事も多いんだ。それにお前が経理をできるようになれば、コンサルに払ってるバカ高い委託料が浮く」

会社の規模を拡大するとすれば、今回三人ほど採用しても確かに悪くはない。

「だけど正社員を一人増やすにつき、年間五、六百万はかかるそうですよ」

「うちは毎年採用するわけじゃないし期間工も多い。人件費のやり繰りは何とかなる」

ああ、もう三人目がどうあれ二人とも採る気だな。大悦が決めたことならこれ以上誠治が口を出すことではない。会社の資産状況も大悦が一番分かっているだろう。

そしてその日の夕方、そばかす女はやってきた。

パンツスーツだったことにまず意表を衝かれる。女子のリクルートスーツはスカートという思い込みがあった。

「よろしくお願いします」

丁寧に頭を下げたそばかすに、誠治は椅子を勧めた。そばかすが会釈して椅子に座る。プレハブの空き部屋という殺風景かつその場凌ぎの面接室に驚いた様子はない。

「まず最初に言っておくが、」

大悦がいきなり切り出した。

「現場には規模にもよるが、簡易トイレが一つか二つしかない。社内なら作業員があまり使わない事務所のトイレを使わせてやれるが、現場に女子専用のトイレを設置するつもりはまったくない。おっさんどもと同じトイレを使えるか、あんた」

「使います」

即答だった。

「更衣室も特別に用意して頂く必要はありません。どこか倉庫の隅でも貸してもらえればそこで着替えます」

「いや、それじゃあんまりだから事務所の空き部屋を都合しますけど」

思わず誠治は口を挟んだ。

「たいへんいい大学を出て今も有名な企業に勤めておられますよね。どうしてその環境を捨ててまで現場監督を志望なさるんですか？」

「個人的な思い入れになりますが、亡くなった父がちょうど御社くらいの規模の土木会社を経営しておりまして。私が中学生の頃に亡くなって、会社も倒産しました。幸い借金は残らなかったのですが……」

「お父上の遺志を継ぎたいということかね？」

尋ねた大悦に、そばかすは「はい」と頷いた。確かに履歴書の家族欄では父親が義父となっている。そばかすは三人姉弟の長女らしい。

「母はその後再婚しました。義父はたいへんいい人ですが、弟や妹は父が亡くなったころ幼かったせいか、あんまり素直に義父に懐いて、今では実の父のことを忘れがちになっているのが私にはどうにも寂しいんです。一人くらいは父のことを覚えて慕っている子供がいてもいいだろうと思って、大学でも土木工学科に進みました。母はそれが義父に申し訳ないらしく、就職は一般職にしてくれと頼まれたのですが、やはり父と同じ職に就きたいと思いまして」

「ご両親はご存じなんですか？」

誠治の質問に、そばかすは首を横に振った。

「一般職を三年続ければ義理も立っただろうと思いまして」

「だが、あんたほどの学歴なら現場監督志望にしてももっと大きな会社を狙えるだろう」

「経験のない転職女性を現場監督に採用するというのは、やはりまだまだ難しいらしくて。今のところ断られてばかりです」

「まあ、確かに女性は結婚や出産の問題があるからな」

大悦は難しい顔で腕を組んだ。面接はすっかりしんみりした空気になってしまった。

「よし、面接はこれで終わりだ。最後に一つテストをさせてもらう。ついてきなさい」

言いつつ大悦が腰を上げた。外に出て倉庫へ向かう。一体何をさせるつもりかと誠治も内心ではらはらしながら二人の後ろをついていった。

倉庫を開けた大悦は、セメント置き場の前に立った。

「一袋四〇kgだ。担いでみろ」

うわ、それはきつい！　男の誠治ですらセメントを担ぎ上げるのは重労働だった。それに倉庫の床は泥や砂だらけだし、そばかすは小綺麗なパンツスーツを着ている。

だが、そばかすは躊躇《ちゅうちょ》なく床に膝を突いた。低く積まれたその列のセメント袋を両手で掴み、一気に膝を伸ばして立ち上がった。その勢いを使って四〇kgをスムーズに肩に担ぎ上げる。

誠治がバイトを始めた頃に教えられた脚力を使った担ぎ方そのもので、しかも誠治より巧い。

「よし、下ろせ」

今度はバネで一気に、とはいかない。足の筋力を使ってゆっくりと膝を突き、積まれたセメントの上に滑らせるように担いだセメントを下ろす。

黒地に白いストライプの入ったシャープなスーツは、膝も肩も砂まみれになった。

「よく分かった」

言いつつ大悦は誠治に目配せした。

「あ、えーと……以上で面接とテストは終了として、検討に入らせていただきます。結果はまた追ってご連絡しますので、本日のところはこれで」

「ありがとうございました」

そばかすは深々と頭を下げて帰っていった。

「どう見る」

そばかす顔が帰った後の事務所で、大悦がそう訊いてきた。

「そう……ですね……」

口籠もったのは、小綺麗なパンツスーツでセメント袋を担いで仁王立ちしたそばかすの迫力に飲まれていたからだ。

「あれはかなり根性がありそうですね。それに現場監督って力仕事もするけど、本質的に求められるのはプロジェクトマネージメントでしょう？　うちの監督たちはその辺は勘と経験でこなしてるけど、彼女は日本有数の大学でそれを学んでるわけですから……現場を学べば大化けする可能性はあると思います。逆に大悦土木に最新の土木工学のノウハウが流入するかも。それに東工大卒の現場監督がいるってことは、会社の箔になります。同じレベルの同業他社の中ではぶっちぎりです。ぶっちゃけ、彼女がまだ使えないレベルでもほかの監督とセット売りででかい仕事が取れます」

大悦はしばらく腕組みして考え込んでいたが、やがて。

「採るか、三人！」

吠えるようにそう言った。

「こちら大悦土木株式会社と申しますが、○○さんでしょうか？　検討させていただいた結果、採用ということになりましたが、入社の意志はまだおありでしょうか。では、入社手続きと説明を行いますので来週月曜日の十時に本社へお出でください。はい、先日面接を行ったところです」

同じ電話を三回繰り返したが、初日の口数の少ない奴は先に他社での採用が決まったということで辞退され、結局大悦土木には新入社員が二人入ることになった。

大いなるバカ、豊川哲平（25）。

監督志望のそばかす女、千葉真奈美（26）。

千葉真奈美は元の会社の引き継ぎの問題で、社員登録と現場研修は一ヶ月遅れる。

予定より一名増えた今回の採用が果たして吉と出るか凶と出るか、誠治としては今から不安なところだった。

5

元フリーター、家を買う。

＊

大悦土木の採用が決まり、誠治も事務や営業回りを本格的に仕込まれる日々が始まった。

事務は現在のやり方を教わり、それをパソコンで簡略化できるように考えればよかったが、営業のほうは元々人好きのするタイプではないので苦労している。

最初の数回、主要な取引先を回るときは大悦が同行してくれたが、それ以降はひたすら真面目に丁寧にを心がけるだけだ。

それでも細かいミスをかまして大悦に怒鳴り飛ばされることも度々だ。大悦の付き添いつきで取引先に詫びを入れに行ったこともある。

豊川が研修終わって加わってくれたら楽になるんだろうけどな、とまだ研修が始まって一ヶ月未満の後輩に早くも期待をかける体たらくだ。誠治は何かやらかしたときに愛嬌で先方の溜飲を下げるスキルが足りない。それは明らかに豊川のほうが上手だ。

「誠治！」

大悦が既に怒号で誠治を呼んだ。

はい、とすっ飛んでいくと工事の見積書を二枚ぶん投げられた。けっこうな勢いで用紙が顔面に叩きつけられる。

「送り先を取り違えとる！　このままFAXしたらえらいことだぞ、バカ野郎！」

泡を食って投げ返された見積書を見直すと、会社名が似ているので取り違えに注意するようにと既に二回注意されていた取引先だ。

見積書はパソコンで取引先別にフォーマットを作成してあるのだが、その二社は名前が一字違いなので最初のフォルダ選択を間違えたら最後までノンストップでおじゃんだ。

「すみません！」

大きく頭を下げると更に怒声が被《かぶ》さった。

「三度目だぞ！　こんなことじゃ見積りの送付はまだまだ任せられん！」

「すみません、最近は簿記の勉強も始めたのでついそっちに気を取られて……」

「言い訳するな！」

怒鳴られて思わず首を竦める。

「お前の悪い癖は、すぐに言い訳をするところだ。理由は訊きたければこっちから訊く、それまで自分で自分をフォローするな。そして、こんなもんは理由を訊いても仕方のないイージーミスで、しかも送付しちまってたら取り返しのつかない重大ミスだ。黙って肝に銘じてろ！」

「すみません！」

自分の言い訳癖が抜けていないことを大悦に指摘されると刺さる。

見積りなどの重要書類は、まだ大悦のチェックを受けてからでないと送信できないことになっている。しかし、こうしてミスを繰り返し、しかもとっさに言い訳してしまうようでは当分大悦の手を煩わせることは確実だ。

せめて後輩になる豊川が研修を終える半年後までには、一通りの実務を任されるようになっておきたいところである。

「作り直して早急に提出し直せ！」

「はい……」

誠治はうなだれて事務所唯一のパソコンが置いてある自分の席に戻った。

問題の二社のフォルダを開け、ふと気がついてワードの一頁目に赤字の大きなフォントで注意書きを差し込む。

『※〇×建設と取り違えていないか必ず確認のこと』

フォーマットは二枚目からだ。取り違えたもう一社にも同じ処置をする。

最初に注意されたときにこうしておけばよかった。

社名を取り違えただけなので訂正は早い。プリントアウトして社名、金額、日付、工事名を確認し、自社名の上に会社印を押す。

大悦に提出すると「よし、送れ」とＯＫが出た。

入社したときは手書きだった電話帳は、誠治が入社してから印字した表に直されている。問題の二社は一字違いで読みは同じなので慎重にＦＡＸの送り先を選ぶ。大悦もその様子を見張っている。

二社とも大悦の駄目出しは入らず無事に送信が済み、誠治はほっとして溜息をついた。

「よし。今後気をつけろ」

大悦の許可が出てから、誠治はふと気がついて近くの席のペン立てから色違いの蛍光のマーカーを取り出した。

間違った二社に別々の色でラインを引き、「※取り違え注意」と更に赤ペンで書き込む。

その様子を見ていた大悦が合格点を出すように頷いた。

豊川がこちらに来る頃には自分が教え役だ。マニュアルも作っておかねばならない。

急ぎ仕事ではないが、覚え書きのメモをぼちぼちまとめていくことを決心して、誠治は自分の席で付箋を書いて机の隅に貼り付けた。

豊川のほうは入社後あっという間に作業員たちに溶け込んでいた。色んな意味で規格外の性格なので、肉体労働を厭《いと》うこともなく鼻歌混じりに働いているという。

「誠治、ありゃあ拾いもんだったな。さすがにお前は人を見る目がある」

朝夕に顔を合わせる作業員からそう言われるが、誠治としては首を横に振るしかない。

「やめてくださいよ、俺に人を見る目なんかあるわけないじゃないですか。最後に決めるのは作業長だから好き勝手に意見を言えただけですよ」

「そういや女も一人取ったってな。使い物になるのか？」

「面接でセメント袋を軽々と肩に担ぎ上げました。ただの女じゃないと思いますよ」

「そりゃすげえ。お前でもコツを摑むまではへっぴり腰だったのにな」

「キレーな面接用のパンツスーツで何の躊躇もなく担いだこともすごかったと思いますよ。ただ、性格は豊川の正反対ですね。女であることに甘えるようなことはないと思いますが、セクハラは注意してくださいよ。怒ると尾を引きそうな感じはします」

「失敬だなお前、俺らはけっこう紳士だぞ」

ふて腐れた作業員とは別の奴が尋ねた。

「そういやその女、現場監督志望だってな」

「そうなんですよ、亡くなった実のお父さんがそうだったからって。そんで学歴もすごいんですよ。仕事柄、女性ってことは難アリでしょうが、大悦土木では十年釣り糸垂れてもかからない魚です。研修期間も豊川とは違って具体的に監督業を教え込んでいく方針ですから、みんなも教育よろしくお願いします。半年で監督補佐くらいはできるように仕込みたいって作業長の方針で」

「おう、そっちは任せとけ」

千葉真奈美が使えるようになったら、数社で一時的な共同企業体を作って一つの工事を請け負うJ・V（ジョイント・ベンチャー）などにも積極的に参加していく目論見もある。今までは名乗りを挙げても競り負けることが多かったらしく、J・Vの経験値の少なさがまた競争を不利にするという側面もあったらしい。

大悦は千葉真奈美にそうした競争のハッタリ面も期待しているようだった。

＊

誠治が家に帰ると、寿美子が玄関まで出迎えた。寿美子が玄関まで出てくるときは精神状態が落ち着いている時期だ。出てこないときは落ち込む周期に入っている。

今の家に住んでいる限りある一定のレベル以上に回復することはないだろう、とおかの医師は言った。今の家自体が最大のストレスだからだ。

昼間一人で家にいることが不安になることも。もっと若い頃は寿美子は積極的にパートなどに出かけていたが、今にして思うとそれも昼間の家に一人でいることを不自然でなく避けるための工夫だったのだろう。

しかし、誠一は寿美子がパートに出ることをあまり好まなかった。自分の稼ぎだけでは足りないと言われているようで不愉快だ、ということだったらしい。

誠一の顔色を窺いながらパートに出て、誠一の顔色を窺いながらパートを辞めることを繰り返し、ここ数年はもうすっかり専業主婦になっている。そもそも今の状態ではパートに出ることも不可能だ。

もし、昼間のパートという逃げ場があったら寿美子はこれほどの状態にはならなかったのだろうか。

今さら考えても仕方のないことだが、寿美子を横から見る度つい考える。

昔は背丈に釣り合う健康的な体重を維持していたはずだが、今はその頃から十キロ近く痩せたのではないだろうか。痩せた太ったは人を横から見ると一番よく分かる。寿美子は横から見ると昔からは考えられないほど薄くなってしまっていた。

食事が終わると、最近は毎晩簿記の勉強だ。誠一は教師としては一流で、簿記には縁のなかった誠治でも四級、三級の基本はものの数週間でてきぱき叩き込まれた。

「一級はちょっと高望みが過ぎるからな。試験は次回を目処に二級を受ければいいだろう。大悦土木クラスの経理を担当するならそれで充分間に合うはずだ」

そういう誠一は一級の資格を持っているから、やはり『経理の鬼』の名は伊達ではない。

「問題は建設業経理士だな、これの上級は独学だとなかなか難しいらしい。会社で取ってほしいというなら経費で専門学校に通わせてもらったらどうだ」

「分かった」

大悦はそうしたところで経費をケチる経営者ではない。だが、まずは簿記からだ。

疲れているとき以外は誠一に二時間ほどの講義を頼んでいる。

そして頃合いを見て寿美子がお茶を持ってくるのが恒例だ。

「母さんは最近どうだ」

寿美子がお茶を置いて立ち去ってから、珍しく誠一がそんなことを訊いてきた。自然と二人で声が低くなる。

「おかの先生は……今の家に住んでる限り、ある一定以上の回復は望めないだろうって。一定まで回復したらあとは気分の波の問題になるって」

「そうか。しかし、これくらい回復したんなら……」

「頼むから！」

きつい声が自制を振り切って飛び出した。

「これくらい回復したらもういいだろう、なんて言わないでくれよ。今の母さんの状態に慣れないでくれよ」

誠一が息を飲むように黙り込んだ。

これくらい回復したんなら——まあいいだろう、と続けようとしていたことは明白だ。

「昔、母さんがどんな顔して笑ってたか忘れないでくれよ。こんなもんでいいだろうとか家族に見切りつけないでくれよ。あの人、近所であんなに辛いことに耐えながら、家族と一緒のときは幸せそうに笑ってたんだぜ。なあ。それなのに今は、あの人が笑ってるときなんてどれだけあるんだよ？　笑ってるんだか笑ってないんだか分からないような曖昧な表情ばかりじゃないか」

誠治が怒鳴らなかったからだろう、誠一はやや神妙な表情になった。

「心が弱いからじゃないんだ。心が弱い人が、家族に気づかせて嫌な思いをさせないように、たった一人で二十年も近所の嫌がらせに耐えられるのか？　母さんは俺たちのためにずっと一人で耐えてたんだ。二十年俺たちを守って折れた人間を、父さんは心が弱いって言えるのか？　俺には言えないよ。俺はせめて、母さんがまた笑ってくれるようになってほしいよ」

　頼むよ、ともう一度請うた声は低くなった。

「俺も姉ちゃんも、父さんがそう思ってくれる人だって信じたいんだ。俺たちに父さんのことを好きでいさせてくれよ。ここで『まあこんなところでいいだろう』って言われたら、俺たちもう父さんを好きでいられなくなるんだよ」

　家族の絆なんてものがどこにあるのかは知らない。そして、今あるかどうかも定かではない。だが、誠一が寿美子のことを「まあいいだろう」と見切ったら、それは確実に永遠に失われるのだ。

　寿美子を見切った誠一を、誠治も亜矢子も忘れない。

　誠一は答えず、その隙に誠治はテキストを手早くまとめて立ち上がった。

「今日も簿記見てくれてありがとう。また明日も頼むよ」

　誠一が何か言葉を発する前に。取り返しのつかない何かが飛び出す前に。まるで逃げるように誠治は居間を出た。

＊

千葉真奈美は当初の予定どおり、豊川に遅れること一ヶ月で研修に合流した。

その日誠治が出社すると、事務所前に真奈美はもう待っていた。最近は出社が一番早いのは誠治なので、当然事務所は開いていない。

「うわ、ごめん！　何分待った⁉」

原付を所定の場所に停めながら誠治が尋ねると、相変わらずのそばかす顔で生真面目に答える。

「十分ほどです。気にしないでください、新入社員が早めに来るのは当たり前ですから」

「あ、うん……じゃあ、取り敢えず中に入ろうか、支給品とかあるし」

誠治が事務所を開け、事務室へ二人で向かう。

「これ、作業服とヘルメットと安全靴。サイズは指定のとおりだから」

「あ、私のほうからもこれ」

渡されたのは年金手帳だ。社会保険類の手続きは豊川のときに誠治が覚えたので、大悦コンサルにはもう頼まないようになっている。

支給品と年金手帳を交換し、誠治は事務室を出た。

「それで、君の着替える場所なんだけど……」

言いつつ誠治はプレハブの二階へ上がった。階段を上ってすぐの部屋を開ける。

「狭くてごめん、物置をパーテーションで区切っただけなんだけど、一応ロッカー置いたから」

「いえ、充分です。奥には何が……」

「保存期限が残ってる書類とか、とにかく日頃使わないものがメインだから誰かが入ってくる心配はないよ。気になるなら鍵もかかるし」

「はい」

「社会保険の手続きは今日にでも俺がしてくるから」

「そういうのも武さんの仕事なんですか？」

「業務部主任ったって一名だからね。要は事務系から営業まで何でも屋だよ」

笑って答えた誠治は踵《きびす》を返した。

「詳しいシフトは後で説明するから着替えたら下りてきて。当分は朝組だから、弁当とか持ってきてるなら忘れないようにね。夏場の手弁当だけはあんまりお勧めしないけど」

誠治のアドバイスにそばかすの散った顔が首を傾げた。

「武さんも現場の経験がおありなんですか？」

「あ、俺は現場のバイトから社長に拾ってもらったクチだから。半年以上はやったかなぁ。夏はやっぱり弁当が傷みやすくてさ。店で買ったほうが安全だよ」

「ああ、だから……」

千葉真奈美は納得がいったように呟いた。

誠治が首を傾げると、真奈美は元から愛想が少ないらしい顔で答えた。

「募集の条件を見たときに思ったんです。現場の研修が半年というのはよく考えられてるなって。この条件なら、大卒の業務を増やしたいなら会社の規模拡大か基盤固めだろうけど、新卒不可でも土木や建築に思い入れのない人間でも殺到するだろうなって。でも、工事現場での研修が半年もあるとなったら、そういう応募者はある程度振り落とせるから……考えたのは武さんですか？」

「あ、まあ……一応」

「すごいですね」

真顔の賞賛に誠治は苦笑しつつ手を振った。苦笑しているはずなのに顔が少し火照《ほて》っているのは、同年代の女性に真顔で誉められたことなど今までろくになかったからだ。

「すごくないって、全然。俺、ここでバイトを始めるまですごくいい加減な奴だったし、その頃の俺みたいな奴を弾こうとしたらああいう条件が出来上がっただけ」

「すごいですよ」

真奈美はもう一度繰り返した。

「私が募集されてないのに現場監督志望で応募したくなったのもあの募集条件がきっかけでしたから。こんなに考え抜かれた条件で募集をかける会社ならきっと面白いと思って」

そこで真奈美はふと気がついたように言葉を切った。

「すみません、生意気なことを言って」

「いや、全然……ちょっと俺が照れくさかったかなってだけ」

じゃあ下で待ってるから、と誠治は今日から女子更衣室になる部屋を出た。

十分とかからずに真奈美は事務室に下りてきた。忙《せわ》しない現場で、支度に時間のかかるタイプは最悪だが、面接時にリクルートスーツのままセメント四〇kgを担いだ女はさすがに違う。

ヘルメットと一緒に現場用らしいザックを持っている。男だと手ぶらで現場に行く奴もいるが、女性ではそうもいかない事情があるだろう。

「ええと、まず社長のことは作業長と呼ぶこと」

「何故ですか？」

「社長って呼ばれるのが好きじゃないから。現場好きな人でもあるしね」

だから誠治の教育であまり現場に出られない最近は機嫌がよろしくない、ということはさすがに口を割るのが憚られた。――情けなくて。

「それからウチは現場監督が三人いるんだけど、千葉さんにはその三人にそれぞれ二ヶ月ずつついてもらいます。工事の進み具合によっては研修期間が延びる可能性もあるけど、いい？」

「それは構いませんが……なぜ三人全員につくんでしょうか？　一人について一連の流れを学ぶほうがいいと思うんですが」

「うん、それも考えたんだけど。うち、坂東監督と新保監督と糟谷監督って三人の監督がいるんだけど、この三人がそれぞれ個性的なんだよね。各段階での工事の水準はもちろん全員がクリアしてるんだけど、中でも糟谷監督は仮設工事が得意で、新保監督は主体工事、坂東監督は仕上げが巧い」

そこまで話すと真奈美は納得した顔になった。

「せっかく東工大卒の期待のルーキーが取れたんだから、それぞれの監督から得意な分野を叩き込んでもらおうってことになって。研修が終わっても当分は監督補佐って形で誰かの下には入るから、一連の流れはそこでも学べるしね。それにいずれ現場監督になるなら、作業員とは全員顔合わせしといたほうがいいし」

　それから給料日や何かの事務的な説明に入り、それが終わって誠治のほうから尋ねた。

「何か他に質問は？」

「掃除道具はどこですか？」

「え、何で？」

「掃除くらいは新人の仕事だと思いますので」

　ああそうか、二階は使わなくて放りっぱなしだったからな、と納得。一階は誠治が一応毎朝掃除をしていたが、二階は見ぬこと清しと手をつけず、真奈美の更衣室を作るために物置をざっと掃除しただけだ。

「分かった、じゃあ二階は千葉さんの担当にしてもらおうかな。掃除道具は一階の廊下端の掃除道具入れに入ってるから」

　分かりました、と真奈美が頷いたとき、

「はよーございまーす！」

　能天気な声とともに事務所の玄関が開いた。事務室に飛び込んできたのは豊川である。

「どうしたんだよ豊川、珍しく早い時間に」

いる。

「いや、今日女の子来る日でしょ？　楽しみだったんで早く来ちゃいましたよー」

楽しみかどうかは本人見てからによると思うぞ、と誠治は内心で呟いた。真奈美は職場の華になるようなタイプの娘ではない。既に舞い上がった豊川の様子に表情を険しくしている。

「初めまして、千葉真奈美ちゃんだよね？　俺、君より一ヶ月先輩だからよろしくね」

豊川の差し出した手を真奈美はそれはそれは冷淡に無視した。

「あなたが先輩という話は聞いてないわ、豊川哲平さん。私は元の会社の引き継ぎで研修の参加が遅れたけど、採用は同時期だから同期のはずよ。武さんなら上司で先輩だけど、あなたは違うでしょ」

「えー、そんな堅いこと言わないでさぁ」

「同期に後輩扱いされるのは不愉快だわ。研修の遅れは今から取り戻すし、そもそも私とあなたは研修後の部署も違うし」

ああ、やっぱりな。ある程度は展開が読めていたので誠治は二人のやり取りに苦笑した。

「そもそもあなた、毎日この時間に出社してるの？　新人なんだから更衣室の掃除くらいは率先してやってるんでしょうね？」

更衣室が汚れ放題でもまったく気にかけない男所帯で、豊川にそうした指導する人間は今までいなかったが、この機会に真奈美にやっつけてもらおうと誠治は状況を静観した。

「え、でも誰も掃除とかしないし。今日は千葉さんに挨拶と思って早く来ただけだし」

「朝の掃除くらいは新人の仕事よ！　武さんだって事務所の掃除は毎日してるそうよ！　あなたも当然やるべきでしょ！」

武さんこえーよこの女！　豊川が誠治の背中に隠れながら訴えてくる。そろそろ助け船の出しどころだろう。

「まあまあ千葉さん、そのくらいにしてやって。豊川、今まで正社員で働いたことなくてさ。うちが初めてなんだよ。現場は鷹揚なおっさんばっかりだからビミョーに今まで環境が温《ぬる》くてさ。俺も業務部に変わってから現場に出られなくなったし、一般常識とかその辺よかったら千葉さんが叩き込んでやってくれる？」

ぎゃーっと豊川が悲鳴を上げた。

「武さんが俺を裏切った!?」

「バカ、お前の将来のポジション、営業だぞ。一般常識やビジネスマナー知らなかったら苦労すんのもお前だ。俺もしっかり教えてやれるほどちゃんと働いた経験があるわけじゃないしさ。千葉さんなら今まで大会社でしっかり勤めてきてるから教えてもらうには一番だ。お前のためだぞ」

そして誠治は真奈美に向き直った。

「そういうわけだから千葉さん、よろしく頼むよ」

「分かりました」

頷いた真奈美が豊川に指示——というか命令を下した。

「タイムカードを押したら着替えて更衣室の掃除！　先輩方が来るまでに済ませること、もちろん今日から毎日よ！　はい開始！」

ひーっと豊川が悲鳴を上げて事務室の出口近くに置いてあるタイムカードを押しに走る。

今までタイムカードは作業員の更衣室のほうに置いてあったが、真奈美が事実上の男子更衣室に立ち入るのはさすがに憚られるだろうと事務室に置き換えてあった。

「じゃあ、私は二階の掃除をしてから下りますけど……その後、出発までどこに待機してたらいいですか？」

「事務室にいてくれたらいいよ、監督と一緒に出てくれたらいいし」

「分かりました」

また折り目正しい返事で事務室を出ていこうとする真奈美を呼び止める。

「千葉さん」

「はい？」

「豊川ってバカだけど悪い奴じゃないから。あの愛嬌は才能だから。現場のおっさんたちにもあっという間に馴染んだしね。千葉さんも豊川から学べるところがあると思うから、仲良くしてやって」

真奈美は少し考え込んでから首を傾げた。

「私、とっつきにくいですか」

話が率直なところは頭の良さでもあり、長所でもあるだろう。誠治も率直に頷いた。

「そうだね、少し」

「それは性別とは関係なく？」

「性別と性格と両方かな。性別は関係ないって気負ってるのが見えるし、性格もきちんとしてるけど、その分絡みづらい感じはする。特に雑な男所帯だとね。豊川とぎゃーぎゃーやってるうちに打ち解けられると思うけど」

「分かりました、ありがとうございます」

ぺこりと真奈美は頭を下げて、タイムカードを押してから二階へ上がっていった。

豊川のほうには何も言う必要がないので放っておいた。変に思惑を伝えたら調子に乗るタイプでもあるし、豊川の真髄はすべて天然であることだからだ。真奈美を恐がって一人で騒いでいるうちに真奈美は現場に溶け込んでいくだろう。

大悦や監督たちが出勤してくる度に真奈美の挨拶が繰り返され、やがて真奈美は仮設が得意な糟谷とともに現場に出ていった。

「どうだ、彼女」

大悦がそう訊いてきたのは、監督たちが全員現場に出てからである。

「ちょっと頑《かたく》なですけど、豊川と組ませて動かすように監督たちに頼んでありますから。すぐに馴染むと思いますよ。それに豊川のビジネスマナーの教育が考えどころでしたしね。愛嬌のみっていうのも問題ですから。千葉さんと組ませとけば、研修上がる頃はそこそこ使える奴になると思いますよ」

俺より使えるようになってるかも、と誠治は苦笑いで頭を掻いた。

するといと大悦があっさりとした口調で言った。

「だが、あいつらを採ったのはお前だし、そういう采配を考えたのもお前だからな。最初にお前を採ったのは正解だった」

不意打ちの誉め言葉に、誠治は思わず顔を赤くした。最近は注意を受けることのほうが多かったので余計だ。

「どうも……ありがとうございます」

「簿記の勉強を始めたと言ってたな。進み具合はどんなもんだ」

話が変わったのは、大悦のほうも少しは照れくさかったのかもしれない。

「あ、うちの父が簿記の一級を持ってまして、教え方も巧いので教わってます。半年ほどで二級の試験があるのでそれを目指そうという話になってて」

「それはまた話が早いな。一級までいくのか？」

「いえ、一級はちょっと難易度が高すぎるんで。会社で経理をやるならひとまずは二級があれば足りるそうなので……ただ、建設業経理士のほうは独学ではちょっと難しそうです。身内に教師もいないし。四級が独学で何とかなったら三級は特別研修が利用できるんですけど、二級の特別研修は俺の年齢や経験じゃ無理です」

「四級は独学で何とかなりそうか？」

「そうですね、父の見立てですけど簿記二級を取れてれば行けるはずだって」

「よし、じゃあ簿記二級を取ったら建設業経理士の四級に挑戦しろ。三級はその特別研修だかで何とかして、二級以降は経費で専門学校を考える」

必要なことには経費を惜しまない、やはり大悦らしい決断だった。

「簿記は会社でも空き時間で勉強してていいぞ。公務だ。親父さんの手ばかり煩わせても何だからな」

「分かりました、今日千葉さんの社会保険手続きに行くので帰りがけに会社用のテキスト買ってきます」

そう答えると、大悦はご満悦の顔になった。

「社員の入れ替えがある度にいけ好かないコンサルに手続き頼まんでよくなったのも非常にいいな！」

もちろん社員の入れ替えは大悦コンサルに報告するが、今までは各種手続きも委託していたのでその手間賃もぼられ放題だったらしい。これは誠治が入社してから大悦土木――というか、誠治が自分で手続きできるように環境を整備した。要するに、誠一にそうした手続きの流れを訊き、マニュアルにまとめたのである。

もともと事務部門がある会社なら引き継ぎをすればできるようになる仕事で、特殊技能も必要ない。

そんなものに委託料を払うのもバカバカしい話で、業務部が立ち上がった以上その節約もハッタリとはいえ主任の肩書きがついた誠治の仕事である。

＊

お堅い真奈美をお軽い豊川と組ませた采配の妙か、真奈美も意外と早く現場に馴染んだ。女ぶらずに汚れ仕事や力仕事にも躊躇なく加わってくるところも現場のおっさんたちのお気に召したようだ。リクルートスーツでセメント袋を担いだ力量は伊達ではないようで、現場の足を引っ張ることもほとんどないらしい。

「何しろ、掘り出した下水管担ぐときでも近くにいたらすっ飛んで来るからな。いい根性だよ、作業も熱心だし。今じゃ豊川とどっちが先に研修入ったんだか分からねえ」

「豊川とは巧くやれてますか」

「豊川の心配してやってるほど余裕なんか、誠治。毎日の距離は豊川のほうが近いぞ？」

からかい口調で言われて誠治は久しぶりにむきになった。

「だっから何でみんな若いもんと見ると話が色恋沙汰に走るんですか！」

「いやー、だって若い男が二人に女が一人だろ。典型的なドリカム編成つーの？」

「どっからそんな言葉拾ってきたか知らないけど、古い！　ドリカム今二人ですから！」

タイムカードを押したついでに、作業員のおっさんたちは誠治をちょくちょくかまっていく。

「千葉さんに豊川のビジネスマナーとかの教え役頼んだんですよ、だから……」

「そういうことならあれはなかなかの鬼教師だな。しょっちゅう豊川が蹴られてんべ」

千葉さんけっこう乱暴者か？　現場を見ない誠治としては意外である。

「でも、豊川も外部の人間にはきっちり敬語で喋れるようになってきたなぁ。俺たちとは相変わらずバカばっか喋ってるけど。その辺は千葉ちゃん効果なんじゃねえか」

「千葉ちゃん!?」

「おう、現場では千葉ちゃんで通ってるぞ」

ちょっと馴々《なれなれ》しすぎやしないかと心配になったが、誠治が口を出す問題でもない。

「豊川も何だかんだ言いつつ懐いてるしな。最近は姐《ねえ》さんとか呼んでるぞ」

「姐さんて……」

怯えてキャンキャン言っていた割にあっさり懐いている辺り、さすが愛嬌の豊川である。

その後、夜組が入り乱れてタイムカード回りが混乱し、それが一段落した頃に真奈美が現れた。

「お疲れさまです」

誠治の前では生真面目な顔をあまり崩さない。先輩であり上司であることが生真面目な真奈美に砕けた態度を取らせないのだろう。

だから、こちらからちょっかいをかけてみたくなった。たまたま部屋に二人だけだったこともあるだろう。

「お帰り、千葉ちゃん」

ガタガタっと激しい物音がして、誠治が顔を上げると真奈美が若干傾いだ姿勢でタイムカードの台に摑まっていた。

「ど、どうしてそれ……」

「現場の人に聞いた。馴染んでるみたいだね」

お陰様で、と真奈美はたじろいだ様子でタイムカードを押した。

「俺も千葉ちゃんて呼んでいい？」

「いえそれはっ……！」

真奈美の動転がまた一段跳ね上がった。

「俺だとダメなの？」

「上司に呼ばれるのはちょっと……どう受け答えたらいいか分からなくて動転してしまうので。糟谷監督にも呼び捨てにしてもらってますし」

「何だ、残念。俺でも上司の範疇《はんちゅう》に入っちゃうんだ？」

「部署が違ってもやっぱり役職が上の方なので。先輩ですし」

真奈美はじりじりとすでに逃げ腰になっている。そうした意外な様子は面白かったが、

——現場のみんなが言うような恋愛対象には入れてもらえそうにない。

「現場のみんなに聞いたけど、豊川が外部の人に敬語とかしっかりしてきたって」

「そうでしょうか」

「千葉さんのおかげだね、ありがとう。豊川も懐いてるみたいだし、蹴り入れながらでもいいからこれからもガシガシ仕込んでやって」

また真奈美の姿勢がぐらりと傾いだ。

「お疲れさまでした、お先に失礼します！」

真奈美が大きく頭を下げてとうとう遁走した。

階段を駆け上がっていく音が筒抜けの事務室で、誠治はこらえきれずに吹き出した。

＊

真奈美と豊川が糟谷の手元を離れて新保の現場に移った頃である。

朝から小雨が降りしきる中、誠治がいつものように原付で出勤すると、門の前で真奈美と豊川が傘をそれぞれ差してうずくまっていた。

「どうしたの、お前ら朝から」

原付を一旦停めて問いかけると、二人は困ったような顔で誠治を見上げた。

「何、荷物？」

その割りに二人の傘の下の段ボールはしっとりと濡れ、配達伝票もついていない。

あー、何か中身が分かったような気がする。

誠治は苦笑してバイザーを下げた。

「取り敢えずその箱持って事務所に入っといて、俺もすぐ行くから」

真奈美は事務所の鍵も事務室の鍵も持っているはずだ。

動き出した二人を後にして誠治は駐輪場に向かった。原付を降りてレインウェアを脱ぎ、屋根の支柱に干す。

事務所までは一息に走った。


事務室に入れることは憚られたのか、真奈美と豊川は廊下に段ボールを置いてその両側にうずくまっていた。

濡れる懸念がなくなったので全開にされた箱の中からは、雨音の中では聞こえなかったか細い鳴き声が聞こえてくる。

生まれて間もない猫の鳴き声だ。しかも、かなり弱り気味。誠治も覗くと、中に入っていたのは三毛が一匹と黒が一匹だった。

「何やってんの、さっさと中入れて」

言いつつ誠治は事務室を開けた。

豊川が恐る恐る箱を抱えて事務室に入り、床に置く。

「どうしましょう、これ……」

日頃はしっかりしている真奈美がおろおろしていて、豊川はそれに輪を掛けておろおろしている。

「二人とも小学生みたいだな、何か」

苦笑した誠治は真奈美に指示した。

「千葉さん、空いてる段ボール組み立てて。豊川は更衣室から乾いたタオル何枚か持ってこい、場所分かるな？」

「はい！」

大きな返事は二つ重なって、豊川は外に駆け出していき、真奈美は事務室の隅に畳んで置いてある段ボールを手早く組み立てた。

黒いほうはダメだな、と昔は猫を飼っていた経験で予想がついた。三毛より体が一回り小さく、動きも声ももう微かになっている。

真奈美が段ボールを組み立て終わるより先に、またばたばたと事務所に駆け込んでくる足音が聞こえた。

「タオル持ってきました！」

傘は差さずに走ったらしい、私服の肩や背中は濡れているのに胸に抱え込んだタオルは少しも濡れていなかった。

真奈美の組み立てた段ボールにタオルを敷き詰める。

「豊川、俺らの分タイムカード押して。千葉さんは三毛のほう拭いてあげて。そっとね」

黒い子猫は誠治が受け持つ。どうやら意外なところで意外に純真な後輩二人は、一度手を触れた小さな温《ぬく》もりが事切れたらショックが大きそうだ。

「慣れてるんすね、武さん」

「昔、拾ったことがあるんだよ」

「飼ったんですか」

「長生きしたよ」

誠治が小学校の四年生くらいの頃だろうか。亜矢子と二人で見つけて家に持ち帰ると、寿美子は「生き物を簡単に拾ってきたらダメ！」と二人を叱りながら、結局は元のところに捨ててこいとは言わなかった。小言を言いながら結局寿美子が一番かわいがった。

いろいろ受難の猫ではあったが、長く寿美子の慰めになってくれた猫だった。

「助かりますか」

真奈美の問いには「それはこいつらの生命力による」とありのままの事実を答える。

「豊川、今日は掃除はいいからパシリ。コンビニで使い捨てカイロあるだけ買ってこい。時期的にもう売ってるはずだから。なかったら2Lのペットボトル。それと牛乳を小さいパックで」

「牛乳って子猫によくないんじゃ……」

口を挟んだのは真奈美である。

「うん、下痢しやすくなる。でもこの時間じゃペットショップも獣医も開いてないからね。開く時間まで何もやらずにほっとくより何か栄養摂らせたほうがマシだから。コンビニで猫用ミルク置いてるところなんて滅多にないだろうし……」

言いつつ誠治は豊川を振り返った。

「もしもペットフードのコーナーに奇跡的に猫用ミルクがあったら、そっち買ってきて。それからこれ」

豊川に投げたのは原付の鍵である。

「使っていいから特急でな。事故起こすなよ」

会社から一番近くのコンビニまでは歩いて十分近くかかる。

「はいっ！」

豊川は鍵を片手で受け取ってまた外に駆け出していった。

「今日、どうしましょうこの子たち」

「俺が事務所で見てるよ。これから晴れる予報だから現場は休みにならないしね。作業長に許可もらえたら獣医が開いた時間に連れていくし、そのとき猫用のミルクも買ってくるよ」

十五分ほどで豊川が帰ってきた。やはり猫用ミルクはなかったようで、

「その代わりお腹《なか》を壊しにくい牛乳っていうのがあったから買ってきました！」

と、レジ袋を誠治に差し出す。

「うん、ちょっとはマシだと思う。お前にしちゃ気が利いてたよ」

「心外だな、俺は気配りの人ですよ武さん！」

「分かった分かった。それでいくらだった」

「お金はいいです、見つけたの俺だし」

「あ、でも私も同じくらいで出勤したから」

真奈美も横から口を挟んで収拾がつかなくなりかけたのを誠治は強引にまとめた。

「いいから豊川はレシート出す！　獣医代も合わせて後で三等分、いいな⁉」

誠治に気圧されたように豊川がレシートを財布から出して譲った。

「豊川、カイロあっためて上に子猫を乗っけてやって。直接じゃなくてタオル越しでな。タオルは二枚くらい挟んで」

「おおお、すげえ！　今入社してから武さんが一番輝いて見える！」

「お前なあ！　俺の価値は今この一瞬だけか⁉」

豊川を軽く小突いて、誠治は真奈美を振り返った。

「千葉さんは牛乳あっためるの手伝って。俺、台所得意じゃなくて」

「はい」

二人で一階の給湯室に向かう。

「牛乳あっためるってどうしたらいいのかな、鍋？」

言いつつ誠治は給湯室をあちこち探したが、ヤカンと普段使いのマグカップ、来客用の湯飲みしか見つからない。日頃は自分たちのインスタントコーヒーや来客のお茶を淹《い》れるくらいでしか給湯室など使わないので、物品の欠乏ぶりはこのとき初めて知った。

「うわー、ヤカンで牛乳あっためるのってどうやるの？　湯煎とか？」

「武さん、電子レンジがありますから」

真奈美が横から取りなした。かなり古い型だが電子レンジは一台ある。たまに社員たちがコンビニ弁当を温めるくらいにしか使わないが。

「電子レンジで牛乳あっためられるの？」

「マグカップがあったら大丈夫です。二分くらいで……」

「あ、そうなんだ。すげえ」

誠治はマグカップに牛乳を半分ほど注ぎ、電子レンジに入れた。真奈美の指示した時間で牛乳は湯気の立つ温度になっている。少し熱いが、スプーンで冷ましながら飲ませれば大丈夫だろう。

「現場の人に貰い手の心当たりがないか訊いてもらうように話を回しますね」

事務室に戻りながらそう言った真奈美に、誠治は慌ててストップをかけた。

「それはもう少し猫の容態が落ち着いてからでいいよ。弱った猫で貰い手募るより、元気にしてやってからのほうが話がまとまりやすいから」

「そうですか？」

まだ二匹が助かると決まったわけではない。いつもは利発なのに、真奈美はそんなことも思い至らないほど静かに動揺しているようだ。

事務室に戻り、三毛のほうから——助かる可能性が高いほうからミルクを飲ませてやる。だが、スプーンではどうにも零《こぼ》れるほうが多くて効率が悪い。

「ええい」

誠治はスーツのポケットからハンカチを取り出し、真奈美に渡した。

「ごめん、これお湯で洗ってきて。布で吸わせたほうがよさそうだ」

「はいっ！」

真奈美が切れのいい返事で給湯室へ走る。

すぐ戻ってきた真奈美は、絞ったハンカチを二枚持っていた。一枚は誠治の、もう一枚の花柄は真奈美のものだろう。

「もう一匹は私がやります」

「ああ、じゃあこっちの三毛お願い」

何気なく誠治は三毛の子猫を真奈美にパスした。そして自分は黒い子猫を持ち上げる。やはり三毛よりも持ち重りがしない。

「じゃあ俺の真似して」

適当に丸めたハンカチをカップに直接漬けて、温かいミルクを吸ったハンカチの一部を尖らせて黒の口元へあてがう。すると狙った通り、子猫はミルクを吸い始めた。

わあ、と珍しく真奈美のはしゃいだ声が上がって、三毛のほうも順調にミルクを吸っているのが分かる。だが黒は三毛に比べて明らかに吸う力が弱い。

頑張れ、頼む。しかしそんな祈りも空《むな》しく、黒はまだ腹がくちくなっているとは思われないのに疲れ果てたようにハンカチを吸うのをやめた。

これ以上、無理にハンカチを押しつけても仕方ないので、またカイロを仕込んだ寝床の上に戻してやる。体が温まってまたミルクを吸う体力が戻ってくれたら。

黒に比べて三毛は順調にミルクを吸い続け、もうお腹いっぱいの態《てい》でハンカチの乳首を離した。真奈美が愛《いと》おしそうにその小さな猫を寝床に戻す。

「おっ、猫か？」

そろそろ他の作業員が出勤しはじめた。

「門の前に捨てられてたので保護しました」

「こんなちっこいもん捨てる奴がいるんだなぁ」

子猫の小ささに和みながらも憤り、気のいい作業員たちはタイムカードを押して更衣室へ向かう。

「じゃあ、豊川も千葉さんも着替えにかかって。後は俺が見るから」

後輩二人はあからさまに後ろ髪を引かれながら事務室を後にした。

「猫か！」

大悦と監督たちは口々に声を上げた。全員動物は嫌いではないらしい。

「たまにあるんだよなぁ、門の前に捨て猫とか捨て犬とか」

「しかしまあ、小雨とはいえ昨夜からずっと降ってたのによく生き延びたもんだ」

「俺が出勤してきたら、豊川と千葉さんが門の前で途方に暮れてるんですよ。その様子がもうね、小学生みたいで……あの二人が見つけたときに事切れてなくてよかったですよ」

二人揃って一日使い物にならなかったことは確実だ。

「それでどうだ、助かりそうか」

大悦に訊かれて、誠治は自然と難しい顔になった。

「三毛のほうは何とかなると思います。でも黒いほうは……」

「そうだな、ほとんど動いてないもんな」

坂東が気の毒そうに黒いほうを撫でる。

「それで作業長、お願いがあるんですが……」

恐る恐る切り出した誠治に、大悦は皆まで聞かずに答えた。

「一番近い獣医はコンビニの前の交差点を左折して五〇ｍだ。開院時間は九時。軽トラは使っていいが、診療にかかった時間はサービス残業として給料計算から抜くぞ」

「ありがとうございます！」

結果として、黒いほうは獣医が開く時間まで保たなかった。

冷たく強ばった小さな体は、どれだけさすっても二度と四肢を動かそうとはしなかった。

「やっぱり保ちませんでしたね、こいつ」

「敷地の隅にでも埋めてやれ」

大悦の指令で、誠治は片手に握り込めるほど小さな体を手に載せて席を立った。

倉庫でシャベルを一本借り、敷地の隅を掘る。湿った地面はシャベルの一突き、二突きでこれ以上深く埋めるには忍びないほどの穴が穿《うが》たれた。

その穴の底へ小さな黒い体をそっと寝かせる。最後にその体を撫でてやり、静かに土をかけた。

シャベルを倉庫に返して事務室に戻ると、ドアの外にまで聞こえるほど大きな鳴き声がした。腹を空かせた子猫独特の短いサイレンのような鳴き声である。

「兄弟の分まで元気だな、そいつは！　早いところ黙らせろ！」

大悦の愛ある苦情に急《せ》き立てられ、誠治はミルクをもう一度温めに給湯室へと走った。

ミルクを飲ませた後はトイレだ。ぬるま湯で絞ったティッシュで肛門を刺激してやると、そのうち尿と細い細い便が出た。

「ああ、出た出た。一安心です」

「詳しいな、お前は」

「昔、お袋がこれくらいから飼いはじめた猫の世話するの見てたんで」

「そうか。お袋さんは元気か」

それは質問というよりはむしろ見舞う言葉だろうから、誠治は曖昧に笑って「まあまあです」と答えた。今の家に住んでいる限り、回復には限界がある。そんなことは馬鹿正直に話しても人の気持ちを重くさせるだけだ。

だが、大悦は年の功で何となく事情を察したらしい。

「そろそろ獣医が開くぞ。行くならさっさと行ってこい」

やはり愛ある追い出しを食らった。

獣医ではジャンパーを見て「大悦土木さんですね」と言われた。やはり過去にも何度か捨て猫、捨て犬の持ち込みをしているらしい。

「あ、はい。会社の前に捨てられてたんで診てほしいんですけど」

「分かりました、雌の三毛ちゃんですね。お名前決まってますか？」

「いえ、まだ……貰い手も決まってないので、飼い主は取り敢えず私ということに」

「じゃあ仮に三毛ちゃんにしときますね。それじゃ検査回します」

そうしたときの検査のセットというのはある程度フォーマットが決まっているらしい。

体重を量られてから肛門で体温を測られ、あとは検便と血液検査だ。

「ちょっと衰弱気味ですが、概《おおむ》ね健康体としたものですね。検便は月一度くらいで何度か通ってください、一度では寄生虫を発見できないこともありますから。後は温かくして、栄養をたくさん摂らせてあげてください」

「生後何ヶ月くらいですか？」

「一ヶ月も経ってないでしょうね。まだ歯も生えてないし、ミルクしか飲めない状態ですから」

確かに、もう死んでしまった弟か妹か分からない黒いほうは、生まれて間もないことが頷ける程の小さな亡骸だった。

会計のときに猫用のミルクと哺乳瓶を買い、約一万円。検査を二つされたことを思えば良心的な金額だ。

そしてその日は、仕事や簿記の勉強の合間に三毛のミルクとトイレの世話をして暮れた。

朝組が戻ってくる頃合いを時計でちらちらと気にしながら、誠治の気持ちは徐々に重くなった。

敷地内にハイエースやトラックが入ってくる気配がして、やがて事務室に真奈美と豊川が駆け込んできた。

ほとんど二人同時に箱の中を覗き込み、——二人とも言葉を失った様子だった。

やがて、意を決したように豊川が口を開く。

「武さん、黒いほうは……」

「保たなかった。敷地の隅に埋めたから、今から三人で拝みに行こうか？」

誠治が腰を上げると、「そっすね」と敢えて軽い口調で豊川が続いた。真奈美も無言で続く。

姐さん、仕事中もずっと気にしてたんですよ。誠治に並んだ豊川が小声で囁いた。

黒い子猫を埋めた場所に案内すると、後輩二人はその場にしゃがみ込んで手を合わせた。

誠治もその後ろから中腰で手を合わす。

「三毛のほうはどうだったんすか？　獣医行ったんでしょ？」

「ん、ちょっと衰弱気味だけど健康体。あったかくして栄養摂らせてやれば大丈夫そう。

昼間も元気にピャーピャー鳴いてたしな」

「黒の分まで元気に育つといいですねー」

豊川、お前の愛嬌ってやっぱ才能だよ。誠治は苦笑混じりで豊川の言葉に頷いた。

自分も悲しくないわけではないだろうに、物事の明るい側面を極力すくい上げるように話したのは誠治や真奈美への気遣いだろう。

「二人ともまだタイムカード押してないだろ？　ついでに病院代とか割り勘しよう」

「あ、そうですね！　いやー俺うっかり忘れて帰るところでした！」

事務室で三人ともタイムカードを押し、子猫にかかった経費を割り勘にする。

「うわっ、獣医って高いんですねえ！」

「これでも安いほうだぞ、ミルクと哺乳瓶も買ったんだから」

誠治と豊川が話している間も真奈美は口を挟まない。

金のやり取りが済み、残った三毛をどうするかという話題になった。具体的には貰い手が見つかるまで誰が連れて帰って世話をするか。

「すみません！　俺のアパート、ペット禁止なんです」

真っ先に頭を下げた豊川に誠治は笑った。

「いい、いい。俺が家に連れて帰るよ。一番会社から近いし」

「でも」

真奈美が初めて口を挟んだ。

「見つけたのは私たちですから。豊川くんが無理なら私が……」

「猫飼ったことある？」

「いえ……」

「じゃあ俺に任せてよ。うちの母親も猫好きだしさ」

今日、三毛の世話をしながら何となく思っていた。昼間、一人で家にいることが不安を煽っているという寿美子に、手の掛かる子猫というのはいい組み合わせかもしれない。

もちろん寿美子は前に飼っていた猫のことを持ち出して嫌がるだろうが、連れて帰ってしまえばこっちのものだ。貰い手が見つかるまでと言いくるめて室内飼いにして、もしも貰い手が見つからなければそのまま飼ってしまえばいい。幸い、猫を飼う道具は処分せずにそのまま残っている。

「豊川と千葉さん、他のみんなに猫の貰い手のこと訊いてみて。俺も社内で話を回すから。検査とワクチン終わったら渡すって条件でね」

「分かりました！」

豊川が歯切れよく返事をして、猫の箱を覗き込んだ。よく眠っている三毛をそっと撫で「元気で育てよ」と囁きかける。

「お疲れさまっした、お先に失礼します！」

真奈美もそれを追いかけるような挨拶を残して、二人は事務室を出ていった。

「お前は帰らんのか」

大悦に声をかけられ、誠治は笑った。

「診療で朝、一時間空けさせてもらいましたから。一時間サービス残業して帰ります」

ふん、と大悦も鼻で笑った。「こいつめ」とか「生意気に」とかいう意味合いの笑いだ、と最近はかなり大悦の表情や仕草も読めるようになってきた。

サービス残業は簿記の勉強に費やすことにする。


「それじゃそろそろ」

誠治はテキストを畳んで腰を上げた。

「猫はどうやって持って帰るんだ」

「原付の荷台に積みます。家までちょっとだし、少し窮屈だけど猫の周囲にエアパッキンで壁を作ってやればコロコロ転げても怪我しないでしょ」

言いつつ誠治は半端材として事務室の隅に押し込まれているエアパッキンをかき集めた。底と四方の壁にエアパッキンを五重くらいに張って厳重な壁を作る。

「ガムテープ借りますね、積むときに蓋するんで」

「荷掛け紐は持っとるのか」

「荷台にいつもかけてありますから」

「そうか。最後にちょっと触らせろ」

席を立ってきた大悦に思わず吹き出しそうになる。どうやらずっと触りたかったらしい。大悦が子猫を抱くと更に吹き出しそうになった。抱き上げられた子猫の愛らしさと抱き上げた大悦の厳《いか》つさがあまりにアンバランスなことに。本人もそれを自覚しているから、人前では抱こうとしなかったのだろう。

「じゃあまあ、安全運転で帰れ」

子猫を箱に戻してそそくさと席に帰った大悦に、誠治は笑いを隠す意味も籠めて「お先に失礼します」と大きく頭を下げた。

そして玄関を出ようとしたときだ。

二階へ上がる階段がふと目についた。階段を上っていく足音は確かに聞いた。――だが、階段を下りてくる足音は聞いたか。

そっと足音を殺して階段を上がる。そして、上りきると案の定——階段のすぐ横の壁にもたれて座り込んでいた真奈美が、驚いたようにそばかす顔を上げた。洗ったような瞳が誠治を見上げる。

訊かれる前に誠治は答えた。

「……そういえば階段下りる音聞いてねえわと思って」

そばかす顔がまた伏せられた。

「……朝、私が現場に行くときは生きてたのにって思ったら、何か……色々考えが止まらなくなって。今日もっと早く来て、もっとてきぱき保護してたら助かったのかなとか」

「埋めてやるの、待ったほうがよかった？」

亡骸を見せてやらなかったのが悪かったのだろうかと訊いてみると、真奈美は首を横に振った。

「いえ。ただ、豊川くんより私に見せないように先に埋めたんだろうなって。それも情けなくて。武さんは黒い子が助からないって分かってたから、私に黒い子を触らせなかったんだろうなって……」

うわもう。頭がいい子は察しがよすぎて苦手だよ。気づくなよそんなもん。

ただ悲しいってだけでわんわん泣いてろよ、台無しじゃないか。

「私が少しでもダメージ受けないように生き残る子を抱かせたんだろうなって」

も、やめろって。

暗がりの距離感の曖昧さが悪かったのだと思う。自分と相手との境界が分からなくなるような。

気がつくと真奈美の唇を塞いでいた。

感触で即座に我に返って飛び離れる。

「ごめん、ノーカン」

真奈美も呆気に取られて言葉がないようだ。その隙にまくし立てる。

「あの黒いのは、死ぬ運命だったんだ。それはもう、どれだけ『もしも』を並べ立てても引っくり返らない」

それは今さら『もしも』を重ねても寿美子の病がなかったことにならないように。

「でも、千葉さんと豊川が早く出社して雨から庇ってたから、あの黒いのは最後に温かい思いしてミルクも飲んで死ねたんだ。そんで三毛のほうは黒の分まで生きるんだよ」

誠治は三毛の入った段ボールを開けて、三毛を真奈美の手に抱かせた。

「あったかいだろ？　それも千葉さんと豊川のお陰だよ。黒いのを死なせたのは千葉さんじゃない。捨てた奴だ。捨てた奴は二匹殺すところだった、そいつから一匹助けたんだよ、二人とも」

　この辺でもう勘弁してくれないかな、と誠治は真奈美を拝んだ。

「俺、頭悪いから。励ましたり慰める言葉がもう尽きそうなんだ」

「分かりました。もう帰ります」

　やっと立ってくれた真奈美に誠治はほっと胸をなで下ろした。

「足音気をつけて、作業長がまだ残ってるから」

　二人で苦労しながら階段を下り、玄関を出てほっと息をつく。

「それじゃ帰り気をつけてな」

　そそくさと帰ろうとすると――

「武さん」

　呼び止められて誠治が振り向くと、真奈美が思いも寄らぬことを言った。

「さっきのはノーカンにしないと駄目ですか？」

　月明かりの下、時間が止まったように感じた。

「……駄目だ」

　答えている声も他人の声のようだった。

「俺も千葉さんとは別の意味で家庭の事情が難しいんだ。母親が精神的にやられてて。俺は千葉さんや豊川の今日と違って間に合わなかったんだ。それは、俺がバカだったせいもあって、母親が力尽きる前に気づけなかったんだ。だから俺は母親に対して責任がある。これ以上は悪くしない、今より少しでもよくする。でもそれはすごく難しいことで、気の長いことで、俺は自分のことを優先して考える権利はもうないんだ。例えば結婚にしたって、母親がこれ以上回復しなかったら同居が前提になる。でも、今どき旦那の親との同居が条件なんて女の子ドン引きだろ?」

「……人によると思います」

「でも、今すぐそれでもいいですなんて言えないだろ? 俺が面倒くさい条件の奴だってことは事実だ。母親や家族のことを詳しく話せば話すほどもっと面倒くさくなる。だから他の奴にしたほうがいい」

だからノーカンで。

最後は逃げるように駐輪場に向かった。

その背に声がかけられる。

「困らせたくないので今はノーカンにします。でも、諦めてない武さんは間に合ってます。絶対にお母さんのこと、間に合ってます!」

最後は怒鳴るように断言し、走り去る足音が重なった。

誠治は思わず中天の月を見上げた。目が熱い。その熱さをやり過ごすまで雨の上がった涼しい夜空を見上げ、誠治は抱えた箱に話しかけた。

「どうする、お前。あのねーちゃん」

箱の中の三毛はまたサイレンのようにピャーピャー鳴きはじめた。

「分かった分かった、あと少し我慢しろ」

段ボールを閉じてガムテープで封をし、原付の荷台にしっかり括りつける。

そして誠治はうるさく鳴く箱を荷台に載せて帰路をたどった。

*

「無理、絶対無理よ、ニャンがあんな目に遭ったのに。この子もおんなじことになるわ。そんなかわいそうなこと……」

最初、寿美子は頑なに首を横に振っていたが、とにかく子猫のサイレンがすごいので、無理無理と言いながらも結局ミルクをやってしまった。

哺乳瓶の乳首を吸う子猫の温かみにやはり表情が緩んでいる。

「別に飼おうっていうんじゃないんだよ。会社で貰い手探してるからさ。それまでうちで預かるだけ。それに今はほら、猫を外飼いにすると交通事故とかも心配だから、室内飼いが増えてるんだよ。こいつも貰われてく先で外飼いになるか室内飼いになるか分かんないから、うちにいる間は室内飼いにしよう。そしたら近所でいじめられることもないし」

「でも……ずっと家の中に閉じ込めたらかわいそうじゃない？」

「今日、獣医さんにも聞いてきたんだけどね。猫って最初から外に出さなかったら、外に出たいって欲求もあんまりなくなるんだって。家の中だけで満足できるようになるって。子猫の頃に外に出す習慣つけてから閉じ込めると大変だけど、外に出す習慣つけなければさ……」

「そういうことならまあ別にいいんじゃないか」

珍しく誠一からも助け船が出た。

「うちで飼うとも決まっとらんわけだし。まだろくに歩けもしないんだから外に出さない習慣をつけるのも簡単だろう。それにニャンがいた頃の猫用品も残ってたんじゃないか。トイレとか」

「そうねえ……じゃあ、預かるだけなら」

予想のとおり、寿美子は抵抗というほどの抵抗も見せずに陥落した。

子猫は仮名でミケと呼ばれることになり、ミケを預かってから寿美子は精神が安定することが多くなったようだ。

何しろ手間のかかる子猫を預かって、しかも室内飼いに躾けなければならない。一人で不安に暮れているどころではなくなったというほうが正しい。

「表情が明るくなってきたようですね」

おかの医師にもそう言われた。

「今の状態のお母さんに動物の世話は負担じゃないかと心配していたんですが……」

「昔も飼ってましたし、初めての動物を飼うわけじゃないですから」

「一人で寂しい時間が多かったところに、愛情を注ぎ込む対象ができたことがよかったんでしょうね」

家の空気が明るくなったということでミケの存在は大きかった。

寿美子が食卓で楽しそうに昼間のミケの話をすることもある。

獣医で言われていた検便も何度か受け、ワクチンも一通り終わったころ、貰い手の話が二、三上がってきたので寿美子に訊いてみた。

「ミケを引き取ってもいいって人が何人か見つかったけど、どうする？」

子猫の成長は早い。武家で預かっていた二ヶ月ほどの間にミケはもう子猫用のキャットフードなら食べるようになっていたし、家中を駆け回って罪があったりなかったりの様々なイタズラをするやんちゃ盛りにもなっていた。

寿美子はすぐには返事をしなかった。手放しがたくなっているのは分かった。

「室内飼いなら安全だし、母さんが気に入ってるんならこのまま飼ってもいいんじゃないかな」

何気ない調子で誠治が言うと、寿美子も迷いながらの様子で呟いた。

「そうねえ、この子はあまり外にも出たがらないし……。お父さんが嫌じゃなかったら」

寿美子が誠一の顔色を窺うと、誠一も「別に構わんだろう」と答えた。

「じゃあ貰い手の話は断るよ」

積極的な反対のないまま、なし崩しにミケは武家の猫になった。

うちで飼うことになるならもっと考えて名前をつけてやればよかったわねえ、と寿美子はそれだけ惜しそうに呟いた。

＊

更にそれから三ヶ月が経ち、誠治は簿記検定の二級を取った。

豊川の研修期間も終わり、業務部へ正式に編入した。誠治が作っておいたマニュアルで仕事は誠治よりもスムーズに覚えていっている。

ビジネスマナーも真奈美が半年間で叩き込んでくれたお陰か、営業先で失敗することも少ないようだ。

そして真奈美は監督補佐という立場でもうかなり使えるようになっている。ノーカンのことはノーカンとして以前と変わりなく接してくれているのがありがたい。

「ミケ、元気ですか」

たまにそんなことを訊いてくるので、誠治の携帯の待ち受けはミケの写真ばかりだ。

「もうこんなに大きくなったんですね」

小さいながらもすっかりフォルムは猫らしくなったミケの写真を見ると、真奈美は目を細める。

そんなやり取りをするたびにあの晩が蘇《よみがえ》る。目が熱くなり、その熱さをやり過ごすまで見上げた中天の涼しい月が。

諦めてない武さんは間に合ってます。

そう断言した真奈美の声も。

俺は間に合っているんだろうか。我が家は間に合っているんだろうか。

そうこうしているうちに、誠治が入社してから初めてのボーナス時期を迎えた。金額は思っていたより多かった。

アルバイト時代に体に鞭打って荒稼ぎした金や、無駄遣いを控えてコツコツ貯めていた給料も合わせると、誠治が自力で貯めた金は二百万を超えた。

それを確認した日、誠治は亜矢子に電話を掛けた。

「もしもし、姉ちゃん？　今、電話して大丈夫？」

「大丈夫だけど」

猫を飼い出して寿美子の容態が少し安定したことを伝えてあったので、電話を掛けても亜矢子の声は嚙みつくようではなくなっていた。

「何かあったの？」

「ううん、特には。母さんもミケのお陰で前より表情が戻ってきたし」

「じゃあ何？」

無駄話をしない亜矢子らしい重ね方に苦笑する。

「前に姉ちゃんから預かった金だけどさ」

「ああ、あれね」

「遣っていいかな」

電話の向こうで亜矢子の声が笑みを含んだ。

「お母さんのためならね」

亜矢子は遣い道を訊かなかった。

「ありがとう」

誠治はそれだけ言って電話を切った。


誠治が簿記二級に合格してから誠一は機嫌がいい。

酒が入るときかん坊になるので、晩酌が入る前に誠治は誠一を二階に呼んだ。

「何だ、一体」

誠一は怪訝そうに階段を上ってくる。誠治は自分の部屋ではなく、空いている亜矢子の部屋に誠一を招き入れた。

亜矢子が結婚してから誠一はほとんど入ったことがないはずだ。それなのに塵《ちり》一つなくきれいに片付いている亜矢子の部屋を意外そうに立ったまま眺めている。

「母さんが定期的に掃除してるんだ。姉ちゃんたちがいつでも遊びに来られるように」

ふむ、と誠一はポーズなのかあまり興味なさそうに頷いて床に胡座《あぐら》をかいた。

誠治はその正面に正座で座る。

「父さんに、相談があるんだけど……」

膝を揃えた誠治の姿勢に誠一は微妙に身構えている。

その前に二通の通帳を出して誠一のほうへ押し出した。

「中、見てくれよ」

誠治が頼むと、誠一は難しい顔で通帳を一冊ずつ手に取った。

「きっちり百万入ってるほうは前に姉ちゃんが俺に預けていった金。母さんのために使えって。母さんのために使うなら返さなくていいって」

誠一の顔がますます難しくなった。

「で、二百万を超えてるほうが俺が今まで貯めた金。──母さんの病気が分かってから。それで、お願いなんだけど」

誠治はまっすぐ誠一を見つめた。誠一の目線は通帳に落ちている。

もう誠治が何を切り出すか分かってもいるだろう。

「その金を頭金に足して、俺と二世代ローンで家を買ってくれないかな」

「猫も飼って最近は機嫌もいいだろう。今さらわざわざ家なんか……」

「母さんが外に出るたび怯えなくて済むためにだよ」

静かに言うと、さすがに誠一が黙り込んだ。

「俺も父さんも今さら近所に何て思われてても気にしない。でも、気にする母さんに気にするなって言っても無駄なんだよ。それは俺たちが気にしろって言われても気にすることができないのとおんなじなんだ」

誠一は少しむくれたような顔で腕を組んだ。

短気を起こすな。亜矢子みたいに言葉の取っ組み合いになったらおしまいだ。亜矢子の好戦的なやり方はショック療法にはなるが、説得には向かない。

「安心できる場所が家の中だけなんて、まるで母さんは檻に閉じ込められてるみたいじゃないか。ミケが来て母さんの表情は少し明るくなったよ、でもやっぱりまだ俺の覚えてる母さんの顔じゃない。俺は、二十年も母さんがたった一人で近所の嫌がらせに耐えてきたことに気づかなかった。姉ちゃんは気がついてたみたいだけど、俺たちはみんな母さんに守られてたんだ。あんな一番気が弱い人に。だから今度は俺が守りたいんだ。でも俺だけじゃ力が足りないんだ」

「もういい！」

誠一が怒鳴った。

失敗したのかと心が冷えた。分かってほしいあまりに言葉を重ねすぎたか。

性格のせいだと自分に重ねて分かる。

「場所の検討はつけてるのか」

むくれたような声で誠一が尋ねる。そのむくれた声は、素直に人の言うことを聞けない性格のせいだと自分に重ねて分かる。

就活のアドバイスをもらっていたとき、言い訳をするなとくどいくらいに怒られた。

それは、誠治の欠点が誠一に似ているせいだ。自分に甘い性格を許す怠惰が父と息子で滑稽なまでに似ているからだ。

だから誠一は立派な人間ぶって威張っているくせに、どこまでも正論を言い張る亜矢子に弱い。それは亜矢子が誠一の怠惰を許さないからだ。家族の中でただ一人、誠一を糾弾する人間だからだ。そのくせ亜矢子に好かれたくて尊敬されたくて、でも亜矢子が認めるような人間になる努力は今さら面倒くさくて放棄する。

例えば寿美子が手首を千切りにするまで。

何て小さくて、――そして人間くさい人だったのだろうこの人は。

「都内は諦めて、埼玉で川越市辺りまで行くと、築十年くらいで程度のいい土地付き一戸建てがけっこう見つかるんだ。いくつか見にいったこともあるんだけど、駅から十五分の４ＬＤＫが二千万しなかったり。通勤時間は父さんも俺も少し延びるけど、一時間くらいなら父さんは今とそれほど変わらないだろ？」

「お前は今よりだいぶ遠くなるぞ」

「関東圏の通勤時間としては普通だろ。今までが近すぎたんだ。他の人はもっと遠くから通ってるし、通勤が公共交通機関になったら通勤手当も出るしさ」

誠一はもう照れ隠しと分かるふて腐れた顔で、「ただし条件がある」と切り出した。

「その三百万は使わせてもらう。だが、物件は俺と母さんで決める」

「え……でも俺たちも金出すし、ローンだって……」

さすがに誠治が表情を渋くすると、誠一はますます仏頂面になった。

「形の上では二世代ローンを組むが、いざとなったら俺一人で払いきれる物件にする」

だから、と誠一は続けた。

「結婚したらお前は出ていけよ」

誠治は呆気に取られて横を向いた誠一の顔を見つめた。二世代でローンを組んで、もう誠治は一生親と同居する覚悟を固めていた。

「だ……大丈夫なのかよ、俺がいなくても払いきれるのかよ」

思わず口を衝いて出た懸念に、誠一が目を怒らせる。

「自分の親父をバカにするなよ、自分の楽しみに金を惜しまなかったのは事実だが」

と、そこは以前に亜矢子から刺されたことが痛かったらしい。

「子供の一生を縛らないと母さんをここから出せないほど甲斐性がないわけじゃない！」

見得を切ったはいいものの、切ってから少し気恥ずかしくなったらしい。

「うちの社のツテで探せば、それくらいの出物を見つけるのも不可能じゃないしな」

そう付け加えて誠一は腰を上げた。

「だが、その三百万は当てにしてるからな。物件が見つかるまで手をつけるなよ」

「……当たり前だろ。もっと増やしといてやるよ」

誠治も憎まれ口で送り出した。

＊

それから半年ほど待ったが出物は見つかり、手続きも順調に進んだ。

引越しは手続きが終わってから一気呵成《かせい》にやっつけることになった。

今の家と変わらない部屋数の家が見つかったので、荷物は丸ごと持っていこうと思えば持っていけたのだが、この際にと要らないものは処分する。

仕分ける荷物でしょっちゅう変わる部屋の様子に、大きくなって避妊手術も受けさせたミケは落ち着かなげにばたばた走り回っている。

　おかのクリニックで引越しのことを報告すると、おかの医師はとても喜んでくれた。

「それはいいですね、思い切って環境を変えるのはお母さんのご事情を考えると、とてもいいことです。おうちでの様子はどうですか？」

「あ、引越しが決まってから随分元気になりました。ただ、自分で引越しの荷物をまとめたりはちょっとできないみたいです。俺や父が荷造りしててもずっと部屋に立ち尽くして足踏みしたりとか」

「日頃のルーチンワーク以外だと、作業の取捨選択ができないんですね。頭の中では何か仕事をしなくちゃ、働かなくちゃとぐるぐる考えが巡っているんですが、段取りを考えることができないんです。その焦りが一見無意味な足踏みなどに現れてしまうんですね」

　だからお母さんが引越しの戦力にならなくても責めないであげてください、というのは誠一のことを読まれている。

「何か指示してやるとそれは黙々とやってます。たまに疲れたと愚痴をこぼしますけど」

「愚痴が言えるようになったのはいい傾向です。お金がかかってもできるだけ引越し業者のサービスパックなどを使って作業の負担は減らしてあげてください」

　そしておかの医師は転居先に近い心療内科の紹介状を書いてくれた。

「ここまで通うのは難しくなるでしょうから」

存在も生きる。

「ありがとうございます」

薬は急にやめるわけにはいかない。まだまだ気長に投薬を続けてこそ、引越しもミケの存在も生きる。

「多分、次は新しい病院になるよ」

帰りの車でそう話すと、寿美子はあら、と口元を押さえた。

「お母さん、挨拶もしてこなかったわ」

「俺が挨拶しといた。新しい病院の紹介状ももらったよ。おかの先生がここなら大丈夫だって言ってた」

そう、と寿美子は頷き、帰りにホームセンターでミケのトイレの砂を買いたいと言った。

引越しは旧居から新居の掃除、不要品の引き取りまでつけたプランだったので、家族の仕事は小物の荷ほどきだけだった。

寿美子に付き添いがほしかったので、その週末は無理を言って亜矢子にも来てもらった。

「意外と広いじゃない」

荷物が運び込まれた家を見て亜矢子は偉そうに論評した。

「父さんのツテでいい物件が見つかったからね。それに古い荷物もけっこう捨てたし」

だが、ほどく段ボールは各部屋にそこそこ積まれている。ミケには申し訳ないがそれが片付くまでトイレやエサ、水と一緒に戸の閉まる二階の空き部屋――寿美子いわく亜矢子夫妻の里帰り用の部屋に禁固刑である。その部屋が一番荷物が少ないので後回しにできるからだ。

「誠治は二階片付けて。定期的にミケの様子も見にいってあげてね」

「お父さんは寝室、押し入れやタンスの中の配置くらい覚えてるでしょ？」

「お母さんはあたしと一緒に水回りと居間の片付けをしようね」

やはり亜矢子がいると空気が締まる。

寿美子にも働いている実感を与えながら無理のない軽い作業しかさせていないのが見事だ。疲れた頃に休ませ、寿美子の足踏みが始まりそうになったらまた別の作業を任せる。それも自分はマシンのように休みなく働きながらだ。

亜矢子の仕切りのおかげでその日の晩までには概ねの荷ほどきが終わった。

ミケもようやく禁固刑から解放され、初めての家の中を恐る恐る検分して回っている。

「お母さん、明日はちょっと近所を歩いてみようね。駅前にスーパーや銀行があるみたいだから確認しとかなきゃいけないし。ご近所に挨拶の品も買わないとね」

「でも亜矢子、日曜日のうちに帰らないと……」

「大丈夫、月曜日まで休みもらってきたから。その代わりまた当分来られないけどね」

お母さんももう少し元気になったら名古屋に遊びに来るといいわ、と亜矢子は笑った。

そんな日が来るのもきっとそれほど遠くない。

「しかしまあ、明日は買い物に行かなきゃならんとして、今日は外食でいいだろう」

珍しくこうした作業で怠けずに働いた誠一が居間のソファに引っくり返る。

「でも引越したばかりでミケを置いていくのはかわいそうだから……」

「それくらい待たせとけ！」

誠一が不機嫌になりかけたところへ、とっさに誠治は口を挟んだ。

「近くに弁当屋あったよ、俺買ってくる。何がいい？」

全員適当にということだったので誠治は車のキーを持って外に出た。


翌日の晩、寿美子が風呂に入っている間だった。

「お父さん、寝室？」

誠治とテレビを観ていた亜矢子が不意に訊いた。いつもなら、一緒に居間で一人晩酌をしている時間である。

「多分そうじゃない？　今日は一日じゅう布団敷きっぱなしでごろごろしてたし。引越しで疲れたんだろ」

「じゃ、ちょっと話してくるわ」

「え、ちょっとちょっと姉ちゃん」

などと止めても聞く亜矢子ではない。さっさとソファを立って寝室に向かう。

せっかく引越しも終わってくつろいでるのに、これ以上何を話すことがあるんだよ。

慌てて誠治が追うと、「お父さん、入るわよ」と亜矢子は和室の襖を開けた。

案の定、布団で寝転がっていた誠一がぎょっとしたように上半身を起こす。

「何だ、何か用でも……」

あたふたしている誠一の前で、亜矢子はすっと正座した。そして指を突いて頭を下げる。

「ありがとうございました」

男二人で虚を衝かれた。

誠一は少し顔を赤くしてそっぽを向いた。

「礼を言われるようなことじゃない。俺の家内のことだ」

つっけんどんにそう言って、それから付け足す。

「今度は町会があって飲み会に誘われても酒は呑まん！」

これには聞いていた誠治が思わず吹き出した。

「いや父さん、そこは一杯くらい呑んどくのが大人の付き合いだろ。いつもの晩酌くらいの量で止めときゃいいんだよ」

「最近は会社の飲み会でも控えてるんだ！　変な誘惑をするな！」

亜矢子も吹き出し、久しぶりに子供たちと父親で笑う図式になった。

＊

「引越し、無事に終わられましたか」

引越し後の週明け、朝行き合ってそう尋ねてきたのは真奈美である。

「ああ、お陰様で。ありがとう」

そしておどけたように付け加える。

「電車通勤はやっぱり面倒だね、今まで原付ですぐだったから」

「それは楽すぎですよ」

二人で話しながら事務所を開ける。

「ミケは大丈夫でしたか？」

「最初はやっぱりおどおどしてたけどね。もう十年前から住んでました、みたいに我が物顔でくつろいでるよ」

　ミケの話を出されたせいだろうか、するりと意外な言葉が滑り出た。

「ありがとう」

　真奈美は怪訝な顔をしている。当然だ、別に引越しを手伝ったわけでも何でもない。

「あの……ノーカンのとき。諦めてない俺は間に合ってるって言ってくれたの、あのとき結構……いやかなり……でもないな、すごく嬉しかったんだ。俺は作業長に拾ってもらうまですごくいい加減で、怠け者で、親不孝者だったから。千葉さんの言葉に救われたんだ。取りかかるのは遅かったけど、諦めてないから間に合ってるって言ってもらえて、そんでようやく間に合いそうなんだ。千葉さんがくれたミケもそれを手伝ってくれてて」

　だからありがとう。

　ぺこりと頭を下げると、真奈美は笑った。

「私は何もしてません。全部武さんがしたことです」

　いつか、大きくなったミケに会わせてもらっていいですか。

　真奈美に訊かれて、誠治は思わず頭を掻いた。

「んー、あいつ完全室内飼いだからなぁ……外に連れていけないんだよなぁ」

　真奈美が目に見えて萎れてしまう。慌てて誠治は付け足した。

「でもいつか！　そのうち！　うちに来てもらえたらいくらでも！　でも、今はちょっと待ってもらえるかな」

寿美子のことを、家族のことを、少しずつでも話せるようになったら。

乗り越えつつある苦難を、背中の広いおっさんたちに受け止めてもらうのではなくて、同年代の真奈美に自然に話せるようになったら。

そして寿美子がもう少し元気になったら。

いいかげん二十代も半ばを過ぎた息子が女友達を家に招くのは、ある意味で親孝行かもしれないなとそんなことを思った。

fin.

【after hours】

傍観する元フリーター

＊

「おーい、助っ人！　こっちにセメント一袋！」

「はぁーい！」

炎天下でトラックから資材を降ろしていた豊川は、セメント袋を担いで呼ばれたほうへ走った。

「へい、お待ち！　開けますか？」

「頼むわ」

舟でセメントを捏ねていた作業員がシャベルを使う手を止めて脇へよける。

舟には捏ねかけのセメントが入っているが、若干緩い。豊川はセメント袋の口を開け、舟の縁から注ぎ入れた。

「よし、ストップ！」

合図で豊川が袋を引き上げると、作業員はまたシャベルでセメントを捏ねはじめた。

「しかし兄ちゃんも頑張るなぁ、そんなカッコで」

豊川の服装はスーツである。上着は脱いで作業ジャンパーを着ているが、スラックスはそのままだ。

「どうせ安物ですから。それよか名前覚えてくださいよ、豊川です。大悦土木の豊川！　豊川をよろしくお願いします！」

言いつつ豊川は社名の入ったジャンパーの胸元を強調した。ジャンパーはアピールするために自社のものを持ち歩いている。

「分かった分かった、豊川な。監督が会うって言ってたから事務所に寄ってけ」

「マジっすかぁ!?　ありがとうございます！」

豊川は大きく頭を下げた。

目星をつけていたのは公団の建設現場である。大規模な現場では工事が始まっていても細かな仕事がこぼれていることが多く、そうした余り仕事を探して現場を回るのが豊川の営業ルートの一つになっている。

「しかし、作業に混じっちゃう営業さんは初めてだよ」

プレハブの現場事務所で監督は苦笑しながら豊川を迎えた。

「しかも意外と使える」

豊川はえへんと胸を張った。

「うちは営業も現場上がりですからね。大体の工程、経験してますよ。出しゃばりすぎて怪我でもしたら却って迷惑かけちゃうから、軽作業くらいしか手伝えないのが残念っちゃ残念ですけど」

作業に飛び込み作業員に馴染んでしまう営業もすっかりお手の物である。定期的に顔を出して作業員から攻略すると、意外とこまめに仕事が拾える。期間工と馴染んでおけば、よその現場でも顔見知りとして切り込んでいけるのでおいしい。

「実は急に下請けが足りなくなっちゃって」

「何かあったんですか？」

馴々しさと紙一重の人懐こさは、年の近い上司も認めてくれている豊川の武器である。思い切って切り込むと、監督は愚痴混じりに口を割った。

「二号棟の基礎を担当してた下請けがシャバコン使ってね」

「そりゃ質が悪いっすね」

「今からコンクリ引っぺがして打ち直しなんだけど、その下請けと揉めて降ろしちゃったから手が足りなくて。すぐに請けてもらえるなら君のところで頼んでもいいと思ってるんだけど」

豊川は身を乗り出した。

「任せてください！　三日くれたら引継ぎ作業に入らせます」

「助かるよ」

「ただ……」

　この条件を言うと一度は難しい顔をされる。しかし、言わなければ後で揉めるケースがあるので、言わざるを得ない。

　それが不利な条件になることは豊川にも上司にも不本意の種だが、現実はまだまだ保守的だ。

「補佐に入るのが女性なんですけど。引継ぎもその女性に取りまとめさせていただければと」

　案の定、監督は渋い顔をした。

「女性かぁ……何歳くらい？」

「今年で二十九になりますか」

　監督の顔がますます渋くなる。

「そんなに若いとどうかなぁ。現場って雑だよ、大丈夫？」

「大丈夫です、俺なんか現場やってた頃はその女に鍛えられたようなもんです。作業員の信頼も篤《あつ》いし、便所も共同で使います。下水管担ぐときでもすっ飛んでくる女です」

汚れ仕事を厭わないエピソードは売り込みのときにウケがいい。監督の表情も揺らいだ。それに、と付け足す。

「生真面目で口も堅いですよ」

手が足りなくなった事情が事情なので、その付加価値は大きかった。

帰社する途中、ポケットの中で携帯が震えた。着信の名前は武誠治——豊川のお調子を最大限評価してくれている年の近い上司だ。

「お疲れさまです、豊川です！　今から戻るとこでーす」

「どうしたんだよ、ご機嫌だな」

「ふっふっふ、例の公団取れました！　しかも姐さん入れて！」

「おおっ、でかした！」

「誉めて誉めて、もっと誉めてー」

「えらいえらい」

「えらかったから帰りにスーツ屋寄っていい？　お誕生日クーポン今日までなんだー」

「分かった、寄ってこい。俺らのスーツって使い捨てだもんな」

スーツのままであちこちの現場に飛び込むので、替えズボン付きの安い吊しを作業服のように無造作に使っている。

「そんで、工事の員数は何人くらい？」

「基礎の一区画で十五人くらいって話です」

「分かった、千葉さん引っこ抜いて班作らなきゃな。臨時雇いも要るかなー」

「姐さん喜びますね」

そうだな、と答えた武の声は柔らかい。

そんな声になるのは、姐さんこと千葉真奈美に関する話のときだけだ——ということに武本人は気づいていない。

「ありがとな」

俺にありがとうなんて言うくらいなら本人に何か言やいいのに、この人は。

万事率直な豊川には武のまどろっこしさが理解できない。

＊

万事率直な豊川は真奈美に真っ向尋ねたことがある。まだ豊川が現場研修をやっていた頃だ。

新米同士、昼に現場で弁当をかき込んでいたときのことである。

「姐さんってさぁ、武さんのこと——あ、もういい。もう分かった」

頰の色が何より雄弁に語っていた。そして表情も。

日頃は豊川が粗相をしたら尻を蹴飛ばすような真奈美である。堅物で愛想も少ないので、そんな顔をするとは思いもよらない。

何だ、意外と女の子だったんじゃん。

本人もそんな顔になっていることが不本意だったらしい、女子の持参弁当としては迫力のあるサイズの弁当箱を抱え込むようにして俯いた。

「……誰にも言わないで」

豊川の目を見ないお願いに射抜かれた。

真奈美がいつも武の前ではやけに緊張しているので何の気なしに訊いたのだが、こんな結果に陥るとは完全に予想外だった。

完全にゾーン外だったのに入ってきちゃったよ、これ。俺の好みはもっと華奢で小動物系でノリがいいタイプだったんだけど。

しかしゾーンに入ってきたからには仕方がない。武には悪いが横から隙を窺うだけだ。

意中の相手に思い人がいることなど今まで珍しくもなかった。だから豊川にはその段階で諦める選択肢はない。

そうとなればリサーチは積極的に。

「武さんてけっこういい人ポジションで終わりそうなタイプなんだけど、女の子としてはどこに惹かれるの？」

「いい人を好きになる女がいたっていいでしょう」

「だって、俺もいい人で終わるタイプだしさぁ。そっから抜け出せるポイントがあるなら知りたいじゃん」

「豊川はいい人だからじゃなくて軽いからでしょ」

真奈美は素っ気ない口調で言い捨てたが、それも豊川ごときにシッポを摑まれた強がりだと分かる。

やべぇ、このタイプ初めてだから超おもしろい――と豊川はにやついた。

「……きっかけは入社した頃の猫なの」

ぽつぽつ話しはじめたのは、やはり話を聞いてくれる相手がほしかったのだろう。だが、その相手に選ばれた時点で豊川は範疇に入っていない。

そのくらいでは挫けない。相談相手という立場からでも逆転は不可能じゃない。

「猫って、姐さんと俺が拾った……」

「あのとき、武さんが私にも豊川にも黒い子猫触らせなかったの気がついてた？」

二人が現場から帰ったときにはもう土の下に眠っていたほうの子猫だ。

「私、後で気がついたの。武さんはきっと、黒い子は助からないって分かってた。だから私たちには触らせなかったのよ」

えー、と軽くブーイングを入れる。

「偶然じゃないの？」

「偶然じゃないって私知ってるの」

真奈美の静かな断言に、それ以上混ぜっ返す気持ちはなくなった。

「気づかれないように優しくできる武さんは強いなって思ったの。だからいろんなことにちゃんと向き合えるんだなって。……おうちのことも」

武の家庭の事情が複雑なことは現場の仲間から聞いている。

「私は向き合わなかったの」

真奈美の家庭も複雑なことは知っている。

「向き合うのが面倒で手のかからないいい子にしてたから。だから不器用だけどちゃんとしてる武さんが眩《まぶ》しいの」

……けっこう、手強いかもしれないなぁ。

浮ついていない真奈美の表情を見ながらそんなことを思った。

恋してる女の子って、もっとフワフワしてるもんじゃなかったかなぁ——真奈美の様子は豊川が知っている「恋する女の子」の様式からはことごとく外れていて、それが面白くて余計に見ていたくなる。

武の前で舞い上がる様子も見せず、むしろことさら堅苦しく振る舞う。言葉を交わしているところはまるっきり体育会系の部活の後輩だ。

たまに仕事以外で話をしているかと思えば、武が引き取った猫の話である。武が携帯で撮った猫の写真を見せてもらっているようだ。それも真奈美からねだる様子はない。

そしてプライベートで何か接点を持とうとする様子もなく。

——こんな質実剛健な恋する女の子、見たことねえよ。

「ねえ、もうちょっとなんか仕掛けたほうがいいんじゃないの？　いくら何でも淡泊すぎない？　そんなんじゃ恋愛対象に浮上しないよ」

二人が進展しないほうが豊川としては好都合なのだが、あまりにも欲を出さない真奈美に気が揉めて余計な口を出してしまう。

「何なら俺から晩飯とか誘おうか？」

あーバカ俺、ナニ敵に陰ながら塩送ってんだ。などと思いつつそんなことまで申し出てしまう。それほど真奈美が不器用で見ていられなかったということでもある。

真奈美は笑って首を横に振り、それから真顔で「だから余計なことしないで」と愛想もクソもなく釘を刺した。――もうちょっと言葉選ぼうぜ、恋する女。

「武さんは私が気持ちを出したらきっと困るから。それに、私もこれから仕事覚えなきゃいけないのに浮ついてる場合じゃないし」

「……姐さんは浮ついて仕事が疎かになるタマじゃないじゃん」

「分かんないよ、けっこうフワフワして駄目子ちゃんになるかも」

「ないって」

フォローが案外口先だけでもない自分に気づいて内心首を傾げる。真奈美が自分の恋に積極的でないことは豊川にとっては都合がいい。それなのにどうしてわざわざ背中を押すようなことを言ってしまうのか。

「武さんを困らせたくないの」

背中を押しても揺るがない真奈美の返事を聞いてほっとする。

ほっとするくせにどうして再々背中を押してしまうのか、それは豊川にも分からない。

「困るとは限らなくない？」

「武さんは困るって私知ってるの」

　真奈美は静かに断言して、しかしその断言は少し胸が痛そうだった。

「武さんて姐さんみたいなタイプどうなの？」

　武のほうを窺ってみたのは研修を終えた頃だ。採用は営業を兼ねた一般職だったので、現場から離れて武の下で事務所の手続きをあれこれ教わっていた。

「いい子だと思うよ。よくやってくれてるし監督たちの評価もいいし」

　武は持参の弁当を開けながら答えた。同居の母親が作っているという。豊川はコンビニで調達するのがもっぱらだ。

　おにぎりのフィルムを開けながら豊川は口を尖らせた。

「そういうこと訊いてんじゃないって分かってんでしょー」

「何でそんなこと訊くんだよ」

　武は困ったように顔をしかめた。そんな顔をしてもこちらは懐に入り込むのはお手の物である。伊達に愛嬌だけで採用されたと周りに冷やかされていない。

「職場に女の子がいたら取り敢えずそういう話題で盛り上がっとくもんでしょ？　品定めっていったら聞こえ悪いけどさ、女子は女子で男のことあれこれ言ってるもんだし」

「うちは千葉さんしかいないんだから女の子側がそういう話題にはならないじゃん」

「一般論じゃん、細かいこと言わないでさぁ。周りおっさんばっかりで潤いないんだから
たまには若者らしい会話しようよ」

まったくお前は、と武は白飯を箸で掘りながら苦笑した。

「でも俺、あんまり自分のこと考えてる暇ないからさ」

「……考える暇あったら考える？」

意地悪だなぁ豊川は、と武が頭を掻く。

「俺、大悦に来る前はめちゃくちゃ親のスネかじりでさ。だらしなくていい加減で、思い出すとちょっとぞっとするくらい。家族のことも蔑ろでさ、蔑ろにしすぎてお袋のことも間に合わなくて。だから俺、もう自分のこと優先して考える権利は当分ないんだ。そんで千葉さんはさ……」

言葉を探すように武の声が途切れた。

「俺と正反対だよな。ちゃんとしてて。そんで、うちを志望したのも亡くなったお父さんへの気持ちからでさ。俺なんか親に迷惑かけ倒して食いつぶすまで何にもしなかったのに。人として差ァありすぎて辛いよな。眩しくてまともに見たら目ぇつぶれちゃう」

「……なーんでそんな真面目なのかな」

――二人とも。

反対側から真奈美も武を眩しいと言っていたことが思い出された。

「俺だけお気楽で肩身狭いや。もうちょっと肩の力抜けばいいのに」

「お気楽でもちゃんとしてないわけじゃないだろ、豊川は」

「だってさぁ」

「千葉さんもだけど、お前もだよ」

この文脈で何で俺？　首を傾げると、武は日差しが眩しいような顔で笑った。

「今回の採用って、そんなに高望みしてなかったんだ。探してたのはココロを入れ替えた程度の俺。結果は目標以上だったよ。千葉さんもお前も、俺よりずっとちゃんとしてる。だから俺はお前も眩しいよ」

急に持ち上げられて居心地が悪くなった。

「姐さんはちゃんとしてるけど、俺はテキトーだよ」

「そんなことないって。お前、テキトーに見えて根が真面目だもん。ここ来る前のバイトだってけっこう長かったろ」

「そんなん好きな子目当てだし。辞める理由も別になかったし」

豊川としてはだらだら続けただけである。

「辞める理由が特にないってことはちゃんと勤めてるってことだよ。いい加減にやってたら職場に問題なくても続けられなくなるんだ、すぐに居づらくなってさ。どこに行っても続かなくて」

まるでかさぶたを剝《は》がすような言葉に釣られるように、武の表情も軽い痛みをこらえるようになった。

「お前がバイトしてる姿って想像つくんだよな。バカばっか言って周り笑わせて、お前がシフト入ってるとみんな楽しかっただろうなって。——もしお前がうちの長男だったら、きっとお袋は今みたいなことになってなかっただろうなって思うよ」

「……イラッとするなぁ、もう！」

上司とはいえ、年は一つしか離れていない。武もことさらに先輩風は吹かせない。その気安さが恐いもの知らずに口走らせた。

「俺が武さんちの子供だったらとかあり得ない前提でそんな後ろ向きになられてもさぁ！　何で武さんだったから最悪の手前で間に合ったって考えないの？　実際間に合ったんだろ、武さん」

武は驚いたように豊川を見つめた。

まじまじと見つめられすぎて居心地が悪くなったほどだ。「何だよ」と身じろぎすると、武は「いや」と首を振った。

「お前も間に合ったって言うんだな」

豊川の他に誰がそう言ったのか、武は言わなかった。


それからしばらく、武は転居した。それまで会社から原付で約十分という近場に住んでいたのが電車通勤になった。

引越しを終えた週明け、電車通勤が面倒だと言いながら武は清々としていて、それまでより少し朗らかになったようだ。――それまでが朗らかでなかったというわけではないが、気負いが取れて伸びやかになったことが確かに分かった。

多分、引越したことで何かの区切りがついたのだろう。

その気配を感じたのか、真奈美が豊川の知る限り初めてオフェンスに出た。

「いつか、大きくなったミケに会わせてもらっていいですか」

漏れ聞こえた声に事務所のドアを開けようとした手が止まった。

武さんは困るって知ってるの。静かに断言した笑顔がよぎる。

バカだよ姐さん。俺のストライクじゃなかったけど、あんたいい女なのに。ストライクじゃない俺まで摑んだくらいなのに。

こんな後ろ向きで条件のめんどくさい男じゃなかったら恋なんて簡単に叶うのに。

俺にしとけば今叶うのに。

いつか猫見せてなんて気の長い小足払いをやっと仕掛けて、きっとそれは本当に見せてほしいということではなく「いつかね」と当てのない軽口の約束をしてみたいだけで。

恋が叶うことは気持ちがいいのに、何であんたたちは気持ちよくなることに積極的じゃないんだろう。

「あいつ完全室内飼いだからなぁ……外に連れていけないんだよなぁ」

武は空気を読まないガチ回答で、豊川はドアの外でイライラした。

バカ、「わー猫かわいいね、見せて」「いいよいいよ、そのうちね」くらいのお約束は軽くこなせよ。その女、そんな些細な会話でも多分チョー台詞考えて、チョータイミング探して仕掛けたぞ。

そんで軽い会話に繋がらなかったらまともに落ち込んで余計な軽口叩いたって反省とかするんだぞ。

いっそ掻き回してしまえとドアを開けようとしたとき、武が続けた。

「でもいつか！　そのうち！　うちに来てもらえたらいくらでも！　でも、今はちょっと待ってもらえるかな」

……そう来たか。

豊川はドアノブにかけた手を止めた。室内では真奈美が「分かりました、待ってます」と生真面目なお返事だ。

そこからだらだら話し込むでもなく帰りの挨拶が交わされる。真奈美がドアに歩み寄る気配がした。

豊川は先にドアを開けた。

「お疲れさまでしたぁ！」

ドアを開けようとしていた真奈美がびくっと肩を縮めた。――その、頬の色。

そういう色は背中の男に見せとけよ、バカ。

「どしたの、姐さん。顔赤いよ」

わざと指摘してやると、真奈美の頬は完全に茹で上がった。

「――別に！」

つっけんどんに答えた真奈美が豊川を押しのけるように部屋を出る。

「どうかしたんですか、姐さん」

残った武に尋ねると、武もやや動揺した様子で「別に」と答えた。こちらもバレバレだ。

――要するに、こうした人々にシャレは通用しないのだ。

「猫かわいいね、見せて」「いいよいいよ」お約束の軽い会話に流れない代わりに交わす言葉は常にガチ、武がいつかと言ったらそれは当てのないいつかではなく、いずれ果たすいつかであり、真奈美が待つと言ったら口先ではなく本当に待つのだ。

一体何て重たい言葉を交わすんだろう、あんたたちは。

何かが叶うには到底遠い。二人の間には何もない。

しかし、太刀打ちできないやり取りを見せられたような気がした。


何もない二人は二年目を迎えても何もないままだった。

何もないくせに付け入る隙もなく、豊川は傍観者の距離感で二人の周りをうろちょろとしていた。

何も傍観者の立ち位置を自ら望んだわけではないのだが、それ以外の立ち位置を求めても退場になることが明白だったので動けなかった。

そして動けない間に豊川は自発的に降りることになる。

「そろそろ千葉さんを補佐に入れて仕事が取りたいよな」

武が難しい顔でモニター上の工程表を睨んだ。

真奈美は実質的には監督補佐の扱いで各監督から工程管理を学び、資格も順調に取っていたが、正式に真奈美を補佐にして班を組むと客先が難色を示し、未だ作業員としてしか工事に加えることができずにいた。

「事実上は補佐役ですけどねえ。監督たち、便利だからって姐さんの取り合いになってるし」

「今まで補佐なんかいなかったもんな、取り合いにもなるよ」

でも、と武が顔をしかめる。

「そういう使い方って結局宙に浮いてんだよなぁ」

正式な経歴としてはカウントされないので真奈美を売り込む材料にはならない。補佐としての経歴を積めないと監督に育てる予定もご破算だ。

「このままじゃ駄目なんですか？」

「監督候補として採ったからなぁ。いずれは単独で工事取れるようにならないと、会社としては採算が合わない。実務経験がないと取れない資格もあるし」

「でも、役に立ってるんだし。それに採算合わないって言っても、潰れるわけじゃないんでしょ？」

今のままでもいいじゃん、別に。豊川にはそう思えたが、武は真顔になった。

「それ、千葉さんの前で絶対言うな」

怒ってはいない、だが怒られているような気分になる声。

「工事責任者になりたくて入ってきたんだよ、千葉さんは。客が面倒がるのは仕方がないけど、俺らが千葉さん面倒がるな」

別に、面倒がってなんか。反駁《はんばく》しようとした声は喉で失《う》せた。

今のままでもいいじゃん、別に。——それは、もし口に出したら面倒がっているワードにしか聞こえない。

「……スミマセン」

「いいよ、千葉さんに言ったわけじゃないんだし」

武はいつもどおりの気のいい——こちらが調子に乗ってしまうほど気のいい武に戻った。

あんたたち何もないくせに、何でこんなふうに太刀打ちできないって思わせるんだろう。豊川としては気まずい。

「千葉さんコミで何とか売り込まないとな」

——そんなことがあってしばらく。

「俺らで事務や営業関係をできるだけ引き受けますから、千葉さんとセット売りをさせてください」

武が談判した相手は大悦である。

「仕事選ばないけど請けてください。お願いします」

大悦は値踏みするような顔で武を見た。豊川は自分の席で固唾《かたず》を呑んだ。

武さん、それはいくら何でもまずいっしょ！　作業長を見せゴマにするとか！

大悦が直に出るのなら、そして仕事を選ばないのなら——真奈美を補佐につけても話がまとまる。

大悦は見据え、しかし武も退かない。やがて大悦が「何回だ」と尋ねた。

「一回です。一回、作業長で実績つけてくれたら後は俺らで何とかします」

「よし。一回使われてやる」

武は腰から折って頭を下げた。

「びびったぁ〜、作業長ゼッタイ怒ると思った」

大悦が現場に出てから武に打ち明けると、武は笑った。

「こんなことくらいじゃ怒らないよ。怒るとしたら二度目を頼むときだな」

その間合いの読み方はさすがセンパイである。

大悦を見せゴマにした仕事はすぐに決まったが、真奈美は一度だけ武に謝った。豊川もいる前だった。

「こういう形でしか稼働できなくてすみません」

大悦が直接持つ工事の規模ではなかった。采配が露骨にならざるを得ない程度には仕事を取るのが難しかった。

「うん、最初は仕方ないよな」

武はそのときはそれしか言わなかった。

「ちょっとフォロー少ないんじゃないですか」

見かねて後で袖を引いたが、武は「フォローしたからって事実が変わるわけじゃない」と取り合わなかった。

「武さんちょっと冷たいよなー」

不満が真奈美の前でぼやかせたが、真奈美からは瞬速でゲンコツが返ってきた。

「痛ぇ、何だよ!」

「慰めてもらいたくて謝ったわけじゃないのよ、バカにすんな」

「ええー、だってさぁ」

「最初は余分な手間がかかるのよ、私は。その分は詫び入れるのが当たり前でしょ。誰が慰めてほしいなんて言ったの」

武さんに余計なこと言ったら殺すよ、と指を差して真奈美は立ち去った。

ゲンコツの落ちた頭をさすりながら豊川は口を尖らせてその後ろ姿を見送った。

女性の補佐かぁ、もう少し経験を積んだら入れてもらってもいいけど。

定番の断り文句を食らうばかりで真奈美の次の仕事はなかなか決まらなかった。大悦と組んだ仕事もそろそろ終わる。元々が短期の小規模な工事だった。

この調子じゃ作業長に二度目を頼むことになるかな、と豊川が諦めた頃のことだった。

「武さん、どしたの⁉」

夕方、外回りから戻った武に豊川は目を丸くした。

「ドロドロじゃん!」

「うん、ちょっと。出先で」

「何やったらこんなんなるの」

武のスーツには土埃がよく染みていた。

「現場、ちょっと手伝ったから」

「誰んとこ行ったの?」

「いや、大悦の現場じゃなくて」

武は上着を脱いで色が変わった袖や肩を叩いた。

「よその大規模な現場、回ってみたんだ。直接訊けばこぼれた仕事があるかもしれないと思って。そういう仕事なら急ぎのことが多いし、千葉さん突っ込めそうだろ?」

要するに、作業員に馴染みを入れがてら軽い作業を手伝ったということらしい。

「今度からジャンパー持っていかなきゃ駄目だな、これ」

染み込んだ細かな粒子の汚れは武が何度叩いてもいっかな落ちる気配がない。

一回だ、と武は言った。

大悦に見せゴマになってもらうのは一回だと。それは、真奈美を荷物にするのも一回ということだったのだ。——やっぱり太刀打ちできない。

俺とこの人たちは使ってる言葉が違う。

俺はまだこの人たちと同じ言葉を使えるようになってない。

口先のフォローで取り繕えることなんて上っ面だけだ。

「……俺も回る。現場」

「あ、そう? 助かる。思いつきで回ってみたけどけっこう色々こぼれてそうでさ」

そんで降りる。——というのは心の中で呟いた。


その後、真奈美は大悦と抱き合わせになったことはない。

＊

豊川が取った公団の工事が終わった頃、何もない人々にささやかな何かが起こった。

「豊川！」

事務所で真奈美にがぶり寄られ、豊川は思わず後じさった。研修時代に絞られた経験が効いている。だが、真奈美の要件は別物のようだった。

「武さんが今度ミケに会わせてくれるって！　日取り、考えといてって！　どうしよう、いつにする⁉」

うわずった様子に緊張の反動で笑いがこみ上げる。

「何でそれ俺に訊くんだよ」

「だってミケは豊川と拾ったから」

「俺、見たいって言ったことねーもん」

「え、でも豊川と拾ったし」

「俺も誘うんだったら俺も一緒のときに言うっしょ。ていうか、別に猫話で盛り上がったこともないのに猫見に来いとか家に誘う奴ウザい」

「だから、姐さんを誘ったんでしょ。俺と抱き合わせじゃなくて」

改めて指摘すると、真奈美の頬には一瞬で血が昇り、ばら色――を通り越してどす黒いような色になった。

「ちょ、待って。恋する乙女の頬の色じゃねーよそれ」

「ど……どうしよう、ご自宅に行くのってどんな格好したらいい⁉　親御さんに会うのに適切な服って⁉」

「別にカノジョですって紹介されるわけじゃなし、そんな気負わなくても」

「あわよくば将来的には発展したいから難しいんじゃないの！」

「おおっ、ちゃんと発展する気あったんだ？」

「当たり前でしょ！」

「よかった」

そうでなくては報われない。

よかったって何が、と怪訝な顔をする真奈美に豊川はしらばっくれた。服の話を振ると簡単に真奈美の気は逸れた。

どす黒いような頬の色は、ようやく赤いと表現しても許される程度に落ち着いていた。

fin.

単行本版あとがき

ようやく本にまとまりました。

二〇〇七年七月から十二月にかけて日経ネット丸の内オフィスにてｗｅｂ連載したお話です。当時を思い出そうとしてメールを漁ると、依頼から原稿の納入までどうやら二ヶ月を切っていた模様。よほど書きやすい話だったんだろうなぁ。

テーマは「新しい一日」「オフィスと仕事」にしてほしいとのことで、このオーダーを改めて見直すとどうもフレッシュな会社員モノとか期待されていたような気がしないでもない。全力で空気を読んでない結果になりました。初っ端から薄暗い話にしてしまってすみません。二つ目のテーマに到っては後半からしか出てこないし！

「新しい一日」から転じて「成長」という発想で書きはじめた話だったのですが、当時読者さんに「暗い！」とびっくりされた覚えがあります。

でも私自身が内定いっこも取れなくて社会人になってから数年間バイトや派遣で凌いだという切ない経歴の人でしたので、逆境スタートのほうがしっくりきたのも確かです。

誠治の駄目っぷりもかなり自分にかぶるところがあったりなかったり。誠治内定取ってるから私より全然上ですが。駄目な人を書こうと思ったら昔の自分がサンプルになりまくりというのも切ない話ですが、駄目な人だったので仕方がない。カッコいい人を書くとき昔を振り返れるようになりたいものです。永遠に無理そうな気がしますが。

バカで怠惰な自分を取り繕うのはバカで怠惰であることよりカッコ悪い、ということに気づくのはけっこう後になることが往々で、もうちょっと早く気づけてたらよかったなという個人的な後悔なども誠治に背負ってもらいました。

一方で、千葉ちゃんと豊川はそれぞれに憧れのタイプです。こんなふうになりたかったという感じ。特に豊川。なので書き下ろしの【after hours】で傍観者になってもらいました。

幻冬舎から出す本としては二冊目になります。担当は『阪急電車』に引き続きプリンセス大島です。相変わらずすっとんきょうで面白い子です。でも仕事はバリバリできます。こういうのを専門用語でギャップ萌えと言います。

連載時から毎週のようにあれこれ感想をくれていました。今回改めてこの原稿を渡すと「装丁のイメージがいろいろ湧いてきました！」と言ってくれたので今から楽しみです。

素敵な本の形になって皆さんのお手元に届くはずですので、楽しんでいただければ幸いです。

有川　浩

文庫版あとがき

相変わらず間違いだらけで迷ってばかりの毎日ですが、どうにかやっております。

バカで怠惰な自分を取り繕うのはバカで怠惰であることよりカッコ悪い——単行本版のあとがきでそう書きました。

それが分かるのは、私が正に誠治くらいの頃、バカで怠惰な自分を取り繕っていたからです。

今でも間違うことはたくさんありますが、少なくともそれを取り繕うことだけはすまいと思って、それだけはどうにか守れています。


もし人生をやり直せるなら、どこからやり直したいですか？　作家になってしばらく、そんなご質問を受けたことがあります。

やり直したくありません、とお答えしました。

バカだったことも苦い間違いもかいた恥も、すべてが今の私にたどり着くために必要な過程だったと思います。

時間を遡ってバカだった自分を一つごまかしたら、きっと今、作家になって自分なりに全力を尽くしている私にはたどり着けていないと思うのです。

人の間違いを高みから指差して笑うのは簡単です。簡単に指差し笑われると知っているから、ごまかしたくなります。

しかし、ごまかさずに苦さを耐えた人だけが得られるものがあると思います。

指差し笑いたい人には笑わせておけばいいと思います。

私は、指差し笑う人より、指差し笑われても苦さをごまかさない人のほうが好きです。

自分もそうありたいと思います。

『フリーター、家を買う。』は2010年にドラマ化していただきました。

とても大事に、誠実に作っていただきました。ありがとうございます。

そういう幸せな映像化を頂戴できたことで、自分の仕事を一つ報いていただいたような気がします。

折られそうになる度に誰かに気持ちを救っていただけることを感謝できているうちは、私はまだ大丈夫だと思います。

有川　浩

解説

重松 清

ああ、このひとは「心意気」の作家なんだなあ——。

有川浩さんの作品を拝読するたびに思う。

物語を前へ前へと進めていく力についての話である。それはすなわち、読者にページを繰らせる手を止めさせない力についての話にもなるだろう。

有川さんのお書きになる小説は、長いものも短いものも、シリーズものもそうでないものも、とにかくすべて、物語の強い推進力を持っている。その力の正体は、具体的には恋愛や妄想ないしは暴走、あるいは謎《なぞ》解きや戦闘などの形をとって、じつにバラエティー豊かに現れているわけなのだが、その根っこをあえて一語に集約するなら、「心意気」が最もふさわしいのではないか——と、僕はいつも思っているのである。

「心意気」は、たとえば「義侠心《ぎきょうしん》」や「正義感」と、とてもよく似ている。『三匹のおっさん』をはじめとする有川さんの作品のいくつかがすぐに思い浮かんでもくる。また、「使命感」というのもありそうだ。こちらは『県庁おもてなし課』が代表だろうか。本作『フリーター、家を買う。』だって忘れてはならないだろう。

しかし、有川さんの作品の底に流れる「心意気」を、「義侠心」「正義感」「使命感」と単純にイコールにしてしまうと、たちまち異議の声が飛んでくるだろう。

もちろん、そういうのもあるさ、あるんだけど——。

それだけじゃないんだ——。

確かに、登場人物は皆、正しさをベースにした「やらねばならぬ」という強い思いに駆られて全力疾走をつづける。だが、その思いは決して優等生的なお行儀の良いものではない。もっとヤンチャだったり、もっとヘタレだったり、理屈としての正しさよりも意地の正しさを通すことを優先したり、負けるケンカをあえて売ったり買ったり、よけいなことをしてしまったり、言葉が足りなかったり、間違えたり、悔やんだり、怒ったり怒られたり……そんな人間くささをたっぷり含んだ「やらねばならぬ」なのである。

だから、「やらねばならぬ」の前に「まいっちゃったなあ」という及び腰の本音がくっついているときもあるだろう。逆に「自分がやらなきゃ、ほかに誰がやるんだ」という状況が、ひとを強くしてくれることだってあるに違いない。「やらねばならぬ」立場から逃げてしまう奴もいるかもしれないし、その臆病者《おくびょう》をなだめすかしながら現実に目を向けさせることだって「やらねばならぬ」……。

お察しのとおり、僕はいま『フリーター、家を買う。』の話をしているのだ。この素敵な物語の底を流れる「心意気」について語ろうとしているのである。

本書を初めて読んだのは、単行本版が刊行されて間もない二〇〇九年秋のことだった。へなちょこな誠治クンの成長物語を堪能《たんのう》させてもらった。重い心の病に冒されたお母さんを救うべく一念発起した誠治クンの「心意気」に胸を熱くして、就職した誠治クンが〈何となく社会から滑り落ちてしまった、そういう奴らの気持ち〉を誰よりもわかっている採用担当者としてがんばる姿には、とりわけ痛快な思いで「よしっ、いいぞっ」と声援を送っていたのだった。

それからしばらくたった頃、新聞で書評を書くために再読をした。書評の原稿でも初読時の感興をそのまま書くつもりで、再読はあくまでも確認のために目を通しておくだけのはずだったのだが、あっという間に物語の磁力につかまった。夢中になって読みふけり、初読時にはうかつにも見逃していた、誠治クンの「心意気」を根っこで支えているものにも気づくことになった。

誠治クンの一念発起の陰には、母親の病気の発見が遅れた後悔がある。その苦みは、一見幸せだったわが家をとりまいていた現実に気づかなかった二十年近い歳月が生んだものでもある。重い。やるせない。しかし有川さんはそれを後悔の堂々巡りに終わらせなかった。苦みと重さとやるせなさとを「心意気」のバネにして、誠治クンに物語世界を全力疾走させたのだ。

僕も含む年配の読者は往々にして、若い主人公の物語に対して、その疾走感に憧《あこが》れながら／憧れているからこそ、微妙な屈託を覚えてしまい、つい「だって若さの勢いがあるんだから」「青春小説なんだもんなあ」「この作家って若いひとに人気なんだろ？」と言いがちである。一足先に読了した書評担当としては、本作のスピーディーな展開が後悔の苦みに支えられていること、その苦みはむしろオトナの胸にこそ深く染みるはずだということを、書評を通じてぜひともお伝えしたかった。例によって不出来な原稿ではあったが、その思いだけはなんとか伝わったのではないかな……甘いかな？　まあいいや。文庫版でも同様に繰り返しておく。後悔の苦み、ここ、ポイントだと思います。

そして三度目の読書は、今回である。約二年半ぶり。今度も物語にたっぷり浸った。しかも、またもや新たな発見があったのだ。三度目にしてグイッと浮上してきた人物がいる。そのひとの存在にいったん気づいてしまうと、もはやそれ以前には戻れない。物語の相貌《そうぼう》を変えてしまうほどの人物なのである。

満を持して物語に浮上してきた、そのひとの名は――誠一サン。父親である。

過去二度の読書では、誠治クンの「心意気」は一つきりだった。僕の目には「母親を救う」ことしか見えていなかった。だが、父と息子の関係に注視しつつページをめくっていくと、じつは誠治クンには「父親を救う」というミッションも与えられていたことがわかるのだ。

もっとも、本人にその意識はないだろう。あくまでも母親を救うために、父親によけいなことをされたくないし、ヘソを曲げられても困るので、なだめすかして、プライドと現実との折り合いをつけつつ……。

「やらなきゃしょうがないから、やってるだけだよ」と誠治クンは言うだろうか。

わかるよ。親父と息子だ。お互い素直になれるはずもない。だが、誠治クンよりも誠一サンのほうに歳《とし》も立場も近く、〈結局あんたは家族なんか大事じゃないのよ。大事なのは自分、自分、自分、自分、自分の都合と世間体《てい》と楽しみだけ〉と娘の亜矢子サンが父親を責めたときにはこっちまで胸が締めつけられてしまった僕には、誠治クンが誠一サンにやってくれたことのすべてが、とにかくうれしくて、これを「心意気」と呼ばずしてなんと呼べばいい、とさえ思うのである。

誠治クンが誠一サンをどんなふうに救ったのか。誠一サンは物語の中でどんなふうに変わっていったのか。それをこの場で言うのはヤボの極みだろう。ただ一つ、若い読み手にお願い――この本、きみの親父さんに読ませてやってくれ。「ありかわ・ひろし、って誰だ？」なんてことを言う困った親父さんであればあるほど面白い。読み終えたときの横顔を、ちょっと覗《のぞ》いてみるといい。たぶん、きみは親父さんのことを、ほんのちょっとだけでも、いままでより好きになるはずだ。

有川さんの描く「心意気」について考えていると、こんな言葉が自然と浮かぶ。「一寸の虫にも五分の魂」――小説の登場人物を「虫」呼ばわりすることの非礼はもちろん承知しているのだが、僕はこれこそが、有川さん流の「心意気」のテイストに最も近い言葉だと思っているのだ。

本作でも、他の作品でも、有川さんが好んで描くのは「五分の魂を持った一寸の虫」である。それぞれの存在は決して大きなものではない。社会的・世間的に強い力を持っていたり高い地位にいたりするひとは、有川さんの作品にはほとんど出てこない。たとえいたとしても、彼らは彼らで、さらに大きくて強い敵と戦う羽目になってしまうのだ。

とにかく、有川さんが描くひとたちは皆、小さな存在である。けれど誰もが、それぞれの場所でそれぞれの役目を一所懸命に果たして生きている。小さな誇りを持ち、小さな夢を持ち、小さな意地を持って、ぶっきらぼうな優しさを時に垣間見《かいまみ》せながら、あるいは時に暴走してデカい敵と渡り合ったりしながら、身の丈いっぱいの「心意気」を僕たちに見せてくれるのだ。考えてみれば、「五分の魂を持った一寸の虫」というのは、なんと体の半分が魂なのである。気合十分なのだ（その一方で「五分の魂しか持っていない五尺の虫」……いるよね、たくさん）。

そんな彼らを描く有川さんは、だから、彼らの「心意気」を決してないがしろにはしない。物語の展開に都合良く「心意気」をコントロールするのではなく、「よし、まずはあんたの『心意気』を思う存分吐き出してみろ！」と言ってくれる（もっと優しい言い方だと思うが）。おそらく、そこには有川さんから「五分の魂を持った一寸の虫」への全面的な肯定と信頼があるはずなのだ。

本作のラストシーンも、そう。ハッピーエンドとは「登場人物を幸せにして物語を閉じること」を意味するのではない、と僕は思う。「生きることの歓びを読者の胸に響かせながら物語を閉じること」が、僕なりのハッピーエンド観なのだ。センエツながらそれに照らせば、本作のラストシーンは最高に美しく、とびきり素敵なハッピーエンドになる。「心意気」はここにも満ちている。有川さん自身の、作品や物語を超えた、生きることそのものに対する「心意気」である。

それを思いっきり堪能するためにも――。

解説から先に読む流儀のひとは、ほら、なにをしてるんですか、早く本文へどうぞ。すでに読了済みのひとも、もう一読いきますか。僕がそうだったように、必ずまた新たな発見があるから。

僕も近いうちに四度目に……嘘《うそ》だと思ってるだろ。でも、ホントだよ。いま原稿を書きながら、豊川クンのことがじわじわと気になってきてしかたない。あいつの「心意気」を味わってみるつもりです、今度は。

――作家

この作品は二〇〇九年八月小社より刊行されたものです。

幻冬舎文庫

●最新刊
小林賢太郎戯曲集
STUDY ƎϽIԀ TEXT
小林賢太郎

未知なる「笑い」の世界に誘う大人気コンビ「ラーメンズ」第四戯曲集。舞台を観るだけでなく、読めば新しい発見があり、さらに楽しめるラーメンズの魅惑の世界。

●最新刊
若頭補佐 白岩光義 南へ
浜田文人

一成会次期会長の座を巡り対立する若頭補佐の白岩と事務局長の門野。門野が秘密裏に勢力を九州まで伸ばす中、白岩は大学時代の級友の招きで福岡を訪れた……。傑作エンタテインメント長編！

●最新刊
走れ！ T校バスケット部5
松崎 洋

教師になった陽一は、登校拒否をしているバスケ少女、真理と出会い、顧問となった女子バスケ部をまとめようとするが……。T校メンバーの変わらぬ友情と成長を描く青春小説シリーズ、第五弾。

●最新刊
成功の法則92ヶ条
三木谷浩史

成功するかしないかは、運や偶然で決まるわけではない。成功には法則がある——楽天グループを築き、数多くのビジネス集団を率いる著者が、成功哲学を惜しげもなく公開する人生の指南書！

●最新刊
往復書簡
湊かなえ

手紙だからつける嘘。手紙だから許せる罪。手紙だからできる告白。過去の残酷な事件の真相が、手紙のやりとりで明かされる。衝撃の結末と温かい感動が待つ、書簡形式の連作ミステリ。

フリーター、家《いえ》を買《か》う。

有川浩《ありかわひろ》

平成24年8月5日　初版発行
令和5年7月20日　7版発行

発行人――石原正康
編集人――高部真人
発行所――株式会社幻冬舎
〒151-0051東京都渋谷区千駄ヶ谷4-9-7
電話　03(5411)6222(営業)
　　　03(5411)6211(編集)
公式HP　https://www.gentosha.co.jp/
印刷・製本―中央精版印刷株式会社
装丁者――高橋雅之

検印廃止

幻冬舎文庫

ISBN978-4-344-41897-4　C0193　あ-34-2